本格M.W.S.

少年探偵とドルイッドの密室

麻生荘太郎

南雲堂

少年探偵とドルイッドの密室

装幀　岡孝治
写真　石津亜矢子

目次

カイルオブロッハルシュ
インヴァネス
スコットランド
マレイグ
スカイ島
スターリング
エジンバラ
グラスゴー
ニューカッスル
ヨーク
プレストン
アイルランド
イングランド
スタッフォード
ウェールズ
ロンドン

登場人物

深町麟	帝国大学文学部の学生
小波涼	南雲与志郎の助手、探偵
南雲与志郎	帝国大学教授
赤松パトラ	漫画家
近藤裕行	編集者
カレン・スマイリー	歌手、ジュダスの娘
ジュダス・スマイリー	司法精神医学者
松嶋貴子	カレンの叔母
ハンス・ダンフリーズ	松嶋の事務所の社員
アンナ・ヘイヴン	サウス・ロンドン大学教授
マックス・シュミット	ドイツ人のマジシャン
ダニエル・リップルウッド	旧コーダ城の城主
トーマス・マッギース	ベスレム王立病院医長
梶ヶ谷秀行	神経病理学者
モリス・ギル	デニス・ヒルの看護スタッフ
ニック・カークウォール	デニス・ヒルの入院患者
ジルベール・ダンフリーズ	ハンスの兄
ダンフリーズ伯爵	ジルベールの父親
シオン・マクロード	マクロード家の娘
エレン・マクロード	シオンの姉
ティモシー・マクロード	シオンの父親
ウォルター・ヘイヴン	アンナの息子
チャールズ・キング	かつての名優

プロローグ

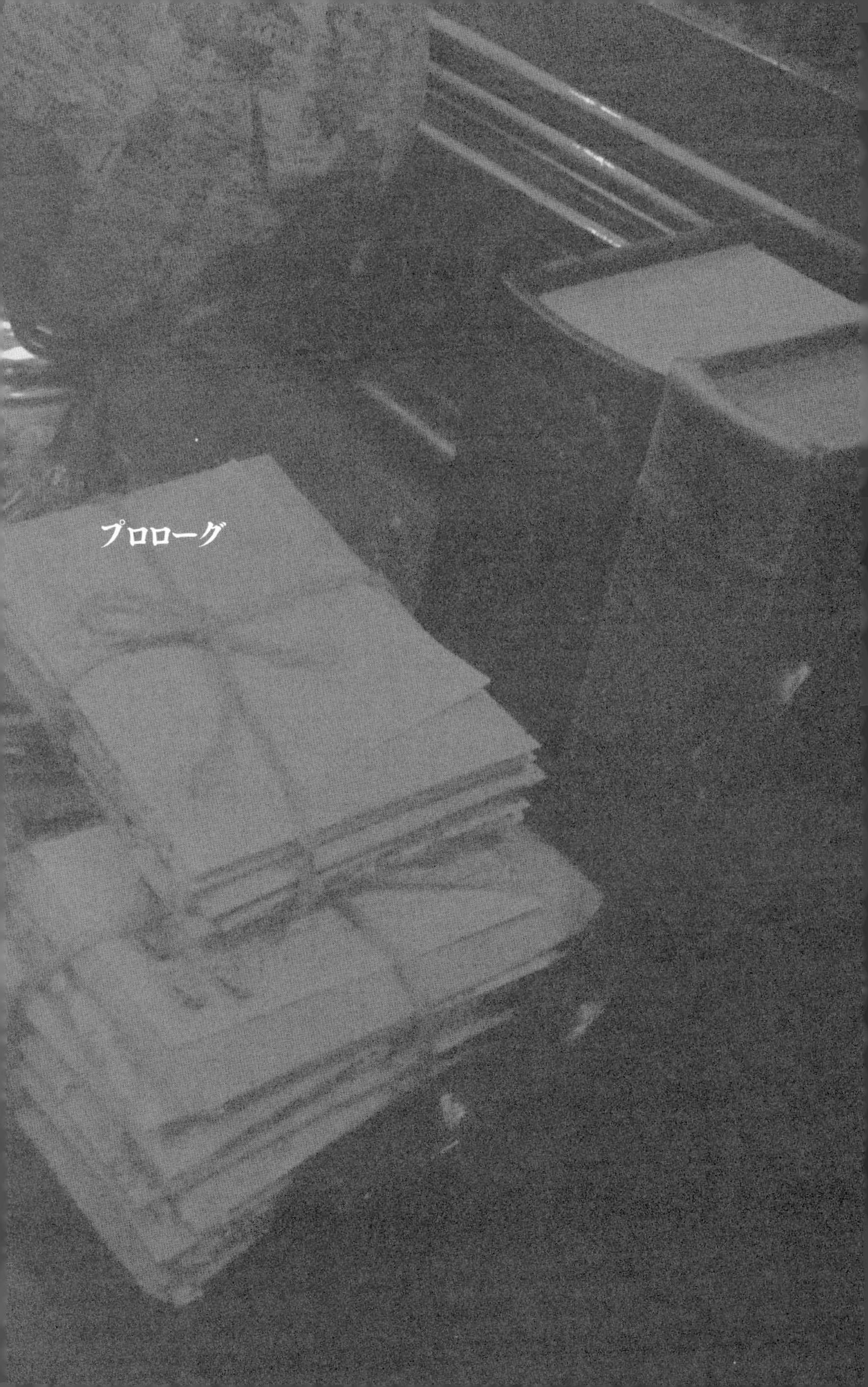

一

スコットランドの西の端、スカイ島にあるディーダラス館という邸宅で、少年ジルベールはまだ幼い少女であるシオンに、この地に伝わる伝承を話して聞かせていました。夜も更けて、いつもは優しいジルベールの声が、なぜか不気味にシオンには響いています。

スカイ島の名前の由来は「空《sky》」ではなく、この島の形が「翼《skye》」に似ていることにちなんでいると伝えられています。


これは、遠い、遠い昔の話。

人間たちの力がまだ弱いものだった頃、この国は、エルフとフェアリーたちが支配する国だった。エルフは若々しく勇敢で、邪悪な敵たちが襲ってきても、負けることはなかった。

エルフは、長い生命《いのち》を持っていた。エルフは神々でもなければ、妖精でもなく、人間でもなかった。しかし、エルフは、そのどの性質も持っている種族だ。彼らは人間よりも、遥かに長く生きることができた。

しかし、彼らもこの世界では、永遠の命を持つわけではなかった。だからエルフは人間を愛し、彼らと子孫を残した。この国の人々は、エルフの遠い子孫になる。自らの死期を悟ったエルフは、長い旅に出発する。「母なる島」に向けて、彼らは航海に出る。「母なる島」では、永遠の幸福と生命が約束されていた。

ローマ人やヴァイキングたちが現れるよりも、もっと昔の物語。

エルフたちがまだ若々しく、世界を統べていた頃、大ブリテン島からスカイ島への入口にあたるこのカイルキンの町は、エルフの都だった。今でこそ、この荒れ果てた土地を見ると、それはとても信じられない。

しかし、ダーク・ドルイッドの襲撃により、カイルキンの町が炎に包まれ黒い煤煙が空を覆うまで、スカイ島のこの地は温暖な場所だった。

春ともなれば花々が咲き乱れ、溢れる日差しの中に美しいエルフや人間の子供たちが駆け回っていた。キリアンズの山は青々とした森で満たされ、緑色の澄んだ泉が森の中にあった。

カイルキンの町、そして大ブリテン島のスコットランドやその向こうにある広大な土地に暗く冷たい冬が訪れるようになったのは、もっと後のこと。ダーク・ドルイッドの邪悪な魔術と、その後に長く続いた魔法戦争によるものだった。

エルフの国が栄えていた頃、カイルキンの港には、世界中からきた船が寄港していた。巨人族やドワーフたち、褐色や黒い肌の人間たちで、港はいつも喧騒の中にあった。彼方の国々からの珍しい食材や財宝が、この港には溢れていた。

さらに、この町は、古代から伝わるエルフの秘密の地下通路の入口もあった。エルフはこの地下に張り巡らされた迷路のような「地球の中心に至る道」を使って、遠方の国々とも自由に行き来をしていた。

エルフの一族は、「地底の王国」を訪問したと伝え聞いているが、その王国がどこにあるのか、今はもうわからない。後の人間の世になってからは、錬金術師の数人のみがこのエルフの地下の道にたどり着いたことが記録に残っている。


シオンよ、お前には想像もつかないだろう。

カイルキンの町は、現在のエジンバラやロンドンよりも、にぎやかな都市だったのだ。

レストラン、カフェ、シアターやコロッセウムが立ち並び、屋台でにぎわう町の広場には大道芸人や俳優たちがパフォーマンスを繰り広げていた。広場の先には緑のあふれた公園があり、その向こうの小高い丘には、エルフの宮殿があった。そこにエルフの王が住んでいた。

エルフの国には、フェアリーも大勢いた。

フェアリーは、エルフの友達だ。彼らは不思議な力を持っているが、アンバランスで、ものの善悪がよくわからない。というのは、フェアリーは古い神々の末裔だから。

彼らに、人間の善悪の基準は通用しない。フェアリーはあるときは神にもなるが、悪鬼のように振る舞うこともある。賢いフェアリーも、愚かで邪悪なものもいる。フェアリーは神であるので、彼らは不死だ。ただ多くの神々と同じように彼らも滅び、消え去ることはある。

カイルキンの都が栄えていた頃、遠い異郷の地へと一人のフェアリーが迷い込んだ。

彼は若く知恵もあったが、仲間を信じる心を持っていなかった。彼はエルフの王に代わってカイルキンの支配者になることを望んだが、逆にエルフの国から追放された。

彼はエルフの国であるスカイ島を離れ、大ブリテン島に渡り、それからさらに大陸に旅立った。それは、あてのない放浪の旅だった。そして、さらに気が遠くなるくらい長い時間、彼は旅を続けた。

彼がたどり着いたのは、太陽が照りつける砂漠の国だった。そこで彼はこの世界から消え去ろうとしていた。それは彼自身の意思だった。最後に彼の中に存在していたのは、憎しみの気持ちだった。しかし、彼を邪魔するものがいた。

彼が消滅する寸前、その若いフェアリーは一人の神と出会った。神は復讐の神だった。

神はフェアリーの命を救った。そして彼に怒ること、支配すること、殺戮することを教えた。さらに神は彼に、邪悪な手下を与えた。それが『黒の旅団』だった。

フェアリーは、ダーク・ドルイッドと呼ばれるようになった。元来ドルイッドは、エルフの国の神官だった。復讐の神は、ダーク・ドルイッドに、エルフの王国を滅ぼし、征服するように導いた。

ダーク・ドルイッドは、黒の旅団の十二人の騎士とともに、多くの国を征服した。彼らの通った後には、数え切れない死体と焦土しか残っていなかった。そしてついに彼は、このエルフの地であるスカイ島に舞い戻った。彼らはかつてない恐怖をもたらした。


ジルベール兄さんの話をここまで聞いたとき、シオンは、恐る恐る尋ねました。

「それは、どれくらい前のお話なの？　シオンがまだ小さい頃のこと？」

シオンがそう言うと、ジルベールは明るい声で笑いました。

その笑い声は、シオンの恐怖心を忘れさせてくれるものでした。シオンには、今にもダーク・ドルイッドと恐ろしいその部下の騎士たちが、自分の目の前に現れるような気がしてならなかったのです。

「ずっと、ずっと前の話。シオンが生まれるよりも、もっと前のこと」

「それじゃ、お父さんやお母さんが若かった頃のこと?」

本当のことを言うとシオンには、お父さんやお母さんが子供だった頃のことなど想像もつきませんでしたが、それくらい昔の話だと思ったのです。

ジルベールは首を振りました。

「もっと、ずっと前。今この世に生きているすべての人が生まれるよりも、何千年も前」

ジルベールにそう言われても、シオンにはよくわかりません。でも、ジルベールの話が今のことではないとわかって、彼女は少し安心しました。そんなに昔の話なら、黒い服を着た恐ろしい戦士が、すぐ襲ってくることはないわけです。

「正確にどの位前のことなのか、ぼくにもよくわからない」

ジルベールが言いました。そういう彼の話し方は、シオンには意外でした。ジルベール兄さんにわからないことなど、何もないと思っていたからです。

だから、シオンにわからなくても、仕方ない。

ともかく遠い昔の時代、スカイ島の都カイルキンで、エルフと黒の旅団との間に、激しい戦いが起こった。復讐の神の力を受けたダーク・ドルイッドと十二人の騎士は、四人のエルフの王と激しく戦った。エルフには昔から四つの秘宝があり、その所有者が王となることができた。

長い戦いが続き、人間はもちろんのこと、エルフやエルフを助ける正義の魔法使いにも、多くの犠牲者が出た。しかし、スカイ島では、ダーク・ドルイッドの魔力よりも、正義の魔法の力が強かった。

十二人の騎士のうち、半数を倒されたダーク・ドルイッドは、いったん軍勢を後退させた。彼はアマデールの港からスカイ島を脱出し、スコットランドのフォート・ウィリアムにたどり着くと、ハイランドのグレンコーの山に立てこもった。

エルフは勝利を収めたが、それは苦い勝利だった。エルフの四人の王のうち二人は戦いで命を失い、一人は瀕死の重傷を負っていた。カイルキンの町の大部分も、黒の旅団によって焼き払われていた。戦禍のため、住民の多くも亡くなるか、町を去って行った。戦いがすんでから何か月にもわたって、町からは黒い煙が立ち昇っていた。

一人無傷で残ったエルフの王キンタイアは、カイルキンの町を捨てることを決断した。彼は仲間や戦士を引き連れ、霧の島スカイ島の奥地へ進んで行った。

やがて彼らは、大西洋の荒波が打ち付けるスカイ島の西の端にたどり着いた。そして彼が築いたのが、今もあるダンヴェガン城だ。現在の城主であるマクロード家は、キンタイア王の遠い子孫にあたる。だからシオン、お前もキンタイア王の血を受けつぐ持つものだ。

キンタイア王の次男であるルークは父の指示によって、ダーク・ドルイッドの後を追った。彼はネス湖のほとりに城を築き、守りの要とした。これが後のアーカート城であり、ルークの子孫がスコットランド王となった。

グレンコーまで後退したダーク・ドルイッドは、深く傷ついていたが、すべての力を失っていたわけではなかった。彼は人々の邪心につけこみ、それを操作する力を備えていた。彼の目的は、スカイ島で栄えていたエルフの王国を征服することだけではなかった。

かつてはエルフの王国の住民であったダーク・ドルイッドは、エルフの力の源泉が何かを知っていた。それは、神々から伝えられたエルフの秘宝だった。エルフの秘宝は四つあった。その四つとは、マジカル・プレート、ルーグの槍、ヌアザの剣、そしてダグザの大鍋だ。

その中でも最も重要なものが、マジカル・プレートという石板だった。エルフの魔力とすでに滅んだ古代の神の力がこめられた魔法の石板が、エルフに不思議な力を与えていた。このプレートは神々の時代が終わるとき、神々からエルフに託されたものと伝えられている。

ダーク・ドルイッドは、マジカル・プレートを自分のものにしようとたくらんでいた。後にスコットランド王の象徴となった「運命の石」は、このマジカル・プレートから作られたものだ。運命の石は、王となるべき人物がその上に座ると喜びの声をあげると言われている。後の時代この石は、イングランド王エドワードによって、スコットランドから持ち去られてしまった。ただその頃には、すでにマジカル・プレートの魔力は封印されていた。

ブリテン島のグレンコーに撤退した後、ダーク・ドルイッドは新しくヨーロッパ大陸から渡来した異民族を仲間に取り込んでいった。そして再び、彼はエルフの国に戦いを挑んだ。

エルフの王とその末裔はよく戦ったが、一部の人々は戦いを嫌い、アイルランドやさらに遠くの島々に逃げ去った。

しかしダーク・ドルイッドは、マジカル・プレートを手にすることはできなかった。ドルイッドの魔法使いや、ダンヴェガン城に今でもあるフェアリーのフラッグが、彼の魔力に打ち勝った。この果てしのない戦いが、伝説の魔法戦争だ。

戦いは、長く続いた。それは一進一退だった。エルフの王は何度もダーク・ドルイッドを後一歩のところまで追い詰めたが、彼の魔力のために滅ぼすことはできなかった。スカイ島のポートリー、オールドマン・オブ・ストール、対岸のカイル・オブ・ロッハルシュやマレイグが主な戦場となった。ネス湖近くのアーカート城の付近で、激しい戦闘が行われたこともあった。

そして長い年月が過ぎ、エルフの時代は去って人間の時代が来た。エルフの秘宝であるマジカル・プレートも人間の手に託された。

シオンは、まだ見たこともない、エルフやフェアリーのことを思い浮かべました。そしてダーク・ドルイッドとの恐ろしい戦いのことを考えました。

まだ九月だというのに、家の外では、しんしんと細かいひょうが降っています。今にもダーク・ドルイッドとその仲間の黒い騎士たちが現れるのではないか、そう思うとシオンは恐ろしさのために、とても不安な気持ちになってしまいました。本当はもう寝る時間なのに、眠気はまったくやってきません。

シオンの今いる場所は、ジルベールの話に出てきたスカイ島のダンヴェガン城の近くの城館です。屋敷の南には広い牧場が広がっていましたが、北側は断崖絶壁となっていました。シオンの不安を知ってか知らずか、ジルベールは声をひそめて話を続けました。

マジカル・プレートは、今この邸宅にある。そして、その正統な所有者は、シオン、お前なのだ。エルフの王の遠い末裔であり、マクロード家の直系の子孫であるお前が、プレートを持つ権利を持っている。

シオンは、ジルベールに何を言われているのか、よくわかりませんでした。おとぎ話の世界から、急に現実に引き戻されてしまった気分です。自分がマジカル・プレートの所有者と言われても、幼いシオンにはそれが何を意味するのかわかりません。

「だって、お兄さんの話は、遠い、遠い昔のことでしょう。それにその魔法の宝物があったとしても、あたしが持つようなものじゃないわ。お兄さんの方が、ずっとふさわしいと思うし、それがだめならエレン姉さんもいるわ」

シオンは急にひんやりとした風を感じました。気のせいか部屋のランプの灯かりも、暗くなったように思えます。ジルベール兄さんも、だれか別人のように見えます。家の中に飾ってある昔の鎧から騎士の魂が、ジルベール兄さんに乗り移ったような気がしました。

シオンは怖くて、何も言い出せませんでした。この家の中に、何か魔性のものが入り込んでいるのでしょうか。

——

ジルベールは話を続ける。歴史の本には書いていないけれど、このエルフのマジカル・プレートをめぐって、長い争いが繰り広げられてきた。このプレートは地上には存在しない物質で作られ、これを持つものは地上の王となることができると伝えられている。

時は過ぎ、エルフの力は衰えた。エルフたちのほとんどは自らの死を悟り、遠くにある島に向けて旅立って行った。

地上を支配するのは、人間の王となった。フェアリーの多くも消滅するか、姿を消した。しかし、ダーク・ドルイッドは砂漠の神の魔力のためか、不死を保っていた。

ダーク・ドルイッドは、異教の魔術師を仲間として、スカイ島の王国を再度襲った。エルフたちの力に頼ることはできず、王国にはダーク・ドルイッドに対抗する力はなかった。

瀕死の重傷を負った人間の王カルスは、マジカル・プレートを持って逃走した。彼は、カイル・オブ・ロッハルシュに近いアイリーン・ドナン城にこれを隠した。シオンは、アイリーン・ドナンには行ったことはあるかい？

ジルベールの問に、シオンは首を振りました。それは、初めて聞いた名前でした。

アイリーン・ドナン城は、水の中に浮かぶ美しい城さ。カイル・オブ・ロッハルシュの鉄道の駅は覚えているよね。スカイ島に渡る大きな橋がある場所だ。

シオンは、その場所はよく覚えていました。どうしてかというと、半年あまり前に、彼女は家族に連れられこのダンヴェガン城から三時間以上かけて、カイルの駅までドライブをしたからです。それからシオンは、生まれて初めて電車に乗りました。カイルからインヴァネスまでの旅は夢のようでした。

インヴァネスに着くと、ネス川のほとりにある美しいホテルに泊まりました。シオンはホテルの客がみな立派な大人の人ばかりで、とても緊張してしまいました。

それからシオンは、インヴァネスからエジンバラまで電車に乗りました。それは豪華な特急列車だったので、シオンはなおさらびっくりしました。そして、これまで知っている世界とは、まるで別世界のようなエジンバラの町。

なんて美しい町なのでしょう。なんて多くの人がここにはいるのでしょう。シオンが見たこともないような奇妙な格好の人たちも大勢いました。

シオンには、このような素晴らしい場所が存在すること自体、信じられませんでした。小高い丘の上に立つエジンバラ城から宮殿に続くロイヤルマルの両側には、きらびやかな商店やレストランが並んでいます。ロイヤルマルから狭い階段を下りてグラスマーケットに向かうと、迷路のような路地がどこまでも続くのです。

この町は、スコットランドの王様が住んでいたところよ。ママがそう教えてくれました。人影もまばらなスカイ島とは、何という違いなのでしょう。エジンバラの町は、どこまでも果てがないほど広いように、シオンには思えました。

カイル・オブ・ロッハルシュからフォート・オーガスタスに向かう途中に、アイリーン・ドナンの城がある。この城もかつては、わが一族マクロード家のものだった。キンタイア王の血筋を引くカルス王は、マジカル・プレートを守るために、この城を建造しておいた。

そこは、湖の中にある難攻不落の城だ。城の中に達するには、一本の細い橋があるだけだった。ダーク・ドルイッドは火の魔法使いゾロンの力を借りて、無数のオークたちにアイリーン・ドナンを包囲させた。暗黒の世界の炎が城を取り巻いた。

勝敗はなかなかつかなかった。しかしついにダーク・ドルイッドの軍勢が城門に達した時、カルス王は城に続く橋を破壊した。敵軍の大部分は湖深くに沈んだ。しかしその時、ダーク・ドルイッドと火の魔法使いは、すでにアイリーン・ドナンの城内に侵入していた。

ゾロンの魔力によって、城は炎に包まれた。多くの兵士が倒された。城の大広間で、カルス王は最後の戦いを挑んだ。彼は剣の達人だったが、ダーク・ドルイッドの力は圧倒的だった。カルス王の体を、ダーク・ドルイッドの魔剣が貫いた。王は息絶えた。

勝利したダーク・ドルイッドは、城内をくまなく探した。しかし、彼はマジカル・プレートを発見できなかった。シオン、どうしてだと思う。

そうジルベールから言われても、シオンは見当もつきません。

「わからないわ」

「カルス王は、マジカル・プレートの魔力をすでに封印していたのだ。彼は自らの最期を予期していたから」

「封印？」

シオンは封印という言葉を知りませんでした。ランプの炎が揺らめいて、いつもは優しいジルベール兄さんの顔が悪鬼のように見えます。シオンは、ジルベール兄さんに、ダーク・ドルイッドの魂が乗り移ったのではないかと心配しました。

戦いが始まる前、カルス王と白の魔法使いドーリンは彼らの生命を削って、マジカル・プレートの霊力を一人の少女の体に封じ込めた。それが、カルス王の末娘であるシオン姫だった。アイリーン・ドナン城が炎に包まれる直前、プレートの封印を受けたシオン姫は、小船に乗って城外に逃れた。

「そのお姫様は、あたしと同じ名前なのね?」

シオン姫は無事に逃れ、エルフの末裔が住むハイランドの山里で暮らすことになった。そこはアヴィモアという小さな村だ。しかし、ダーク・ドルイッドは、しつこく彼女の行方を追い求め、危うい場面も何度もあった。

「でもそれは遠い昔の話でしょう。そのシオンというお姫様はその後、どうなったの?」

霊力を持ったシオン姫は、何度も生まれ変わりを重ねた。彼女たちは、マジカル・プレートの封印を受け継いで生を受けた。シオン姫が近くに存在すれば、不完全だがマジカル・プレートの力は発揮された。スコットランドの独立に尽くしたウィリアム・ウォリスという将軍の名前を知っているかい?スコットランドの英雄だ。

シオンはうなずきました。ウォリスの名前は、前にパパからも、ジルベール兄さんからも聞いたことがありました。ウォリスは、たいへん強い戦士だったということです。イングランドが無理な要求ばかりしてくるので、怒ったスコットランドの人たちを集めてイングランドと戦ったのだとシオンは聞いていました。

ウォリスは、スコットランドの古都スターリングでイングランド軍を打ち破った。彼が集めた農民を中心とするゲリラ兵が、当時ヨーロッパ最強のイングランドの正規軍と戦いこれを破ったのだ。

これは奇跡のような話だった。さらにウォリスの軍勢はイングランドまで進攻し、ヨークの町も手中にする。そして、イングランド王の片腕であったヨークの領主も倒した。

この僥倖ともいえる勝利は、マジカル・プレートのおかげだった。ウォリスの側には、プレートを封印されたシオン姫がいたのだ。

しかしヨークの戦いの直後、シオン姫がイングランド軍によって誘拐された。そのためウォリスの運は尽き、仲間に裏切られて捕えられ、彼は反逆者としてロンドンで八つ裂きの刑となった。絞首刑にされた彼の遺体は、首を切り落とされ、腹を裂かれてはらわたを燃やされた。

シオンは八つ裂きの刑とは何のことかわかりませんでしたが、それがとても恐ろしいものであることはジルベールの言葉の感じで伝わってきました。


ウォリスの首はロンドン橋に、腕はニューキャッスルとアバディーンで晒しものにされた。これはイングランド王の彼に対する憎しみのためだった。そして、スコットランドは完全にイングランドに占領されかかった。しかし新たなスコットランド王となったロバート・ブルース卿がシオン姫を奪還し、イングランド軍を再び打ち破った。

ブルースがスコットランドを支配し、つかの間の安定を迎えた。シオン姫は、エジンバラの近くに造られた秘密の宮殿の奥深くに隠された。

しかし、ダーク・ドルイッドは諦めることを知らなかった。悲劇の始まりは、女王メアリーだった。メアリーはシオン姫の生まれ変わりだった。すなわち、彼女はマジカル・プレートの魔力を持った女性だった。ダーク・ドルイッドは、メアリーがフランスに滞在中、彼女に接触した。

しかし、ダーク・ドルイッドは、封印を解くことはできなかった。そのため、彼は錬金術師ドラーリィの力を借りて彼女に呪いをかけた。これは後に薔薇十字団の秘法として知られた魔術だった。この呪いのために、メアリーはマジカル・プレートの力を発揮できなくなってしまう。

女王メアリーは、数奇な生涯を送った。これはすべてマジカル・プレートと、それにかけられた呪いのために起こったことだ。

生後六か月でスコットランド王になった彼女は、幼少時にフランス王と結婚する。しかし夫が急逝したため、故国スコットランドに戻った。彼女はまだ十八歳であった。しかしその後、メアリーの周囲では陰惨な事件が連続して起こった。

まずメアリーの寵愛を受けた文官リッチオが、彼女の二番目の夫であるダーンリ卿の嫉妬により殺害される。しかしその夫も、数年後、ボスウェル卿により暗殺。

メアリーはボスウェルと三度目の結婚をするが、これに反発した貴族たちが反乱を起こし、彼女は幽閉され、退位させられることになってしまう。

メアリーはイングランドに逃走したが、イングランド王エリザベスによって反逆罪の罪を課せられ四十四歳で処刑された。女王メアリーの死とともに、マジカル・プレートの行方はわからなくなった。

マジカル・プレートが失われたため、エルフの末裔であるスコットランド王に、もはや霊的な力は存在しなくなった。やがてスコットランドは、イングランドに併合された。正統なスコットランド王の後継者であるボニー・プリンス・チャーリーも、王位の奪還はできなかった。

二

シオンはいつもは冗談を言ったり楽しい話しかしないジルベール兄さんが、どうしてこんな話をするのか、とても不安な気持ちでした。なぜなら今日はシオンの六歳の誕生日であり、それにふさわしい楽しい話にはとても思えなかったからです。

季節は九月。もう秋を通り越して、冬のような天気が始まっています。外では細かいひょうが降り続けていました。けれど、暖房のきいた部屋の中はとても暖かでした。日中から夕方まだ早い時間には、一族の人たちが大勢集まっていました。知らないお客さんもたくさん来ていました。しかし夜もふけたこの時間となっては、家の中にはもうわずかな人数しか残ってはいません。家にいるのは、シオンの両親と姉、それにジルベール兄さんとダンフリーズ伯父さんだけです。

そうなると、この広い家がまるでお化け屋敷のような気がして、シオンはとても怖い気持ちになりました。ジルベールの話にあったダーク・ドルイッドとその仲間がマジカル・プレートを求めて、自分をじっと見張っているような気がしてならなかったのです。

「ジルベール、あまりシオンを怖がらせるような話をしてはいけないよ」

部屋に入ってきたのは、ダンフリーズ伯父さんでした。伯父さんはシオンのパパのお兄さんです。シオンは伯父さんのことが大好きでした。ただ伯父さんはよくシオンをからかうので、シオンはいつも泣かされていました。

「怖い話だったけど、面白い話だったわ。本当にあたしは、エルフの王女様の生まれ変わりなの？　伯父さん、教えてよ」

シオンは強がってそう言いました。ダンフリーズ伯父さんは大きな声で笑いましたが、その後すぐ怖い顔になりました。

「今の話はマクロード家の秘密だ。決して、外で話してはいけない。命を狙われることもある。いいかい、シオン？　今日はお前の六歳の誕生日だ。だからお前に一族の秘密を話したのだ。ダーク・ドルイッドは今でも存在している」

シオンはうなずきました。伯父さんのあまりに真剣な表情に、シオンはびっくりしてしまいました。命を狙われるですって？　いったい、どういうことなの？

伯父さんは本気で言っているのでしょうか。シオンは何がどうなっているのか、まったく理解できません。頭がただガンガンします。

伯父さんがこう言うからには、これまでのジルベール兄さんの話はやはりすべて本当のことだったのだ、そうシオンは思いました。

「それで、シオン姫の持っていたマジカル・プレートはいったいどこに行ってしまったの？」

シオンはジルベールに聞きました。

「ぼくには、よくわからない」

ジルベールが言いました。

「ダーク・ドルイッドも、見つけることはできなかったらしい」

「それに関しては、彼らは誤解していたのだ」

ダンフリーズ伯父さんが言いました。

「マジカル・プレートとは、霊的な存在だ。物質の姿を借りることはあっても、それは一時的なものに過ぎない。したがって、カルス王がシオン姫にプレートを封印したときも、石板そのものを物理的に体内に入れたわけではない。王はマジカル・プレートの霊的な力をシオン姫の中に、閉じ込めた。王は、ドルイッドの白の魔法を用いた。そしてその後、プレートの霊力はシオン姫の子孫たちに受け継がれてきた。科学的にいうなら、プレートの力はDNAに刻まれて遺伝していったとも言える」

「でも、お父さん。メアリー女王がイングランドで処刑されたとき、マジカル・プレートも失われたわけでしょう？」

ジルベールが聞きました。シオンも同じように感じていました。女王が死んでしまったのなら、魔法のプレートも無くなってしまったのではないでしょうか。

ダンフリーズ伯父さんは、それに対して次のように答えました。

メアリー女王の処刑の前日。場所は、イングランドの古城、フォザリンゲイ城。

変装したジャコバイトの除念師が、城の地下にある牢獄に侵入した。彼はメアリーにかけられた魔術師の呪いを解いた。彼はマジカル・プレートの霊力を取り戻し、新たな器にそれを注入した。さらに、除念師は女王メアリーを牢獄から救おうとした。しかし、彼女はそれを拒んだ。もうこれ以上生き長らえたいとは思わない、ダーク・ドルイッドの呪いを受けている自分が長く生きるほど、周りのものを不幸にしてしまう、そう女王は言って、除念師による救出を拒否し、翌日の処刑を受けいれたという。

除念師の名前は、ラーマンと言った。彼は、エルフの白の魔術の流れを汲むドルイッド僧の末裔であった。ラーマンはメアリーが幽閉されたフォザリンゲイ城を脱出し、ニューキャッスルの港から海路スコットランドに向った。しかし不運なことに船が難破し、オランダの海岸に打ち上げられてしまう。

それから、ラーマンの放浪の旅が始まった。それは容易なものではなかった。マジカル・プレートを奪われたことを知ったダーク・ドルイッドの一味は、追っ手を差し向けた。オランダからフランスにかけて、すべての港は厳重な警戒がしかれていた。その網の目をくぐってラーマンがスコットランドに向かうのは、不可能だった。彼は仕方なく、南方を目指した。

ケルト民族には、二つの系統がある。陸のケルトと島のケルトだ。このスコットランドやアイルランドのケルト人は島のケルト人。それに対して、ローマ人より前に大陸に住んでいたのが陸のケルト人だった。

今や彼らはばらばらになってしまったが、その当時いくつかの都市には、ケルト人の小さなコロニーが残っていた。ラーマンは、アムステルダムのコロニーを目指した。

その当時も、アムステルダムは今と変わらない国際都市だった。ロンドンも外国人が多いところだが、アムステルダムの町は当時から外国人に対する差別が少ないところだった。ラーマンの持つ新しいマジカル・プレートは、五角形の青く光る小さな宝石だった。彼はそれをペンダントにし、首からさげて肌身離さず所持していた。

アムステルダムでは、新教徒と旧教徒の激しい争いが続いていた。宗教戦争だ。ラーマンが身を隠したのは、運河沿いにある古いカトリックの寺院だった。しかしある晩、そこは新教徒たちによって、焼き討ちにあってしまう。ラーマンは運河に飛び込み、危うく難を逃れた。彼は小さな船に乗り込み、アムステルダムを離れた。

彼にとって、海路も陸路も閉ざされた状態だった。港はダーク・ドルイッドの手先によって見張られている。陸路は新教徒たちが、暴徒と化している。魔力を使えば戦っていけるが、それは自分の居場所を敵に明らかにすることになってしまう。

ラーマンは古くからエルフに伝わる、「地球の中心へ向かう道」をたどることを決心した。この道は、エルフの王の城から世界各地に連なる地下の道だった。地上の道の数倍の速さで、目的地までたどり着くことができる。

しかし同時にその道は、容易なものでないことを彼はよく理解していた。エルフたちが去ってから数千年あまりの間に、わずか数人しかこの道を通ってはいなかったからだ。熟練した錬金術師や魔術師が何人も「地球の中心」に向かったが、生きて帰還したものはほとんどいなかった。

エルフに仕えるさまざまな幻獣たちが、今でもこの道を守るために、存在しているはずだった。ラーマンがスコットランドに戻るには、エルフの作った数多くのトラップを潜り抜けていく必要があった。

シオンは少し眠くなってきてしまいました。

ダンフリーズ伯父さんの語る、除念師ラーマンの冒険のお話をずっと聞いていたかったのですが、もういつもの寝る時間はとっくに過ぎていました。

「シオン、続きは明日にしよう。もう寝る時間だ」

ダンフリーズ伯父さんが言いました。

「ただ今どうしても、お前が知っておく必要があることがある。それだけは、話しておこう。伝説のマジカル・プレートは、この屋敷の中に存在している。その力は除念師ラーマンが持っていたブルー・ストーンの中に封印されている。

その封印を解くことができるのは、シオン、お前だけだ。ジルベールが言っていたように、お前がその正統な所有者なのだ。しかし、今はまだ封印を解くべき時期にはなっていない。今から十二年後、お前が十八歳になったとき、定められたゲール語の呪文を唱えることにより、マジカル・プレートはそのフォースを取り戻す。今やスコットランドの王家は存在しないが、マジカル・プレートの力は残っている」

ダンフリーズ伯父さんはそう言うと、話を終えました。その時には、シオンはもう半分眠っていました。シオンから見ると、ダンフリーズ伯父さんは、スカイ島を支配した古《いにしえ》のエルフの王様のように見えたのです。

第1章

カレドニアン・スリーパー

Caledonian Sleeper

一

ぼくの名前は、深町麟《ふかまちりん》。帝国大学の一年生で、年齢は、十九歳。周りのみんなからは、名前のままリンと呼ばれている。

今、ぼくは日本からロンドンに着いたところだ。時刻は間もなく現地時間で、午後六時になろうとしている。

ロンドンと日本との時差は八時間なので、東京では深夜二時ということになる。十一時間あまりのフライトだったが、興奮していたためか、ぼくにとってはあっという間に過ぎてしまった。

ここは、ヒースロー空港。ロンドンには他にもいくつか国際空港はあるらしいが、ヒースローが一番規模が大きいという。

ぼくには女性の連れがある。彼女は、日英混血の美少女だ。

彼女の名前は、カレン・スマイリー。カレンは現在日本で人気上昇中のアイドル歌手で、女優でもある。しかしロンドンで一緒にいるからといって、ぼくの彼女というわけではない。

平凡な大学生であるぼくが、どうして美少女アイドルと二人で旅をしているかというと、それにはもちろん理由がある。

ぼくは彼女を生まれ故郷であるスコットランドに送っていく途中だった。仲介者を通して彼女の父親であるスマイリー博士から依頼されたのである。

ただこれは、普通の旅行ではなかった。カレンは謎の人物によって、もしイギリスに行くなら殺すと脅迫されていたからだ。だからぼくは、カレンのボディーガードということになる。

話は十日ほど前にさかのぼる。

いつものようにぼくは、友人である小波涼《こなみりよう》君を彼の研究室に訪問した。

帝国大学医学部の中にある小波君の研究室に行くには、大学病院の裏手の埃っぽい坂道を歩いて行く必要がある。

病院の正面玄関から駐車場の前を通り過ぎ、ずっと歩いて坂道が下りかかるころ、研究室への入口が見えてくる。建物の前の、ほとんど日が差さない狭い庭を通り過ぎて、年代もののドアを開けると、そこからは暗い廊下が続いている。

彼はこの病院の研究室で助手をしていた。しかし、助手とはいっても、正規の職員というわけではなかった。ぼくは涼の年齢は知らなかったが、見た目には、彼はまだ中学生ぐらいの少年だった。だから初めてここを訪問する人は、彼の姿を見ると怪訝な表情をする。どうしてこんな子供が大学の研究室にいるのかと思うのである。

涼の雇い主は精神科の南雲《なぐも》先生という人だった。

ぼくが涼と友達になれたのは、ミステリのおかげだった。

ミステリの中で、ぼくは万能の名探偵たちに出会うことができた。現実の生活における空虚さを、彼らが魔法のように癒してくれることをぼくは期待していた。

涼に初めて会ったのは、「フランボウの会」という鎌倉にある喫茶店で開かれているミステリ・マニアのサークルの席上だった。ぼくはその頃のことを、しばしばなつかしく思い出すことがある。そのサークルは、引退したある本格ミステリ作家が主催している集まりだった。月に一回の例会では、最近のミステリに関する議論をしたり、メンバーの一人が未解決の殺人事件についてレクチャーを行うことになっていた。

小波涼君は最年少の会員だったが、ミステリや犯罪に関する知識は専門家にもひけをとらなかった。やがて涼に誘われ、ぼくは帝国大学にある彼の研究室を訪れるようになった。

そこは、いつ行っても本と雑誌で溢れていた。大部分は部屋のオーナーである南雲先生の専門である医学関係のものだったが、古いポケット・ミステリや、「宝石」や「幻影城」のバックナンバーなども並べられていた。

大学受験の時、ぼくは迷わず帝国大学を第一志望にした。幸いぼくは文学部に合格し、それからはひんぱんに、涼のいる研究室に出入りできるようになった。

二

研究室のドアを開けると、涼は大きな本棚の後ろにある幅の広いデスクに向かって、パソコンのキーボードを叩いていた。デスクの上には、単行本や雑誌、さまざまな文献のコピーなどが積み上げられている。

この部屋で涼はたいていパソコンに向かって、何かをしている。ぼくには理解できない英文の論文らしい文章を書いていることもあるし、統計ソフトを使っていることもある。

目立たなかったが、涼はなかなかの美少年だった。もっと服装をしゃれたものにし髪型にも気を使えば、ファッション雑誌のモデルにでも採用されそうな位だ。しかし、涼はそういったことにはまったく無頓着だった。

この研究室の本当の持ち主は南雲先生で、年齢は六十歳くらい、でっぷりと太った穏やかな人だ。だが、彼は滅多に顔を見せることはない。もし来ても、ドアのところで涼と立ち話をするだけで、すぐに帰ってしまうことが多かった。

「深町さん、しばらく休暇をとれませんか？」

突然、涼が言った。

「休暇？」

「アルバイトといってもいいんですけど。ある若い女性をエスコートしてイギリスまで送って行ってほしいんです」

「ぼくはイギリスなんて行ったことないし、英語もできないよ」

「それでも大丈夫です。彼女はスコットランド出身で、英語については心配ありません。もちろん日本語も堪能です。南雲先生の古い友人のドクターからの依頼なのです。深町さんは、カレン・スマイリーという歌手を知っていますか？」

「カレンて、あの女優もしている歌手のカレンのこと？」

「人気絶頂らしいですね。そのカレンを生まれ故郷であるスコットランドまで送って行くのが、今回の役目なのです」

カレン・スマイリーといえば、今、日本で一番人気のある歌手と言ってもよかった。名前は横文字だが日英ハーフの小柄な美少女で、歌唱力も抜群。一年あまり前にデビューをして、大ヒットをすでに数曲出している。

「カレンさんの父親であるスマイリー博士は、司法精神医学の分野で有名な方で、南雲先生の古い知人です。幼い頃に母親を亡くしたカレンさんは、しばらくスマイリー博士がスコットランドで面倒を見ていましたが、その後母親の妹である舞台女優の松嶋貴子《まつしまたかこ》さんに引き取られ、日本で暮らしていました。カレンさんの実のお母さんは、画家だったそうです。

貴子さんはカレンさんに素晴らしい歌唱力のあることに目をつけ、彼女を芸能界にデビューさせました。それは、今のところ大成功しています。ところが数日前、スマイリー博士から松嶋さんに連絡が入りました。博士は病気のため長年療養していましたが、病状が悪化したため、カレンさんと会うことを強く望んでいるそうです。このため松嶋さんもカレンさんの仕事のスケジュールをキャンセルし、帰国させることにしたのです」

「どうして、彼女は一人で帰れないの？」

「本人は一人で大丈夫だと言っています。しかし、ここ数週間、カレンさんの元に不気味な脅迫状が届いているのです」

そう言うと涼はファイルの中から、手紙のコピーを取り出した。

はるか遠くの北方の国で、あなたは永い眠りを強いられる。
黒い妖精が、あなたの所に訪れる。
半分は天使で、半分は悪魔。
あなたの緑の瞳は彼に奪われ、永遠の孤独が続くであろう。

「これって要するに、カレンにスコットランドに戻ってくるなっていう警告なわけ？　北方の国とは、スコットランドのことだよね」

ぼくの問いかけに、涼はうなずいた。

「これと似た手紙が、何通もカレンさんの所に来ているそうです。もっとはっきりと彼女の死を示すものもありました。それで松嶋さんが心配して、スマイリー博士の旧友である南雲先生のところに相談に来ました。できれば内々に、だれか信用できる人にカレンさんをスコットランドまで送って行ってほしいということでした。

松嶋さんには、脅迫状の主の心当たりはまったくないそうです。深町さん、この仕事をぜひお願いします。もちろん旅費はすべて、依頼者持ちです」

実を言うと、ぼくはもうほとんどその気になっていた。人気絶頂の美少女歌手と二人で海外旅行できるなんて、夢のような話だ。問題はバイトをどうするかだ。

「それで、期間はどの位かかる？」

「行って帰ってくるだけなら四、五日もあれば十分ですが、せっかくスコットランドまで行くのなら、二週間位は行って来たらどうでしょう」

「二週間か」

ちょっと長いけど、二週間だったら授業はなんとかなるし、バイトも誰かに頼めるだろうとぼくは思った。

「出発はいつの予定？」

「十日後の日曜日です」

それからぼくはイギリスのガイドブックを買いあさり、大急ぎで旅行の準備を始めた。幸いなことに、パスポートは取ってあった。

涼に尋ねると、まず訪れるのが、スコットランドの北部にあるインヴァネスという町だという。スマイリー博士はその町の近くに住んでいるらしい。インヴァネスは、有名なネス湖が近くにある町だ。その他に行く可能性のある場所は、スカイ島、エジンバラ、ロンドンだと彼が言ったので、ぼくはインターネットで検索して、それらの町を調べた。

そうしていると、あっという間に数日が過ぎた。バイトの算段も何とかつけた。バイトの収入がないと、貧乏なぼくには厳しいけれど、こんなチャンスはまずない。


ぼくがカレンと直接会うことができたのは、出発の当日だった。

待ち合わせは、松嶋さんの事務所だった。日曜日の早朝、ぼくは地下鉄の駅を降りると、重いバックパックを背中に背負い、事務所のあるビルまで歩いて行った。

事務所には朝の七時前に着いた。

そこにはすでに、カレンと松嶋さん、それに涼が集まっていた。その他に二十代後半位の外国人男性がいて、カレンと談笑していた。

涼がぼくをカレンと松嶋さんに紹介した。外国人の男性は、ハンスという名の事務所のスタッフだった。彼は物静かな雰囲気の人だった。元々スコットランドの大学でケルト文化を研究していたが、日本文化との類似性に興味を持って日本にやって来たのだという。

ぼくが、よろしくとカレンに言うと、彼女はにこりと笑って小さくうなずいた。魅力的な笑顔だ。

カレンはテレビで見るよりも、小柄でやせていて物静かな印象だった。舞台の上で、激しく踊りながら熱唱する彼女とは、別人のように見えた。カレンの瞳は、魅力的な緑色をしていた。

涼とは事務所で別れた。成田空港までは松嶋さんが車を運転して送ってくれた。車の中では、松嶋さんがほとんど一人で喋っていた。近くにいるとただの中年のおばさんだけど、実は舞台女優としては有名な人だったらしい。

「深町さん、イギリスは初めて?」

「そうです」

「涼君から、日程は聞いているわよね。ヒースロー空港に着いたら、すぐに列車で、パディントン駅に向かうこと。ヒースロー・エクスプレスを使えば、空港からは二十分位よ。ヒースローからパディントンまで直行できるようになって、移動が楽になったわ。前は地下鉄を使うかタクシーを拾う必要があったけど、地下鉄は遅くてよく止まるし、タクシーは渋滞にはまるし、たいへんだったの。

今日のうちに、ロンドンからインヴァネスかエジンバラまで飛行機で行ければ楽だったんだけど、適当なフライトに空席がなかったの。だから、少しきついけど、夜行列車を使ってもらう。そうすれば、明日の朝にはインヴァネスに着ける。

スコットランド行きの夜行列車が出るのは、ユーストン駅。パディントンから地下鉄で行ってもいいけど、途中で乗り換える必要があって面倒だから、駅でタクシーを拾うようにしてね。ロンドンに滞在できないのは残念だけど、きっと帰りに時間がとれると思う。その時に、ゆっくりロンドンを見て回ればいいわ。

あたしは、ロンドンは大好き。本当は一緒に行きたいけど、仕事がキャンセルできなかった。今、一か月の芝居の公演中なの。カレンの仕事の埋め合わせだけでも、大騒ぎだったから。あたしまで、休むわけにはいかないわ。

君はもし時間があれば、チェルシーの大通りを散策したらいいと思う。キングス・ロードという名前よ。昔、あたしがミュージカルを勉強していた頃に、近くのスローン・スクエアという場所に住んでいた。チェルシーから、よくテムズ川の川岸まで散歩したわ。そうあのあたりは、大きな古いお屋敷が多いの。だから、散歩するだけでとてもいい気分になったの。

ユーストン駅から、あなたがたが乗るのは、カレドニアン・スリーパーという名の夜行列車。終点のインヴァネスには、翌朝の十時過ぎには着く予定。日本と違って列車はよく遅れるから、あまり時間には神経質にならない方がいい。インヴァネスに着いたら、スマイリー博士の自宅まではすぐよ。途中に、有名なネス湖があるわ。英語を話すのは、カレンに任せて、不審な人物が近くに来ないか注意してください」

「カレンさんにつきまとう人物に、心当たりはないのですか」

「単なるカレンの熱狂的なファンかストーカーかもしれない。それなら、むしろ安心だわ。どうしてこんな手紙を出してくるのかわからないけれど、まさかイギリスまで追いかけてきたりはしないでしょう。しかし手紙の主は、彼女の過去のことを何か知っているようなの」

そういう松嶋さんは、どこか不安そうだった。

三

カレンは人気アイドルだったけれど、飾らないコケティッシュな少女だった。

成田空港で出国ゲートに入り、ぼくと二人きりになったとたん、彼女は安心した様子を見せた。黒縁の眼鏡をかけ髪を束ねている彼女が人気歌手であることは、幸いなことにだれにもわからなかった。

「貴子叔母さんから、いつもうるさく言われているの。あんたはスターなんだから、いつもスターらしくしなさいって。でも、肩がこって窮屈だよ。君のことは、リンと呼んでいい？　あたしはカレンでいいよ」

ぼくはうなずいた。

「リンは何している人なの？」

「普通の大学生」

「うらやましいな。あたしは普通の学校に行ったことがない。スコットランドにいた頃は、家で一人で勉強していた。子供の頃、あたしは身体が弱くて、学校は遠くて行けなかった。勉強は、パパや家庭教師の先生が教えてくれたけどね。日本に来てからは、インターナショナルスクールに通ったけど、仕事をすることになったから、ほとんど行ってない。歌と踊りのレッスンには通っていたけど。それで、君は何を勉強しているの？」

「英文科だけど、専門はミステリかな。ミステリの勉強しているわけじゃなくて、読んでいるだけだけど」

「あたしもミステリは大好き。あたしのパパは、物凄い量のミステリの本を持っていたんだ。あたしも家にいることが多かったから、パパの本を借りてよく読んでいた。クリスティやレンデルの本は、あたしの友達だった。有名な作家の人も、インヴァネスやアバディーンに来たときは、よくパパに会いに来て専門的なことを質問していたよ」

飛行機は定刻通りに離陸した。飛行機の中でぼくとカレンの席は離れていた。カレンはビジネスクラス、ぼくはエコノミーなので仕方がない。

半日あまりのフライトはあっという間だった。フライト中、ぼくはガイドブックを見直し、それから持ってきたミステリを読んで過ごしたが、なかなか本に集中できなかった。

ヒースロー空港で、ぼくはぼやけた頭で、飛行機を降りた。日本は深夜だが、ロンドンは夕方だ。時差ぼけで、身体がふわふわしている。どこまでも続く長いゲートを通って、ぼくはようやくパスポートチェックの場所までたどり着いた。カレンはぼくを待っていた。

入国ゲートの先にある売店で、カレンは何か雑誌を買っている。

「これ、『タイムアウト』っていう雑誌。日本の情報誌のようなものね。インヴァネスのフェスティバルに誘われているから、これでチェックしておくの。ちょうどミステリ・ナイトっていう催しがあるけど、リンも来る？」

ぼくはぼやけた頭のままうなずいた。これからぼくらは、ユーストン駅まで行って夜行列車に乗ることになる。

英国は近代鉄道発祥の地である。リバプールとマンチェスター間に最初の鉄道が開通したのは一八三〇年だから、現在から百七十年以上も昔のことになる。

しかし、その長い歴史による制度疲労のためか、あるいは英国自体の国力の低下のためか、戦後国有化された英国鉄道は老朽化が進み、ダイヤが乱れたり走行中の列車が突然止まってしまうことも珍しくはなく、日本の鉄道のように正確な運行を期待していると呆然とするそうだ。

一時間や二時間の遅れはまれでなく、列車そのものが急にキャンセルされることもあるという。だがそれにもかかわらず、ブリットレイル（スコットランドではスコットレイルと呼ぶ）には、さまざまな捨てがたい魅力がある。

ロンドンには中央駅がいくつかある。その中で北部のスコットランドに向かう夜行列車の始発駅は、大英博物館のあるラッセル・スクエア近くのユーストン駅だ。

日中だと、ユーストンあるいは隣のキングス・クロス駅からスコットランドの首都であるエジンバラまで、特急列車にあたるインターシティーを利用すれば、約四～五時間で到着することができる。さらに、スコットランド最北部の山岳地方ハイランドの中心地インヴァネスまでは、エジンバラから乗り換え時間も含めて四時間あまりで到着する。もちろんこれは、列車が遅れなければの話だ。

したがって鉄道を用いても、ロンドンを朝早く出発すればその日のうちにスコットランドにたどり着くのは難しいことではない。しかし、夜行列車(これをスリーパーという)には独特の魅力があり、英国内でも根強いファンが多い。

このスリーパーには、日本の夜行列車のように特別なニックネームが付けられていた。たとえば、ロンドン発エジンバラ行きはナイト・スコッツマン、インヴァネス行きはロイヤル・ハイランダーという愛称で呼ばれていた。

最近になって、このスリーパー全体の総称としてカレドニアン・スリーパーという名が用いられることになった。カレドニアンとはスコットランドの別名であるが、そのシンボルである明るいブルーの背景に描かれた三日月の絵はとても美しい。ぼくとカレンが乗るのは、カレドニアン・スリーパー、ユーストン発インヴァネス行きロイヤル・ハイランダー号だった。

四

ユーストンを午後九時半に発車する予定のスリーパーの車両が、すっかり日の暮れたホームに入ってきた。

ホームへの入口あたりには、ハンバーガーショップや、雑誌売場などが立ち並んでいる。その前の広場では、列車を待つ若者たちが、重そうなリュックサックをかたわらに置き、思い思いの姿勢で寝そべったり、腰を降ろしながら喚声を上げていた。

ぼくたち二人がユーストンの駅に着いたのは、発車時刻の一時間ほど前のことだった。二人とも、バッグ一つの軽装だ。

季節は、夏の終わりだった。駅の中は旅行に出かける人たちでにぎわっていた。インヴァネス行きの列車と前後して、エジンバラ、グラスゴーなどを目的地とする夜行列車も発車の準備をしていた。

ぼくたち二人は列車の最後尾の十号車にあるファーストクラスの車両に乗り込み、狭い通路を通って指定されたコンパートメントに入った。スリーパーのファーストクラスは一車両で、十二の個室があった。

ファーストクラスではコンパートメントを一人で使えるが、セカンドクラスでは二段ベッドとなっている。ぼくはカレンのお供をしているので、身分不相応なファーストクラスに乗ることができた。

スリーパーの室内は快適だった。窓際には大きな洗面台があり、こぎれいなベッドの上には、洗面用具やひげそりの入ったポシェットが置いてあった。ドアの上部と両側の壁には小さな円形の通気孔があり、金属のネットでふさがれていた。ネットのすぐ隣には天井から本棚が吊るされ、新聞と最近の雑誌が並べられていた。

「立派な客室だね」

カレンがぼくの部屋に入ってきた。小柄な彼女はぼくと話すとき、見上げるようにしなくてはならない。

「予想よりずっといいね。カレンはスリーパーに乗ったことはあるの？」

「初めてよ。リンもでしょ？」

「うん。日本の夜行列車には乗ったけど、こっちの方がずっといいな」

ノックがあり、人の良さそうな赤ら顔の乗務員がやってきた。彼はラグビーの選手のようにがっちりとした身体つきをしていた。

ぼくらがチケットを渡すと、彼は手に持った名簿にチェックをしながら言った。

「朝はコーヒーにしますか、ティーにしますか？」

スリーパーのファーストクラスには、朝食のサービスがついている。

「インヴァネスには何時に到着しますか？」

カレンが聞いた。

「十時の到着予定です」

「それじゃ、朝食は七時半頃で飲み物は紅茶にしてください」

カレンが言うと、乗務員は大きくうなずいた。ぼくも同じものを頼んだ。まだ発車まで時間があったので、それからぼくらはいったん列車の外に出た。

映画女優のように着飾った、カレンと同じような緑の瞳を持つ美しい白人女性が、スーツケースを片手に車両の中に入って行った。

「リン、あの女の人を知っているわ」

「知り合いかい？」

「そうじゃないけど、彼女はミステリ作家であるとともに、サイコパスの研究で有名な医師のアンナ・ヘイヴンよ。ミステリ・ファンなら、リンも名前位は知っているでしょう？」

確かに、ぼくは彼女の作品を読んだことがあった。

「アンナ・ヘイヴンって、あんな美人だっけ？」

「そうよ、知らなかった？　彼女は本格物は書かないから、リンの好みじゃないのかな。アンナの小説はサイコミステリね。テーマは家族の確執を描いたものが多いわ。ルース・レンデルの再来と言う人もいる。日本ではまだまだだけど、イギリスじゃ、相当売れてるらしい」

「カレンはファンなの？」

「うん。彼女もインヴァネスに行くのかな？　そうしたら、あたしたちと一緒ね」

時刻は発車十分前だった。

「そろそろ中に入ろう」

ぼくがそう言った時だった。黒い背広を着たがっしりとした体型の老紳士が、急ぎ足にスリーパーの車両の中に姿を消した。

「あの人、だれだか知っている？」

カレンがぼくに聞いた。

「だれなの？」

「彼は、ベルリンの高名なマジシャンで、私立探偵としても有名なマックス・シュミットよ」

「シュミットといえば、E・D・Hの短編に出てくる名探偵のモデルといわれている人だ」

ぼくらはシュミット氏の後ろから、発車時刻の迫った列車に乗り込んだ。

その直後、派手な格好の女と男の二人組が慌ててホームを走ってくるのが見えた。二人は日本人のようだ。さらに、大きなビデオカメラを持ったマスコミ関係者らしい人物が数人、その二人の後を追いかけている。

「漫画家の赤松《あかまつ》パトラじゃない？」

カレンがその二人組を見て言った。ぼくにも、彼女には見覚えがあった。彼らもこのカレドニアン・スリーパーに乗るつもりらしい。

「赤松パトラって、『緑の眼のアンドロイド』を書いた漫画家だよね。でも、すごい格好をしているな」

彼女は黄色いタンクトップとやはり黄色いショートパンツを身につけ、それに真っ赤なショールをまとっていた。さらに頭にはサーカスのピエロのようなとんがった帽子をかぶっている。あんな格好をしていたら、どこにいても見つかってしまう。

赤松パトラは中高校生に圧倒的な人気があり、最近は雑誌やテレビでよく見かけた。パトラはスポーツ選手や人気俳優を相手にしょっちゅう恋愛事件を起こし、マスコミでスキャンダルを報道されていた。彼女は記者相手のインタビューでも感情的で過激な発言が多く、よりいっそう注目される原因になった。

「パトラの後ろにいるのはだれだろう？」

ぼくはカレンに聞いた。彼女の斜め後ろには、サングラスをかけた背の低い男性が重そうなトランクを引っ張って足を速めていた。

「新しい恋人かな？　それにしては冴えない男ね」

赤松パトラが活躍しているのは主に少年誌で、繊細なタッチの絵とグロテスクで奇怪なストーリーが評判だった。

現在ある週刊の漫画雑誌に連載中の『ガニメデの怪人』は未来都市を舞台にしたＳＦタッチのアク

ション・コミックで、彼女の描く奇妙なモンスターが空前の人気を呼んでいて、さまざまなキャラクターグッズにもなっていた。

「いいのかな、彼女、こんな所でうろうろしていて。連載を落としちゃうんじゃないかな」

カレンが心配そうに言った。

「カレンはパトラのファンかい？」

「うん、パトラの漫画は好きよ。彼女とは女性雑誌の対談で一度直接会ったことがあるんだ。どうもパトラは危ない人みたい」

「危ないって？」

「彼女は連載に追われて満足な絵がかけず、精神的にぼろぼろで周囲にもうやめたい、一日でも早くやめたいって言っていた。リストカットやＯＤ《オーバードース》も起こしているらしい」

　赤松パトラと連れの男性は、ぼくらが噂話をしている前を通り過ぎ、マスコミの記者たちを振りきるとスリーパーの車内に入って行った。記者たちは列車の中まで乗り込んでくることはしなかった。

「パトラと一緒にいるのは彼女の編集者かもね。きっと休暇中も仕事をさせて原稿を日本に送るつもりなんだよ」

　カレンは、彼らの後ろ姿を見ながらつぶやいた。

五

カレドニアン・スリーパーは定刻通りにユーストン駅を発車した。

ユーストン駅を出発してしばらくはロンドンの喧騒に包まれていたが、やがて列車は静寂の中を進んでいった。カレンがぼくの部屋に来たので、これからの予定を相談した。彼女はあそこに行こうとか、連れて行ってあげるとか元気にいろいろ話していたが、ぼくはいつの間にか寝込んでしまっていた。

夜明け前後、ぼくは突然目を覚ました、というより無理矢理起こされた。

ドタンドタンと耳元で大きな音がしている。目を開けると見慣れぬ狭い部屋のベッドの上に、ぼくは横たわっていた。ぼくはスコットランドに向かう夜行列車に乗っていることを思い出した。誰かがぼくの部屋のドアを叩いている。

ぼくは自分のキャビンでカレンと買ってきたビールを飲んでいるうちに、旅の疲れも出ていつの間にか寝入ってしまったらしかった。振動がしないところからすると、今列車はどこかに停車しているようだ。

カレンの姿はない。彼女は自分の部屋に戻っているのだろう。それとも、ノックをしているのがカレンなのだろうか。時刻を確かめようと腕時計を探したが、見つからない。

寝ぼけまなこのまま、ぼくはドアを開けた。そこには、小柄な東洋人の男性が突っ立っていた。

「申し訳ありません。すみませんが、手を貸してください」

彼は日本人らしい。

「ええと、あなたはだれですか？」

よく見ると、彼の顔には見覚えがあった。

「自分は、漫画家の赤松パトラ先生の担当の編集者で、近藤《こんどう》というものです。赤松先生がたいへんなことになってしまったんです」

昨夜赤松パトラと一緒にいた彼の姿を見たことを、ぼくは思い出した。はっきりしない頭のまま、ぼくは彼の後に従って停車した列車から外に出た。

「少し前、列車はスターリングで停車しました。ぼくは赤松先生から、スターリング駅の写真を撮りたいから駅に着く前に起こすようにと頼まれていたんです。それで五時前に先生の部屋のドアを何度もノックしたんですが、返事がありません。そこで駅に着いた直後、列車の外に出て先生のキャビンの中を覗いてみました。すると、中に血まみれの人が倒れているのです。顔はよく見えませんが、赤松先生に違いありません」

まだ夜は明けていなかったが、うっすらと日が射しているのがわかった。しかし、あたりは深い霧に包まれていて、向こう側のホームもよく見えない。

駅の時計を見ると、午前五時二十分だった。スコットランドの古都であるスターリングへの到着予定時刻は五時十分だったので、すでに列車は十分あまり遅れていた。

「それで、このことはだれかに知らせたの？」

「いえ、まだだれにも伝えていません。もしあなたが手伝ってくれたら、先生の部屋の窓を開けられそうなんです」

　ぼくたちはホームに出て、列車の側面にまわりこんだ。パトラの部屋を見つけると、ぼくは部屋の中を覗きこんだ。

　彼女の客車の窓のブラインドは、半分開いたままだった。確かに部屋の中には女性が倒れていた。しかし、そこにいたのは、赤松パトラではなかった。それは、カレンだった！

　カレンは薄暗い部屋の床に、頭を窓の方に向け横向きに横たわっていた。昨日の夜パトラがかぶっていたピエロの帽子が頭の上に載っていた。そしてその背中には、ケルト模様の柄の短剣が深々と突き刺さっていた。床は彼女の身体から流れ出した血液で赤く染まっていた。

　カレンの目はかっと見開き、顔色は青白かった。ぼくは一目見て彼女が生きてはいないことがわかった。

「あれは赤松先生じゃない！」

　近藤さんが叫んだ。

「でも、なんとか、開けられないでしょうか。まだ、助けられるかもしれない。いったい、赤松先生はどこにいってしまったんだろう」

　ぼくたち二人は力を合わせて頑丈なキャビンの窓枠を押したり引いたりしたが、びくともしなかった。その時だった、急に爆発音がしたかと思うと、キャビンの中が白煙で包まれた。

「何があったんだ？　とにかく車掌を呼ぼう」

ぼくは、呆然としている近藤さんを残して車内に入った。爆発音を聞きつけたのか、列車の通路にはすでに数人の人影が右往左往していた。ぼくは大柄な車掌を見つけ事情を話した。彼はすぐパトラの部屋の鍵を開けようと試みたが、うまくいかなかった。部屋は内側から、ロックされているようだった。

車掌は、よく聞き取れない英語で毒づき、今度はドアに体当たりを始めた。彼の大きな身体が数回ぶつかると、ドアは意外に簡単に開いた。開いたドアの隙間から、倒れたカレンの姿が見えた。ぼくのすぐ後ろから、いつのまにかシュミット氏が身体を乗り出していた。

その時だった。再び爆発音が鳴り響き、白煙が周囲をおおった。煙は刺激臭があり、あたりにいた人々は思わず後ずさりし、顔をそむけて咳き込み始めた。それはほんの数分のことだったのだろうけど、大混乱になった。

ぼくは列車の通路にしゃがみこんで避難し、部屋の中の煙が収まるのをじっと待った。目と喉がひどく痛み、声を出すこともできなかった。

しばらくして煙がひくと、ぼくらは恐る恐るキャビンの中を覗き込んだ。わずかに白煙がたなびいていた。床の上にべったりとこびりついた新しい血が生々しかった。しかし不思議なことには、中に倒れていたカレンの血まみれの身体は、どこにもなかった。

ぼくには、訳がわからなかった。ぼくは急いでカレンの部屋に行ってみた。彼女の部屋は、事件の起きたパトラの部屋の隣だった。部屋の鍵は開いていた。だが中はもぬけの空だった。そこにはカレン本人の姿もないし、彼女の荷物も残されていなかった。

第2章

スターリング

Stirling

一

「赤松先生は、連載をさぼってイギリスまで来たわけじゃないんです。次の新作のプロットを考えるためにやってきたんです」

疲れはてた様子で近藤さんが言った。

ぼくたちは、スターリングの町にいた。

スターリングは坂の町だ。坂の上の頂上に、かつてスコットランド一帯を支配していたという壮大な山城がある。ここはまた、スコットランドの英雄ウィリアム・ウォリスが、イングランド軍を破った場所としても知られている。今から七百年あまり前のこと、両軍の大規模な戦闘があったのは、スターリング・ブリッジだった。

列車はカレンの殺害と死体消失というアクシデントのため、スターリング駅で足留めされていた。現場付近にいたぼくら十号車の乗客は、事情聴取のため駅の事務室にしばらく缶詰になった。キャビン内にいたはずの、赤松パトラは行方不明だった。

カレンは本当に殺害されたのだろうか？　もしそうなら、密室の中でどうして彼女の身体は消えてしまったのだろう。

ぼくにはその理由がわからなかった。が、ただぼくが近くにいながら、彼女を守れなかったことは確かだった。わざわざ日本からついてきたのに、ぼくはまったくの役立たずだった。

その後の警察の捜索でも、カレンの死体は列車のどこからも発見されなかった。ぼくは、発見時の様子を繰り返し尋問されたが、たいして話すこともなかった。

やってきた警官たちは善良そうな田舎のおじさんといった雰囲気の人たちで、捜査にあまり熱心な様子ではなかった。通報があったので一応来たが、死体もないのだから事件とは言えないといった態度だった。寝ぼけて女の子に逃げられただけじゃないのかと言う警官もいたが、ぼくも近藤さんも、キャビンの中の死体を目撃しているのだ。

警察の事情聴取が終了した後、ハイランドに急ぐ乗客たちは三時間近く遅れて発車したスリーパーで出発した。カレンの姿が見えない今、ぼくにはどこに行くというあてもなかった。

「少しこの町を歩いてみませんか。しばらく待っていたら、警察に情報が入るかもしれません」

近藤さんの提案に、ぼくはうなずいた。それはもっともな話だった。彼もぼくと同様に、途方に暮れている様子だった。

朝の霧はすでに引き、空は青く澄みわたっていた。見上げると、斜面に形成された町のまた上に、古い城の姿がかすかに見えた。そのもっと遠方には、緑の草原と岩肌を露出させたハイランドの青い険しい山がそびえている。ここは、山の中の城の町だ。

ぼくらはスターリング駅の外に出て駅前の広場で地図を見た。まず、スターリング城まで行ってみよう。

近藤さんがぼくに話しかけてきた。

「わたしは赤松先生がいなくなってしまって、どうしていいのかわからないんです」

「赤松さんのことは、警察に捜査は依頼したのですか？　何か情報があれば、教えてください」

ぼくは彼に尋ねた。

近藤さんはぼくより遥かに英語に堪能らしいので、警官からいろいろ聞いているかもしれないとぼくは思った。

「結局のところ、警察はいたずらじゃないかと思っているようです。本当に事件が起きたのか疑問に思っているらしいです。列車がスターリングの駅に到着したのが、定刻より少し遅れて五時十五分でした。時刻表にはありませんが、いつもこの駅で十分ほど停車しているそうです。それまで特に変わったことはなかったそうです」

「事件のあった十号車には、乗客は何人いたかわかりますか？」

「全部で八人だったそうです。まずぼくと赤松先生、それにあなたとカレンさん。推理作家のアンナ・ヘイヴンとドイツ人のシュミット氏。この二人はインヴァネスで開催されるミステリ関係のフェスティバルに招待されているそうです。それに年配の夫婦が一組でした」

「この事件に、他の車両の乗客が関係している可能性はないですか？」

ぼくは近藤さんに聞いてみた。

「それは考えられないそうです」

「どうして？」

「ぼくは昨晩赤松先生と一二時過ぎまで、十号車の先端にあるカフェで次回作のシノプシスを検討していました。カフェの先には九号車に続くドアがありましたが、そのドアは車掌によって十二時に施錠されていたというのです。車掌の話では、そのドアの鍵を開錠する時間は午前六時で、事件の起きたときはまだ鍵が閉まったままだったということです」

ファーストクラスの十号車は、列車の最後部に接続されていた。近藤さんの言う通りだとすると、カフェと十号車の客車は、少なくとも十二時以降の走行中は、列車の他の部分からは密閉された空間を形成していたことになる。

ぼくはカレンといつまで話をしていただろうか？　少なくとも十一時は過ぎていたと思うが、はっきりした時間は覚えていない。

「つまり、事件に関係している可能性があるのは、十号車の乗客と車掌ということになるわけですね。車掌室は、客車の最後部にあります。もちろん夜半前に十号車に侵入し、朝まで待ってあの騒ぎを起こすことは不可能とは言えません。しかしそうすると、今度は犯人の逃げ場がありません。赤松さんの部屋で白煙をたいたのは、犯人の仕業としか考えられませんが、あの時十号車にいたのはファーストクラスの乗客だけでした」

それは近藤さんの言う通りだった。赤松パトラの部屋で発煙騒ぎがあった直後、車掌は乗客全員を集めて点呼をした。彼はそれから十号車の中を見回ったが、怪しい人物は発見できなかった。ただ現場は混乱していたので、逃げ出せる可能性は皆無とまでは言えなかった。

「もう一つの可能性としては、スターリングより前の駅で、外部から誰かが十号車に乗り移ったという可能性です。これはどうでしょうか」

「それは車掌が否定しています。ユーストンを出発してから列車のドアはあけていないし、十号車に関して乗客の出入りはまったく無かったということです」

「初めから、だれかがこっそりとロンドンから乗り込んでいたのかもしれません」

ぼくがそう言うと、近藤さんは突然脅えたような声をあげた。

「そうなんです。パトラ先生はいつもストーカーと悪質なマスコミにつけ狙われていました。車掌はそんな可能性はありえないと言っていましたが、寝台車の空き部屋に隠れていることができたかもしれないのです」


前にも言ったようにスターリングは、坂道の多い町だった。駅前にはイギリスのどこにもありそうな商店街、たとえばサンドイッチ店とか全国チェーンのクリーニング店、インド人が経営する雑貨屋などが立ち並んでいたが、商店街はすぐに途切れてしまい、坂を登っていくと重厚な石造りの館が軒を並べていた。

坂は、思いのほか急だった。途中には何軒か歴史のありそうなパブがみられたが、まだ時間が早いため店のドアは閉じられていた。

「城の上まで行ってみましょう」

近藤さんが言ったので、ぼくはうなずいて坂道を登って行った。

「ところで、さっきの話だけど、赤松さんはだれに狙われていたというのですか?」

歩きながら、ぼくは聞いた。

「どうも相手は病的な男性のストーカーのようです。しつこく手紙や電話をよこしたり、部屋の近くで待ち伏せされたりしたことがひんぱんにありました。相手は赤松先生もその男性を愛していると信じ込んでいるようなのです。赤松先生の何気ない言葉も、その男性に対する秘密のサインであると主張するのです」

「でも、赤松さんほどの人気漫画家だと、変わりもののファンも多いんじゃない？　マスコミにもよく出ていたし」

「それはそうですけど、その男性のすることは常識の範囲を超していて、先生は身の危険を感じていたのです」

「ところで、近藤さんは漫画家の先生とはどういう関係なの。ただの編集者？　それとも、個人的な関係もあるのですか？　少女漫画家は担当の編集者と恋人になることが多いらしいけど」

「とんでもありません。ぼくは先生の才能は尊敬していますが、個人的に付き合うことなんて、考えたこともありません。ぼくは単なる編集者に過ぎません」

　近藤さんは顔を赤く染めて怒って言った。

「どうして？　そんなに怒ること、ないよ。彼女だって仕事を離れれば普通の二十代の女の子でしょう。恋人がいても、おかしくない」

「赤松先生はとてもナイーブな人です。もし男性と付き合うようになったら、そのことに振り回されてのめり込んでしまうに決まっています。だから先生には仕事に打ち込んでいい作品を書いてもらうために、余計なことに煩わせられないようにガードするのが、ぼくの役割なのです」

近藤さんは、熱を込めてそう言った。そういうものなのかなとぼくは思ったが、納得したわけではなかった。実際のところ、赤松パトラは仕事に打ち込むどころか、しょっちゅう派手な恋愛スキャンダルをまき散らしていたからだ。

ぼくたちは、教会とその隣のスターリング・ダンジョンと看板のかかった英国風お化け屋敷の前を通り過ぎた。壁にあったポスターを見ると、ここは以前監獄として使われていた建物らしかった。

「赤松さんを付け狙っていた男性はどういう人物なの？　具体的な名前とか聞いていますか？」

ぼくは近藤さんに言った。

「それがよくわからないんです。先生は詳しいことは教えてくれません」

「近藤さんの考えでは、その男が今回の事件と関係していると思う？　赤松さんをはるばるイギリスまで追ってきたのだろうか」

しかしそのストーカーの男性が犯人としても、なぜ赤松パトラではなくカレンに危害を加えたのか、理由はわからない。

「ぼくたちがイギリスに来たのは、一週間ほど前のことです。スケジュールは秘密にしていましたが、マスコミにかぎ付けられ、ロンドンまで取材陣が来てしまいました。日本では、『人気漫画家赤松パトラ、謎の失踪』と報道されているらしいです。それでもロンドンでは日本にいるときよりはずっと自由なので、先生はよく一人でぶらぶら町をショッピングに出歩いていたのですが、一昨日真っ青な顔色をして帰ってきたのです」

「というと？」

「先生はそのままホテルの部屋にこもってしまいましたが、どうも町で問題のストーカー男性の姿を見かけたようなのです。それで、急にスコットランドに行くと言って、昨晩の夜行列車に乗ったわけです。だからぼくも慌てて後を追いかけました」

ぼくはスリーパーの発車直前の赤松さんと近藤さんの様子を思い出した。

「でも、赤松さんのキャビンの中にいたのは、カレンだった。カレンの部屋は赤松さんの隣だったけど、カレンは赤松さんと間違われて襲われたわけ？　どうしてカレンが赤松さんの部屋の中にいたんだろう？」

ぼくは独り言のように言った。

「カレンは赤松さんと顔見知りだと言っていたけど、それほど親しい様子はなかった。近藤さんは何か知っていますか？」

「ぼくはカレンさんについては、まったくわかりません」

二

スターリング城が、ぼくらの目の前に現れてきた。

つい今まで晴れていた空は突然薄暗くなり、暗い雲から細かい雨が降り出してきた。これが、スコットランドの天気だ。天候は変わりやすく細かな雨がよく降る。ぼくたちは早足で城の城門の中に入り、天井のある屋外のカフェテラスに腰を降ろした。

「この城をめぐって、スコットランドとイングランドの軍隊が何度も激しく戦ったのですね」

近藤さんがつぶやいた。

「イングランドとスコットランドは元来人種が違うというけれど、ぼくら日本人には、とても区別はつかないです。でもスコットランドでは、山奥の村では今でも英語でなくケルト系のゲール語を話している所もあるらしいです」

スターリング城は規模は小さかったが、堅固な砦というイメージの建物だった。城の塔には、イギリスの国旗の一部となっているスコットランドのセント・アンドリュース・クロスの旗が、雨に濡れながらはためいている。

「スコットランド人はケルト人で、アイルランドやウェールズと同じ民族ですよね。でも、イングランド人とはどう違うのですか？」

ぼくは近藤さんに質問した。

「外見で区別は難しいですね。人種的にも、かなり混ざり合っていると思います。違いを言うとすれば、言葉と宗教ですね。ケルト人は比較的カトリック教徒が多く、イングランドは大部分が新教徒です。それに、ケルト人は神秘的なものを好む性質が強い。妖精の関わるファンタジックな話はイギリスには多いですが、その多くはケルト民族が起源のものです」

「コナン・ドイルが関係した事件がありましたね」

ぼくは小波涼からその話を聞いたことがあった。

「その事件はぼくも知っています。赤松先生の依頼で、資料を集めたことがあるんです。コティングリーの妖精事件ですね。時代は第一次大戦下のイギリス。八歳の少女フランシス・グリフィスは父が戦地で行方不明となった後、一人でヨークシャーにある従姉妹エルシー・ライトの家へ行きました。ある日二人は、秘密の遊び場である小川で、水面に美しく光る妖精を目撃します。彼女たちが撮った写真には妖精が写っていたのです。やがて写真は作家コナン・ドイルの手を経て、世界中の注目の的になります。ドイルは妖精の存在を確信していました」

「しかし、事件はそれで終わらなかったというわけですね。数十年後、発見者の一人であるエルシーは、妖精の写真は自分が絵を描き、それを切り抜いてピンで止め写真に撮ったものだと告白しました。しかし、フランシスの娘の証言によれば、彼女の母は死ぬまで妖精の存在を信じていたということです」

「深町さんは、どう思いますか？　本当に妖精は存在しているのでしょうか。ぼくにはとても信じられません。どうして、ドイルは他愛ない嘘に騙されたのでしょう？」

「近藤さん、かつては、本当に妖精は存在していたかもしれないですよ。このスコットランドの山々を見ていると、そんなことも信じられます。ドイルの話に戻ると、彼は第一次大戦で息子が戦死してから、心霊術に凝るようになりました。『霧の国』という小説は、心霊術をテーマにしたものです。ですから、そういう心境のドイルが、妖精の存在を確信しても、不思議とは思いません」

ぼくはスコットランドに足を踏み入れて、妖精や幻獣の世界がすぐ近くにあるような気がしてきたのだった。ケルト人は、来世というものを信じていたという。それは苦しみのまったくない美しい世界だったが、この世と連続した世界でもあった。そういう来世であるのなら、神秘的な妖精や幻獣が来世から訪ねてきても不思議でない。

「ところで事件の話になりますけど、深町さんは昨日の夜はどうしていましたか？」

「ぼくは疲れてすぐ寝てしまいました。昨日日本から着いたばかりだったので、眠くて起きていられませんでした。近藤さんはどうでしたか？」

「ぼくは逆に眠れなくてずっと起きていました。目が冴えて、なかなか眠れなかったんです。赤松先生との打ち合わせの後、ぼくは自分のキャビンで、レスター・スクエアのミステリ専門店で買ったペーパーバックを読んでいました。その間、何回か部屋の外に出て、煙草を吸いました。そして一時頃からはそれにも飽きて、車掌室の隣にある喫煙室で外を眺めていました。自分の部屋に戻ったのは、二時過ぎです」

「そうするとあなたは事件の完璧な目撃者かもしれません。列車の中で、怪しい人物を見なかったですか？」

「別におかしな様子はありませんでした。少しうつらうつらしていたので、確実ではないですが。少なくとも、赤松先生の部屋には誰一人出入りしていないことだけは確かです」

「夜の間に特別なことはなかったですか？」

「そう言えば、作家のアンナさんが、夜半前に赤松先生の部屋のあたりに立ち止まっていたような気がします」

「アンナさんが？　どうしてだろう。近藤さん、赤松先生はアンナ・ヘイヴンと知り合いだったのでしょうか」

「いえ、そんなはずはありません。あの女性作家がこの事件に関係しているんでしょうか？」

「さあ、それは何とも言えないですよ」

三

差し迫った予定もなかったので、ぼくらは細かい雨のせいか人の姿もまばらなスターリング城の中を歩いてまわった。

「諸君、ちょっと待ち給え」

ぼくらが城の正面玄関に向かおうとした時だった。突然頭の上の方から、威厳のある声が聞こえてきた。

声の主は塔の上だった。見上げると、恰幅のいい紳士と美しい女性が、城壁のらせん階段を降りてくる。二人はカレドニアンスリーパーの乗客だった。男性はマジシャンであるマックス・シュミット、女性はミステリ作家のアンナ・ヘイヴンだった。

「ヒロユキ・コンドウ、わたしはお前を告発する。お前がスリーパーの中で殺人を犯した犯人だ」

階段から降りてくるなり、シュミットが言った。

彼はふところから年代物の拳銃を取り出して、近藤さんに狙いをつけた。いったいこれはどうしたことだろう。シュミットの顔つきを見ると、冗談とも思えない。

「昨日の真夜中、お前はスリーパーの中で日本人の女性を殺害した。それからお前は罪を逃れるために、つまらない芝居をしくんだ」

「ちょっと、待ってください。ぼくは何もしていません。殺人なんてとんでもない」

近藤さんは蒼白になって言った。

「いったいどうして、ぼくがカレンさんを殺さなくちゃならないんです？　ぼくは彼女とまったく関係ない」

シュミットは拳銃を手の中で弄んでいた。

「しらばっくれるつもりか。それならいいだろう、わたしから真実を話してやろう。朝スターリングの駅で列車の中にあったという死体は、実は偽物だったのだ。その時、車内にすでに死体はなかった。スコットランドの田舎警察の目はごまかせても、わしはだまされん。お前が殺害した女性の死体は、スターリングに到着する前に、お前が処分してしまった。おそらくトランクに入れて、列車の窓から捨てたんだろう」

「シュミットさん、いったいどういうことなんです？　もっとちゃんと説明してください。どうして近藤さんがカレンを殺す必要があるのですか？　彼はカレンとは何の面識もありません」

ぼくはわけもわからず、思わず叫んだ。シュミットはぼくの問いかけを無視して、一人で話を続けた。

「日本の警察に問い合わせて確認したが、このコンドウという男は雑誌社の編集者なんかじゃない。

これまで赤松パトラという漫画家に何年間もつきまとい、何度も警察に通報されたことのある変質者のストーカーなのだ。警察に勾留されたこともある。困り果てた被害者はこっそり休暇を取ってイギリスまで逃げてきたが、どうかぎつけたのかこの男も彼女の後を追ってきた。そして、昨日の夜とうとう残忍な犯行に及んだ。この男は彼女を殺すことによって、自分一人のものにしようとした。今回の事件は、最悪のストーカー殺人なのだ」

「嘘だ。ぼくは殺人なんて犯してはいない。それに被害者はパトラじゃない、殺されたのは歌手のカレン・スマイリーだ。ぼくには関係ない！」

近藤さんは、全身をブルブルと震わせ始めた。

「近藤さん、赤松さんにつきまとっていたという話は本当なのですか。彼女の編集者というのは、嘘だったのですか？」

ぼくは蒼白な顔をしている彼に聞いた。ぼくの中で疑念がわき上がってきた。

少し思い出してみれば、近藤さんとパトラは一緒にはいたが、親しく話している姿を見たわけではなかった。列車が発車するときも、パトラは足早にスリーパーのキャビンに姿を消した。それはうるさいマスコミの取材を逃れるだけでなく、近藤さんから逃げるという意味もあったのかもしれない。

近藤さんは声を震わせてぼくに弁明した。

「確かに本当のことを言えばぼくは雑誌社の人間じゃない。サブカルチャーを専門にするフリーのライターだ。論文だって、これまでいくつも書いている。それはとてもいい評価を得ているんだ。今回だって雑誌の連載の仕事ではないが、彼女と一緒に仕事をするために、イギリスまでやってきた。

けれど、そのドイツ人の言っていることは全然正確じゃない。ぼくは赤松パトラを心から愛していたし、パトラの方も本心では同じだったはずだ。彼女はシャイだから、ぼくの愛情をすなおに受け入れることができなかった。でも彼女の仕草や表情は、ぼくへの愛情のサインでいっぱいだった。ぼくはパトラといつも一緒にいたいと思っていただけで、彼女に暴力を振るったことなんて一度もないし、今度の事件も関係ない。ぼくがパトラを傷つけたりするわけがない。だいたい、死体になったのは、パトラじゃなくて、カレンだ。

それは、深町君、君も自分の目でしっかり見ただろう。それだったら、ぼくはまったく無関係だ。むしろ、深町さん、カレンと一緒に旅行をしていた君の方がよっぽど怪しいじゃないか。

それに、ぼくと一緒に死体を発見した時、カレンの死体は、だれも入れないキャビンの密室の中にあったことを忘れてはいないだろう？　ぼくは魔法使いじゃないし、あんなふうに死体を消すことなんてできるわけがない」

「ヒロユキ・コンドウ、それがあなたの策略だったのよ」

シュミットに代わり、アンナが近藤さんを睨みながら口を開いた。

「あなたが被害者を殺害したのは、計画的な犯行ではなかったのかもしれない。日本からはるばるロンドンまで彼女の後を追いかけてきたあなたは、ミス・アカマツに冷たく拒絶された。それはあなたのもくろみとまったく逆だった。あなたは、彼女も自分に愛情を持っていると妄信していたから。だからこれは激情による殺人だった。たぶん犯行は夜半過ぎでしょう。犯行を犯してからの数時間、冷静になったあなたは自分が潔白に見える方法を必死に考えた。そして姑息な演出を思いついたというわけ。ミス・アカマツが殺されたなら、自分に容疑がかかるのは濃厚だ。あなたはそう考えた。そこであなたは、殺されたのが、別の人物であるかのように見せかけた」

「いったいあんたは、何のことを言ってるんだ？」

近藤さんは大きな声で反論したが、アンナはそれを無視した。

「まず、死体が完全に密閉された部屋の中にあれば、とりあえず誰にも嫌疑をかけることはできない。あなたは密室を作り出し、自分は発見者となることにした」

「アンナさん、どうやって近藤さんはあの密室を作ったというのです？」

ぼくが聞いた。

「それをこれから説明するわ」

彼女は妖艶な笑顔を向けて言った。

「結論から言えば、ミス・アカマツのキャビンにあったのは、本物の死体ではなかったの。あの死体は、シュミットさんの言ったとおり、ただのフェイクよ」

「え、どういうことです？　ぼくははっきり見ているんですよ。カレンの顔を見間違えたりするはずはありません」

彼女は慌てないでというように、ぼくを手で制した。

「というより、実際はあそこにはだれの死体もなかったの。あなた、ミス・スマイリーの死体をちゃんと確認した？　手でちゃんと触れてみた？　あなたじゃなくてもいいわ、他のだれでもいいから、遺体を確認した人がいたかしら。みな窓越しに見ただけでしょう」

「確かにぼくたちは、列車の外から見ていただけでした。ただ、確かに彼女の背中には短剣が刺さっていたし、顔には死相が現れていました」

「その通り、でもあれはよくできたマジックだったの。部屋の中は薄暗く、だれも死体を近くで見てもいない。もちろん触れてもいない。だから考えられるのは、部屋の中にあったものは、本物の死体ではなかったということなの。ミスター・コンドウがこしらえた偽物だった。死体は、ただのフェイクだった」

「どういうことなんです？」

ぼくにはアンナの言うことがよくわからなかった。

「このミスター・コンドウは日本の美術大学の出身よ。かつては、ミス・アカマツのクラスメートだった。時間と材料さえあれば、遠目から死体そっくりに見えるオブジェを作る位の実力は十分ある。わたしたちの調査では、ミス・アカマツはロンドン出発直前に、チェルシーの画材店で首から上の紙の彫像を買ったことが確認されている。たぶん、彼女は自分の仕事のために使うつもりだったのでしょう。それは劇場の舞台監督やアニメーターが登場人物のデザインのために使うものだけど、彼女の所持品の中には発見できなかった。その彫像を使ったのが、ミスター・コンドウだったのよ。

ミスター・コンドウ、あなたは殺人の後、翌朝までに一晩かけてその彫像にミス・カレンの顔を描いた。美術大学出身のあなただったら、それくらいは容易なことだったでしょう。画材はミス・アカマツが持ってきている。絵を完成させると、彫像の頭にミス・アカマツの帽子をかぶせた。そうすれば、「死体」の顔もはっきりは見えないし、彫像に髪の毛のないことも隠すことができる。身体の部分はシーツか何かを用いて厚みをつくって服で包み、その上から短剣を突き刺しておいた。床の血も詳しく調べれば、人間の血液ではないことがわかるはず」

「それじゃ、彼はどうやってそのフェイクの死体を消したのです？　死体は一瞬のうちに、ぼくらの目の前から消え去りました。それに実際に殺害されたのが赤松さんなら、カレンはどこに行ったというのですか？」

「おそらくもう一人の女性も、彼の犠牲者だと思う。スターリングの駅でコンドウは、客車の窓は開けられないことは知っていたのに、あなたをわざわざ外に連れ出した。その理由は『死体』を遠目から第三者に確認させるためだった。あなたは彼の思惑通り、コンドウの作った彫像をミス・カレンと信じてしまった。それからコンドウはあらかじめ用意しておいた仕掛けによって部屋の中を白煙で満たし、周囲が煙と刺激臭で混乱する間にフェイクの死体を処分した。紙でできた彫像は丸めれば簡単に処分することができる」

「畜生、何でおれがこんな目にあわなきゃならないんだ」

泣きべそをかきながら近藤さんが言った。

「本当におれじゃない、おれは何もしていない。殺人犯なんかじゃない。この女の話していることは、まったくの出鱈目だ。おれがパトラに手をかけたりするわけがない」

「悪あがきはよしたまえ。もうすぐ警官隊が到着する。そしてお前を殺人の容疑で逮捕することになっている」

シュミット氏が冷たい調子で言った。近藤さんは突然そばにいたぼくを突き飛ばすと、城の正門の方に駆け出して行った。彼は門の手前で一回転んだが、再び必死の形相で逃げて行った。

「いいんですか、後を追わなくて?」

急な話の展開に呆然としていたぼくは、だれに聞くともなく言ったが、アンナとシュミットは顔を見合わせてにやりとするだけだった。その後彼らに何を聞いても、答えてくれなかった。しかし近藤さんが犯人というのは、どう考えてもおかしいとぼくは思った。なぜなら彼はぼくと一緒にいて、スリーパーの中で白煙を出したりするようなことはできなかったはずだから。

第3章
インヴァネス
Inverness

一

その晩ぼくは、スターリングのB&Bに泊まった。近藤さんの行方はわからない。B&Bは、日本でいう民宿のようなものだ。イギリスの田舎では、一般の家が旅行者に安い料金で宿を提供している。ぼくが泊まったのは、五十代位の太ったおばさんが一人で住んでいる広い家だった。

翌朝はゆっくり起きて、ぼくはおばさんの作ってくれたスコティッシュ・ブレックファーストを味わった。

どのガイドブックにも書いてある通り、イギリスの朝食はとてもリッチだ。特にスコットランドのそれは素晴らしい。

パンと紅茶だけでも、とてもおいしい。厚切りのベーコンとハム、卵料理ににしん、それにブラック・プディングもあった。ただぼくは、羊の血を固めたという濃い味のブラック・プディングだけは少し苦手だった。

昨日近藤さんがどこかに逃げてしまった後、ぼくはもっと詳しい話を聞こうとしたのだったが、シュミット氏とアンナはとりつく島もなく素早く姿を消してしまった。

仕方なく、ぼくは一人でスターリング城を下った。強い雨が容赦なく、降り注いでいた。傘のないぼくは、びしょ濡れになった。知らない外国でぼくは一人ぼっちだった。どうしていいのか、ぼくはまるでわからなかった。

がらんとしたスターリング駅の待合室に着くと、しばらくの間呆然としていた。ぼくは途方にくれたが、一晩、この町に留まることにした。駅の観光案内所の職員は、英語の下手な外国人に親切だった。冷や汗をかいたが、B&Bを紹介してもらえたのだった。

いったいアンナとシュミット氏の話は真実だったのだろうか？　近藤さんが事件の犯人なら、赤松さんの死体はどこにいったのだろう？　そもそもぼくと近藤さんが客車の中で見た死体は、本当に偽物だったのだろうか？

それに、問題はカレンだ。

彼女はどうしたのだろう。近藤さんが赤松さんを殺害したとしても、カレンまで殺すことがありえるのだろうか。彼にカレンを殺す理由はない。逆にカレンが無事ならば、どうして彼女は姿を現わさないのだろう。

昨日からぼくは何度も国際電話で東京の松嶋さんを呼び出したが、彼女はつかまらなかった。事務所の人の話では、芝居の公演中で連絡がとれないらしい。涼の研究室にも連絡したが、彼も不在だった。

朝食後、ぼくはB&Bを出発してスターリングの駅に戻り、インヴァネス行きの列車に乗った。出発前にスターリングの警察につたない英語で問い合わせをしたが、事件に関しては何も進展していないようだった。仕方なく、ぼくはカレンと約束したインヴァネスまで行くことに決めた。カレンはインヴァネスのフェスティバルに行くと言っていた。もし彼女が無事ならば､姿を現わすかもしれない。それに気は進まないが、カレンの父親であるスマイリー博士に会ってこれまでの事情を話しておく必要がある。

パース、ピトロッホリーと、列車は古い町をゆっくりと通り過ぎていく。パースは小さな町だが、かつてスコットランドの首都だった所だ。スコットランド王を決定するという「運命の石」も、ロンドンに持ち去られるまではこのパースのスクーン・パレスにあった。

しだいに列車はハイランドの山地の中に入って行った。険しい山の間を縫うようにして、列車は進んで行く。

インヴァネスに着いたのは、午後三時過ぎだった。ホームに降りると、まだ初秋だというのに冷たい北海からの風が吹き抜けて行った。青く光っていた空は、一瞬後には暗い雲におおわれてしまい、町を陰鬱な景色で満たしてしまう。そして、その雲の下を白いカモメの群れが飛び去って行く。

ここはもう海辺に近い町なのだ。町を流れるネス川は、北海に流れ込んでいる。

インヴァネスは、ハイランドで唯一の町らしい都会だという。

駅前の広場では、ぬいぐるみのネッシーを着た少年が、ネス湖ツアーのチラシを配っていた。ぼくはインヴァネス城の隣にある観光案内所まで歩き、シティ・センター近くの安宿を確保した。それからブリッジ・ストリートを下りネス川のほとりまでやってきた。

黒く暗い川の水に、弱い太陽の光りが反射しキラキラと光っている。ネス川の川沿いの通りには、古い石造りの建物の風格のあるホテルが軒を並べていた。

たまには、ましなレストランでも行ってみようか。

ぼくはそう考えて、ネス橋を渡り始めた。

今日はB&Bでの朝食から何も食べていない。昨日もスリーパーでの事件のあったせいで、ろくに食事をする元気もなかった。そう思うと、急に自分が空腹であることに気がついた。

橋から見渡すと遠くに、海がかすかに見える。その海は北極につながる冷たい海だ。カモメが数羽鋭い鳴き声をあげながら飛び上がり、ぼくの頭の上を通り過ぎて行った。

ぼくはホテル街のはずれにあるタンドリレストランを見つけ、早い夕食を注文した。店の中は薄暗く、時間が中途半端なせいか、客はぼく一人だった。だが、褐色の肌の店員は愛想がよく親切だった。

ぼくは店の中からスマイリー博士に電話をかけた。博士は家にいた。スマイリー博士は、ぼくのつたない英語にゆっくり答えてくれた。ぼくはカレンが行方不明になっていること、明日の午前中に博士の家を訪問したいことを伝えて電話を切った。カレンのことは、博士の所にも、何の情報も入っていないらしかった。

スマイリー博士の家は、インヴァネスからネス川をさかのぼったドラムナドロヒトの村にあった。無理をすれば今日中に行き着くことができたが、帰りの交通手段がなかった。そのためぼくは今日の夜は、インヴァネスに滞在することにした。

「ネス島までは近いのですか？」

レストランの店員にぼくは聞いてみた。歩いてもすぐだよ、と店員は教えてくれた。ネス島はネス川にある中州だ。今晩そこで、ミステリ・ナイトというフェスティバルがある。それに一緒に行こうと、カレンから誘われていた。カレンはいないが一人で行ってみようとぼくは思っていた。

「ここから川沿いに十分位歩いた所にある」

会計を払うとき、店員はぼくに言った。

「ミステリ・ナイトに行くんだね」

ぼくはそうだと言った。

「夜は涼しくなるから、ジャケットか何か持っていった方がいいよ」

「どうも、ありがとう。大勢、人は来るの？」

「うん、毎年、とても信じられない位大勢の人がやってくる。観光客も多いけど、地元の人もたくさんきている。みんな、この催しを楽しみにしているんだ。エジンバラの演劇フェスティバルほどにぎやかではないけど、なかなかのものだよ」

そう言うと、彼はぼくにミステリ・ナイトのプログラムを渡してくれた。店を出て、ぼくはネス川のほとりを歩き、空いているベンチに腰を降ろした。プログラムに目を通してみる。

レストランの店員が言っていたが、元々このフェスティバルは、世界的に有名なエジンバラの演劇フェスティバルに対抗して始められたものらしい。プログラムの説明でははじめのころは、ネス湖の怪獣の話を売り物にした娯楽性の強い題目が多かったらしいが、次第に芸術性の高い演劇やコンサートが上演されるようになったと書いてあった。

それにしても、カレンはどうしているのだろうか。無事なのだろうか。近藤さんは、本当にパトラとカレンを殺害したのか。

二

午後六時。空の端に、白い太陽はまだ弱々しく輝いている。

インヴァネスは緯度が高いので、真夏には白夜までとはいかないが、午後十時過ぎまでは明るいらしい。しかし今季節は九月で、あたりの雰囲気は秋を通り越して、冬の冷気が押し寄せているような気配さえある。

ネス島に造られた仮説ステージで、ミステリ・ナイトの催しは始まったところだった。

ステージの回りには臨時のパブが開店し、陽気なスコットランド人たちが声高に語り合っている。

ミステリ・ナイトのパネルトークには、カレドニアン・スリーパーにいたアンナ・ヘイヴンとシュミット氏がゲスト出演していた。ぼくには内容はよくわからない部分が多かったが、歴史ミステリに関する話で聴衆は盛り上がり、予定の時間を超過して終わった。

そしてその後、野外劇『もう一人のマクベス』が始まった。舞台の奥のパネルには、なぜかグロテスクな不定形の怪物が吊り下げられていた。怪物は軽い布で作られているらしく、風の流れにゆらゆらとまるで生きているかのように動いている。

芝居の内容は、精神的な奇形児でありマクベスの生まれ変わりと自ら信じている主人公の少年が、次々と周囲の人間を殺害していく殺人劇だった。彼が人を殺すとき、その瞳が緑色に燃え上がる。

主人公を演じているのは、小柄な俳優だった。濃いメークをしているので、よくわからないが、少女のようにも見えた。

劇を見ていて急にぼくは気がついた。この話はどこかで聞いたことがある。これは、赤松パトラの漫画と同じ設定じゃないか。彼女の代表作である『ガニメデの怪人』とほとんど同じストーリーだ。『ガニメデ』では、最後になって、主人公の少年ピクトが実は少女であることが明らかになる。しかしどうして、パトラの本がインヴァネスの舞台で演じられているのだろう？

「深町さん、この劇の原作者は、赤松パトラだっていうことを知っていましたか？」

突然ぼくの後ろから、久しぶりの日本語が聞こえてきた。

びっくりして振り返ると、何時《いつ》の間にかぼくの後ろには、小波涼君がいた。呆然として、ぼくは何も答えられなかった。どうして東京にいるはずの彼がここにいるんだろう。そして、涼の後ろには、美しい少女が隠れていた。

「リン、ごめんね。心配した？　あたしは大丈夫」

そこにいたのは、カレンだった。彼女は生きていたのだ。ぼくはほっとしたけれどますます訳がわからなくなり、その場に凍りついたようになってしまった。

ぼくの様子を無視して、涼はぼくに話しかけてくる。

「この芝居の原作は赤松パトラさんの漫画です。そして、脚本は赤松さん自身が書いたものです。主演している役者をよく見てください。見覚えはありませんか？」

涼は笑みを浮かべて言った。

主人公の「緑の瞳」の少年は、ギリシア風の衣装をまとった小柄な役者が演じていた。彼はドーランで真っ白く顔を塗りたくっていたので、表情はよくわからなかった。ぼくは目を凝らしてじっと見つめた。

確かに、どこかで見たことがある。ぼくは急にユーストン駅のシーンを思い出した。ぼくとカレンが待っているところに来たのは、赤松パトラと近藤さんだった。

舞台の上で演じているのは、赤松パトラ本人じゃないのか？

「いったい、どういうことだい？　あれはパトラなの？」

混乱した気持ちのまま、ぼくは涼に聞いた。彼女は無事だったのだ。近藤さんは、自分で言っているように犯罪を犯したわけではなかったのだ。でもどうして、彼女がこの芝居の舞台に立っているのだろうか。

「やっとわかった？　その通り、主役はパトラだよ」

カレンがうれしそうに言った。

芝居は主人公が短剣を自らの胸に突き刺し、血まみれになって倒れる所で終わった。幕が降りて大声援の後ようやく観客が帰り始めた時、パトラが舞台衣装のまま客席に降りてきて、ぼくらの所にやってきた。

「どうだった、ぼくの芝居？」

興奮した声で、パトラはカレンに言った。

「最高よ。ロンドンのウェスト・エンドでも通用するかもしれない」

「ハー・マジェスティー劇場のオーディションにアプライしてみようか。でもあたし歌が下手だからね。ミュージカルはだめだな」

「あなたは本物の赤松さんなんですね」

ぼくは訳がわからないままに叫んだ。

「赤松さんは列車の中でストーカーの近藤さんに殺されたんじゃなかったんですか。いったい全体、どういうことだったんです？」

三

「申し訳なかったね。深町さんには、迷惑をかけてしまった。始めはこんな複雑な話じゃなかったんだ。心配かけてすみません」

着替えをすませたパトラとともに、ぼくたちは地元の人々でにぎわうパブ「ボニー・チャーリー」で、ビターの大ジョッキを重ねていた。

「カレンはよく知っていると思うけど、前に話したようにぼくは漫画の絵を描くことがもうすっかり嫌になってしまったんだ」

パトラは女のくせに自分のことを「ぼく」と言っている。髪を短く刈り上げていることもあって、彼女は少年のような雰囲気を持っていた。

「ぼくは一年近く前、出版社に連載の仕事をやめたいと宣言したんだけど、東京にいたらうるさい編集者がしょっちゅうやってきてやめないでくれって頼んでくる。だからつい断りきれずに、仕事を続けてしまっていた。かといって、寂しい田舎で暮らすのも嫌だし、そこでぼくは、しばらく外国に逃亡する計画を立てたのです。行くのだったら、前からあこがれていたイギリスがいいと思っていた。

ぼくは以前からこのインヴァネスのミステリ・ナイトで脚本を公募していることを知っていたので、自分の漫画を脚色して応募したんだ。英訳はカレンが手伝ってくれたので、まともな英語だったと思います。それを運良くアンナが採用してくれました。アンナとシュミットさんが、このミステリ・ナイトをプロデュースしていました。アンナは日本のコミックの大ファンで、ぼくの漫画も読んで知っていてくれた。それで、いいきっかけと思って日本を脱出することに決めたんだ」

「舞台で役者をやることも予定していたのですか」

「そうじゃない。ロンドンでアンナと打ち合わせをしていたとき、主人公の少年役の俳優が急に降りてしまったので、だれか代役はいないかって言われた。最初冗談でぼくがやろうかといったら、彼女は素人でもかまわないからやってみてっていうんで、本当に出演することになっちゃった。日本で芝居をやったこともあるし、それに自分の本なので内容はよくわかっているし、セリフはたいしてなくって殺人ばかりの役だから、それほど難しくはなかったけどね」

「ところで、昨日のスリーパーの事件はいったいどういうことだったんですか」

ぼくがそう言うと、パトラはにやりと涼の方を見て笑った。

「あれはここにいる小波君のアイデアさ」

涼はソッポを向いてにやにやしている。

「涼、そもそもどうして君がここにいるんだ？　仕事で忙しいから代わりにぼくがイギリスに来ることになったんだろう？」

涼はしぶしぶ口を開いた。

「実はね、深町さんはダミーだったんだ。怒らないでくださいね」

「ダミーって？」

「ぼくはこっそり君たちの様子をうかがう予定でした。そしてカレンさんの脅迫者をつきとめようと思っていました。こんな派手な事件を起こすつもりじゃなかったのです」

「ぼくに説明させてよ」

そうパトラが言う。

「今度のことは、ぼくが涼君にお願いしたんだ。ぼくはだれにも秘密にしてこっそり日本を脱出したはずなのに、ロンドンで日本のマスコミにつかまってしまった。今『ガニメデの怪人』を連載している雑誌社が手を回して、ぼくが飛行機のチケットを買った旅行社を見つけたらしい。そしてもっと悪いことには、デビューした頃からつきまとっていたストーカーの近藤までがそれをかぎつけて、ロンドンにやってきてしまった。ぼくはロンドンのレスター・スクエアで近藤とばったり会って、真っ青になった。

近藤のことは話したくもないけど、もうほとんど完全に病気といっていい。彼はぼくが近藤を愛していて、結婚したがっていると信じ込んでいる。ぼくはまったく逆だと面と向かって言っても、あいつはそれが愛情表現だと主張するわけさ。もう話にならない。

それで困ったぼくは、ちょうど同じ時期にイギリスに来る予定になっていたカレンと涼君に国際電話をして相談した。カレンが里帰りすることは、前にメールで連絡を受けていた。ぼくは涼君のことも前から知っていた。

というのは、ぼくは少し前に仕事のし過ぎで、ひどい不眠症になり、南雲先生からクスリをもらったことが何度かあったから。大学の南雲先生の研究室に行ったとき、ぼくは涼君に話を聞いてもらった。今度もぼくは近藤に会って、どうしていいのかまったくわからなくなって混乱してしまった。

泊まっているホテルのロビーじゃ日本のマスコミがウロウロしているし、近藤はしょっちゅう電話をかけてきたり、ホテルの部屋をノックしたり、通りで待ち伏せしたりしている。近藤は他の人の前では、自分がぼくの専属の編集者だと平気で嘘を言うわけ。それで、涼君がとんでもないプランを考えてくれたのさ」

「じゃあ、スリーパーの事件は涼がしくんだことだったのか」

ぼくはあきれた顔で彼を見た。

「最初はぼくは自殺したことにして失踪しようって涼君は言ったけど、あとでそれじゃつまらないから、偽の殺人事件にすることに話が決まった。近藤を犯人にしたてたら、奴も驚いて退散するかもしれない、ぼくはそう思った。ちょっとやばいかなって思ったけど、だんだんぼくの方が悪乗りしちゃった」

「じゃ、スターリング城でシュミット氏が言っていたことは嘘だったんだね」

「本当のことを言うと、彼らもぼくらの仲間だったのさ。悪質なストーカーを撃退したいんで協力してほしいとアンナに話したらすぐオーケーしてくれたし、シュミットさんには彼女から依頼をしてくれた。ぼくは拳銃で近藤を脅してくれとまでは頼んでなかったけどね。たぶんシュミットさんのマジックの小道具だと思うけど。

深町さん、君はシュミットさんの話を信じていたのかい？　考えてもみてよ、いくら近藤が絵を描くのが得意でも、ろくに準備もしないでカレンとそっくりに人形の顔を描けるわけはないよ。それに彼が犯人だとしたら、どうやって密室の中に白煙を起こすことができたんだい？」

「ならいったい、君たちはどうやったんだ？」

ぼくが少し怒って言ったら、パトラは涼の方をちらっと見つめた。

「謎解きは名探偵の仕事だよね」

「それについてはぼくから話しましょう」

涼が口を開いた

「話せば単純なことです。スリーパーの部屋には隣の部屋との間に、手首の大きさ位の小さな換気用の窓がついています。間には、細かい金属の網が入っていますが、簡単にはずすことができます。ぼくは、パトラさんの部屋の隣だったカレンさんの部屋に潜んでいました。そしてその窓の枠を、事前にはずしておいたのです。リン君と近藤さんが外からキャビンの中を見ていた時、ぼくはドライアイスのかたまりを、換気用の窓から大量に中に放りこみました。爆発音は舞台で使う大型のクラッカーを鳴らしたのです」

「君はいったいいつスリーパーに乗ったんだ？」

ぼくは涼に聞いた。

「ぼくは発車寸前に、みなさんが乗った隣の九号車に乗りました。そして夜半前に、カレンさんと部屋を交代したのです」

「カレンの偽の〈死体〉はどうやって消したんだ？」

「偽の〈死体〉の作り方は、スターリング城でシュミット氏が説明した通りです。ただ絵を描いたのは、本職のパトラさんです。カレンさんの首の像を、ぼくらは前もって用意しておきました。あの晩、近藤さんはロンドンのホテルからパトラさんにつきまとっていました。彼は彼女のパートナーのように振る舞って、スリーパーに乗り込んできました。パトラさんは近藤さんに翌朝早く自分を起こしに部屋にくるように言ってようやく追い払いました。その直後彼女は、別の車両の予約してあった部屋に隠れたのです」

「それじゃ、近藤さんが赤松さんと打ち合わせをしていたというのは、まったくの嘘だったわけだね」

「そうです。十一時過ぎに、ぼくとアンナさんが〈死体〉の準備を整えました。血痕も本物ではありません。深町さんはぐっすり寝ていたし、他の乗客も少なかったから、だれかに気づかれる心配はありませんでした。近藤さんは車掌室の隣にある喫煙室のあたりをうろうろしていましたが、パトラさんのドアからは死角になっていました。準備は、夜半前に終わっています。

車掌たちが体当たりした後、ドアからパトラさんの部屋の中に入ろうとしたとき、ぼくは再びドライアイスを放りこみました。そして今度は、防犯用の催涙スプレーも一緒に吹き付けたのです。みながひるんだすきに君の後ろにいたシュミット氏が部屋に入り、〈死体〉役のトルソの処分をしました。

彫像は紙製で顔の部分だけなので、つぶせば簡単に隠すことができました。身体の部分の洋服はベッドに放り投げ、ナイフだけ回収しました。これで死体は消失し、後は床の血痕だけが残ったというわけです。そして大騒ぎになっている間に、素早くぼくはファーストクラスのキャビンを抜け出したのです。本当のことを言うと、あまりに単純なトリックなので、リン君が仕掛けに気がつくんじゃないかと心配していました」

「どうして鍵を開けてもドアは開かなかったんだ?」

「その点は予期していないハプニングでした。その原因は、おそらくドライアイスです。ぼくが投げ込んだ大量のドライアイスが気化して二酸化炭素となり、キャビンの気圧が上昇したのです。そのため普通に押しただけではドアが開かなかったのだと思います」

「なぜ、カレンさんまで巻き込んだの?」

「それには、二つ理由があるのです。一つはカレンさんを追う脅迫者の存在です。この偽の事件を通して、脅迫者が姿を現わすかもしれないとぼくは思っていました。ぼく自身は、リン君たちと同じ飛行機の便に乗っていました。そして陰ながら、カレンさんの周囲を見張っていたのです。しかし、怪しい人物は発見できませんでした。そして、もう一つ、これはカレンさんの希望だったんです」

カレンの希望って?

「ちょっとね、リンをからかってみたかったの」

そうすると、ぼくは涼とカレンにずっとだまされていたことになる。ぼくは思わずカレンの顔を見つめた。

君たちのしていたことは実は犯罪じゃないか。ぼくが涼にそう言うと、彼は涼しい顔で言うのだった。

「ぼくらのしたいたずらは、列車を遅らしたことだけですよ。ここじゃ、二時間や三時間列車が遅れることなんていつものことです。それにスコットランドの人は寛大だから、すぐ許してくれますよ」

面白くない顔をしていたぼくに、パトラが言った。

「ねえ、リン君、そんな顔してないで機嫌直して。あした、ぼくと一緒に海まで行こう。北海にあるオークニー諸島まで行って、ヨットに乗ろうよ」

パトラの無邪気な笑顔を見て、まあだれかが死んだわけじゃなかったのだからこれでいいのかなとぼくは思い直した。

第*4*章

コーダ城

Cawdor Castle

一

北海から吹き付ける風は冷たい。

ぼくらはレンタカーをチャーターして、インヴァネスの中心部からカローデン・ムーアに来たところだった。

カローデン・ムーアは、インヴァネスの東部、車で十五分あまりの所にある広い草原である。ここは古戦場だった。

時は一七四六年。イングランドに対して反乱を起こしたスコットランドの王家、スチュアート朝の末裔であるボニー・プリンス・チャーリーは、ハイランドの兵士を従え、この地で最後の決戦に挑んだという。

しかし兵力にも装備にも劣るハイランドの兵士たちはイングランド軍によって蹴散らされ、千人以上の死体の山が築かれた。ボニー・プリンスは自軍の敗走を見て、かろうじて難を逃れて戦場を後にしたのだという。

ぼくらの車を運転しているのは、赤松パトラだった。寒気がするというカレンを車に残し、ぼくと涼、それにパトラは、カローデンの草原を歩いてみた。

本当はすぐにでも、スマイリー博士の家に向かう予定だった。それがどうして気楽な観光旅行のようなことをしているかというと、昨日の夜、ホテルの部屋にカレンに対して再び脅迫状が届いたからだ。内容は以前のものと同じだった。姿を見せない正体不明の脅迫者は、イギリスまでカレンを追ってきているのだ。

そのためぼくらは、すぐに博士の家に向かうのは避けたのだった。脅迫者が姿を現わすのではないかとぼくらはカローデン・ムーアまで来てみたが、怪しい人影は見られなかった。

カレンは不安な様子を隠せなかった。というのは、昨日から数回スマイリー博士に電話をしたが、一度もつながらないというのだ。

カローデンの草原からぼくらは、旧コーダ城に向かった。

コーダ城は、有名なマクベスの悲劇の舞台となった城だ。実は、コーダと呼ばれる城は二か所ある。一般に知られているコーダ城は、カロードン・ムーアの近くにある美しい城である。しかし、この城が建設されたのは、マクベスの時代から数百年後のことらしい。コーダ城の周囲は、美しい庭園になっている。城は要塞というよりも、華麗な貴族の邸宅だ。ここはツアーのコースになっていて、大勢の観光客が出入りをしていた。

これに対して旧コーダ城と呼ばれる城は、さらに山間部に入った場所にある。文献的に確認されてはいないが、マクベスの時代より以前に建造されたことはほぼ間違いないらしかった。

少し付け加えると、シェイクスピアの戯曲によれば、マクベスは荒野の魔女の誘惑に乗り、国王を暗殺した非道の人物ということになっている。だが実際の歴史では、二十年近くスコットランドを統治した名君だったという。ただその最後が悲劇的なものであったことは、事実のようだ。

この旧コーダ城は、マクベスの悲劇を暗示する無骨な外見の城だった。城は険しい山の頂上近くにあり、車を降りてから三十分余り山道を歩いていく必要があった。疲れた様子のカレンも、無理をしてついて来た。

ぼくらは、跳ね橋を渡り、旧コーダ城の中に入った。外見とは異なり、内部は数多くのタペストリーで美しく装飾されていた。この城は一般公開されていたが、交通の便がよくないためか、ぼくら以外の入場者は見かけなかった。涼とパトラは足早にどんどん先に行ってしまった。仕方がないので、ぼくはカレンにつきそうような形でゆっくりと歩いていた。

カレンは昨日の夜から発熱し、見るからに体調がよくない様子だった。イギリスに着いたときは元気そうに見えたが、謎の人物の脅迫に心身ともに参っていたのかもしれない。

異変は、「いばらの木の間」で起こった。そこは天井が低い狭い部屋だった。部屋の中央に城を守るという「いばらの木」が植えられてあった。その木は六百年以上の古さを持つものだという。

それは映画のスローモーションを見るようにも思えた。いばらの木の前で、カレンは静かにくずれ落ちて倒れた。一瞬後、ぼくは彼女の元に駆け寄ろうとした。近くに他に人の姿はなかった。

その時後ろから強い力で、急にぼくは押さえつけられた。その人物は、ぼくよりかなり背が高かった。振り向くと、彼は、中世の騎士が使用する鉄の仮面で顔を隠していた。

鉄仮面の騎士は、強い力でぼくの首を締め上げ、床に押さえつけた。ぼくはまったく抵抗できなかった。このまま殺されてしまうのだろうか。恐怖心でぼくは金縛りのような状態になった。

「ここから去るのだ。そうしなければ、災いは西からやってくる」

彼の言葉は流暢な英語だった。この人物がカレンの脅迫者なのだろうか。

なんとかぼくは、彼のいましめから逃れようとした。すると、鉄仮面の人物はぼくに揮発性のスプレーを浴びせた。目とのどに激しい痛みを感じ、助けを呼ぶ事もできないぼくは、何もできずにその場にうずくまってしまった。

二

「君の考えでは、スマイリー博士のお嬢さんは、まだこの城の中にいるはずだというわけかね？」

いかにも英国紳士らしい恰幅のいい男性は、この旧コーダ城の城主、ダニエル・リップルウッド氏だった。彼はぼくが思い浮かべるイギリス貴族のイメージにぴったりだった。彼は仕立てものの背広にブルーのネクタイをきっちりしめ、椅子にどっしりと腰を下ろしていた。シャツのボタンがちぎれそうな位、腹が出ている。

「その通りです。もしこの城に外部に通じる秘密の抜け道が存在しないのなら、彼女は城の内部のどこかに存在していなければなりません」

涼の答えは堂々としていた。

ぼくは「いばらの木の間」で倒れているところを、涼とパトラに助けられた。彼らはぼくらが姿を見せないので、心配して戻ってきたのだった。

ぼくは鉄仮面の男性に襲われた話をした。その部屋からカレンがいなくなっていることを知った涼は、すぐに城の管理人と交渉を始めた。

スマイリー博士の名前は、地元では威力があるようだった。初めはぼくらの話をうさんくさそうに聞いていた警備員も、行方不明の女性がスマイリー博士の娘だとわかると、すぐに城主に連絡をとった。

旧コーダ城の城主であるリップルウッド氏は、間もなく姿を見せた。ぼくらの話を聞いた後、彼のとった処置は迅速だった。城内にいた数名の観光客の身元を確認して退出させると、すぐに城門を閉鎖したのだ。

ぼくたちは、城の客間である「ティルナ・ロブの部屋」に集まった。「ティルナ・ロブ」とはゲール語で永遠の若さを意味し、ケルト人の理想郷を示すという。そこは、壁や天井に神々や英雄の壁画が描かれた荘厳な雰囲気の部屋だった。

リップルウッド氏が説明を始めた。

「城内で不審者は発見されていません。カレンさんの行方もわかりません。確かに、もし驚くべき速さでその鉄仮面の男性がカレンさんを外部に連れ出したのでもなければ、彼女はこの城のどこかにいなければなりません。城の外部に出るには、一般客用の入口と、関係者用の通用口の二か所を通るしかありません。一般用の入口は警備員が出入りをチェックしていて、不審な人物は発見されていない。さらに関係者用の通用口は、ちょうどその時間、『芸術の間』に飾る絵画を搬入している途中でした。

ですから、そこから不審者が出ていくことは考えられません。男性が一人だけなら、すきをみて脱出できる可能性はまったくないとは言えません。しかし、嫌がる女性を無理矢理同行させることは不可能です。さらに、秘密の通路は、この城には存在しません」

「それは本当でしょうか」

「確かに中世のマクベス王の時代、あるいはジャコバイトの反乱があった頃までは、城から外部の丘陵への緊急用の脱出口があったことが、過去の記録に残っています。この通路は古い歴史があるもので、この城ができる遥か以前に完成していたと伝えられています。しかし、それは平和な時代になって、閉鎖されました。老朽化して危険だったからです」

ぼくらはリップルウッド氏とともに、旧コーダ城のすべての部屋を見て回った。

開放している部屋は、かつての王族の居城にふさわしく絢爛たる装飾が施されていた。タペストリーや絨毯、あるいは展示された絵画は、昔の領主の豪奢な生活を思い起こさせた。残りの半数あまりの部屋は、施錠され長い期間放置されたままらしかった。

リップルウッド氏は、施錠してある部屋も一部屋ずつ開錠して見ていった。カレンの姿も、不審な人物の姿もない。

剣や槍が積み重ねられた「武器の部屋」。

スコットランド王ダンカンは、この中の武器のどれかによって、マクベスに謀殺されたのだろうか。

戦闘から帰還するとき、マクベスは森の魔女の囁きを耳にした。

魔女の誘惑とマクベス夫人の栄華への欲望によって、マクベスはその両手をダンカン王の血で染めた。

「武器の部屋」の隣にあったのは、古い牢獄だった。そこには、鉄格子がはまった狭い窓がまだ残っていた。一階と二階の部屋をすべて回り終えたとき、リップルウッド氏が言った。

「あと残るは、『塔の間』だけです。ただしその部屋は、ある理由によって長い間開かずの間になっています」

「それは、どうしてですか？」

涼が聞いた。

「これは八十年以上昔の話になります。わたしの曾祖父の姉にあたる女性が、その部屋で惨殺されるという事件がありました。しかもそのときの状況は、非常に不可解なものでした。だれも、部屋の中には入れる状況にはなかったのです。彼女を殺すためには、人間の力ではない魔力を用いることが必要でした。その事件以来『塔の間』は、邪悪なものを封じ込めるために、閉じられたままになっていると伝えられています」

「リップルウッドさん、いったいそれは、どういう状況だったのですか？　あなたはその魔力を信じているのでしょうか。その話をぜひ聞かせてほしいと思います。というのは、カレンさんがこの城で行方不明になった手がかりが得られるかもしれません」

リップルウッド氏は一瞬ためらった。

「どうでしょうか。この事件にはわれわれ一族の秘密に関する部分も含んでいるので、お話しすべきかどうか少々迷いますが、こういう状況なので聞いて頂くことにしましょう。あなた方には、この城がどのような場所か、知っておいてもらうべきだと思うからです。ただしこのことについては、他言無用です。話の内容は荒唐無稽なものなので、信じてもらえないかもしれません。被害者の名は、メアリーと言いました。悲劇のヒロインであるスコットランド女王メアリーと同じ名前です。話が長くなるので、後は向こうの部屋でお茶を飲みながらということにしましょう」

ぼくらは、リップルウッド氏に導かれて隣の部屋に移動し、控えの間のテーブル席に腰を下ろした。部屋の中央にらせん階段があり、それが「塔の間」に続いているらしかった。ぼくたちは円卓の騎士のように、丸いテーブルを取り囲んで座った。

主人が合図をすると、給仕がすぐにお茶を運んできた。

「この城のメアリーも、女王メアリーと同様に、数奇な人生を歩んだ女性でした。そしてわが一族の中で、彼女は絶世の美貌を誇っていましたが、それが悲劇の原因でもありました」

そう言うと、彼は壁に掲げられた一枚の肖像画を指さした。

「これは一般公開していませんが、メアリーのポートレイトです」

そこには、リップルウッド氏の言うように、美しい淑女の姿が描かれていた。彼女の瞳は、カレンと同じ緑色だった。

「メアリーは、旧コーダ城主の長女として生まれました。しかし、どのような理由があったのか、幼児期にスコットランドを離れ、ロンドンに移り住んでいます。一族の内紛が原因で、メアリーの命が狙われたという噂がありますが、真偽ははっきりしません。

やがて、メアリーはロンドンで貴族の子弟のための学校に通い一流の社交術も身につけ、美しい貴婦人に成長します。ただ問題は、彼女が恋多き女性だったことです。ロンドンでメアリーは最初の結婚をしました。まだ彼女は十代でした。夫は爵位を持つ有能な政治家であり、それは祝福された結婚でした。しかし彼は結婚後間もなく、事故で命を落とします。暗殺されたという噂もありました。それが悲劇の始まりでした。

失意のメアリーはロンドンを後にして、旧コーダ城に帰ってきました。傷心の彼女はそれから、スコットランドを旅して過ごしました。彼女は、若い貴族の子弟のとりまきたちと放蕩的な生活を送っていました。メアリーの生活は、自堕落で投げやりなものでした。そうしたある日、彼女はアバディーンで若い実業家の青年グラス氏と知り合い、すぐに再婚しました。ところがその男性は、とんだ食わせ物でした。実業家というのは真っ赤な嘘で、今でいうジゴロのような存在でした。

旧コーダ城にはメアリーを慕う、幼なじみのオーエンという男性がいました。彼は、城の庭園で働いていました。植物の世話をすることと、建造物を修復することが彼の主な仕事でした。ですから、城主の娘とは、身分が違っていたのです。

再婚後のメアリーは、幸福ではありませんでした。グラス氏は彼女の財産を食い物にし、勝手気ままな生活を送り続けていました。そして、何日も家を空ける日が続きました。そんなある日、再婚した夫の横暴ぶりに腹を立てたオーエンは、城の庭園で彼と激しく言い争った後、グラス氏を殴り殺しました。この殺人が偶然起こった激情によるものであったのか、あるいはオーエンとメアリーが共謀して行った計画的な犯行なのか、それははっきりしていません。

犯行後、オーエンは失踪し姿を消しました。事件は曖昧なまま、事故として処理されました。警察は捜査に熱心ではありませんでした。それは当時の世相の影響もありました。事件が起きたのは、時代的にちょうど第一次大戦の最中だったのです。平時だったら大騒ぎになったはずでしたが、町の人々は、痴話げんかの結果によるらしい殺人事件よりも、ドイツ軍の侵攻に遥かに脅威を抱いていました。コーダ城主という旧家に起きた事件ということで、警察の捜査がおざなりだったのも確かです。

事件のあったとき、メアリーは妊娠していました。子供の父親はだれだったのか。普通に考えれば夫のグラス氏なのでしょうが、もしかするとオーエンの子供だったのかもしれません。それは確かめようがありません。オーエンの行方は知れず、未亡人となったメアリーは間もなく無事出産しましたが、その後精神的に変調をきたし、このらせん階段の上にある『塔の間』に閉じこもり、そこから出てこようとしませんでした。

それ以後、彼女はほとんどだれにも会いませんでした。食事はわずかにとるだけで、見る見るうちにやせこけてしまいました。心配した家族や友人が数多く見舞いにやってきました。しかし、彼女は誰の忠告も聞こうとしません。そんなとき、あの惨劇が起こったのです。グラス氏が殺されてから、半年あまりたった頃でした」

「この上の部屋で、メアリーさんが殺害されたというのですね。しかも、密室状況で」

涼の言葉に、リップルウッド氏はうなずいた。

「その通りです。『塔の間』に到るには、今われわれがいる控えの間からこのらせん階段を上がる以外に方法はありません。秘密の通路のようなものも、存在していません。

その頃は騒然とした時代でした。第一次世界大戦が始まり、中立を保つ予定であったイギリスも、ベルギーが攻略されたのをきっかけにドイツに参戦しています。

戦況は当初ドイツ側が優勢でした。当時は、しばしばロンドンにもドイツ軍機の空襲があったそうです。スコットランドまで戦禍は及んでいませんでしたが、町の雰囲気は戦争一色となっていました。ドイツ軍が北からイギリスを侵攻するため、インヴァネスを占領しに来るという噂が流れていたのです。ドイツ軍の潜水艦の攻撃によって、海上では多数の英国の艦船が撃沈されていました。

メアリーが殺されたのは、そういう騒がしい時代のことでした。ある晩、『塔の間』から彼女の断末魔の悲鳴が鳴り響きました。悲鳴を聞いた城の不寝番は、この控えの間にまで急いでやってきました。通常ここには、メアリーの召使が待機しています。しかし、その姿は見えませんでした。不寝番の兵士は、らせん階段を上がり『塔の間』まで来ました。そこでドアの前に彼が見つけたのは、惨殺された召使の女性の姿でした。彼女は何度も繰り返しナイフで刺された跡があり、胸から腹部にかけて見るも無残な状態でした。

不寝番は大声でメアリーを呼びました。しかしドアは内部から施錠されていて、開けることができません。彼はメアリーの名前を呼び続けましたが、部屋の中から返事はありませんでした。そうしているうちに、声を聞きつけて城の住人が集まってきました。不寝番は人を集め、ドアに体当たりをして、中に入ろうとしました。屈強の大男数名が交代でドアにぶつかり、ようやくドアのロックがはずれました。

部屋の中は暗く、壁に取り付けられた燭台だけが、唯一の灯りでした。メアリーの遺体は、床の上で発見されました。無残な彼女の死体を見て、一同はその場に凍りついたようになりました。彼女の身体は、人間としての原型を留めていませんでした。

　それは何ともむごたらしい姿でした。メアリーの身体は、文字通り八つ裂きにされていたのです。彼女の首、両手両足と胴体は、悪鬼が彼女の身体をちぎって放り投げたかのように、床の上に投げ捨てられていました。部屋の中は血の海でした。むせかえるような、血の臭いで部屋の中は満ちていました。

　さらに恐ろしいことには、メアリーの腹部は切り裂かれていました。警察での検死の結果、切り裂かれた腹部からは、彼女の子宮が持ち去られていたことが判明しました。それは何か魔物の所業としか考えられませんでした。その証拠として、現場の床には、ダーク・ドルイッドあるいは黒のフェアリーのシンボルとされる五角形の紋章が被害者の血液で描かれていたのです」

　リップルウッド氏は話を終えたが、だれも口を開こうとはしなかった。

　ぼくは、百年余り前、この城で起こった惨劇を思い浮かべた。貴族の血を引く薄幸の美女メアリー。その彼女がバラバラにされて、惨殺されたという。いったい、だれが何のためにそんなことをしたのだろうか。

「メアリーさんが『塔の間』にいる時、この控えの間に、被害者の召使はいつも待機していたのですか？」

　涼がたずねた。

「そうです。メアリーが精神的に不安定であったため、二十四時間、交代で召使がこの部屋に控えていました。メアリーの家族は、彼女が知らぬ間にどこかに失踪してしまうのではないかと心配していたようです。昼間は、年配の女性がメアリーの世話をし、着替えをさせたり、食事を食べさせたりしていました。召使の女性は控えの間を寝室にしていましたが、夜間は門番の男性が寝ずの番をしていたのです」

「そうすると、メアリーさんの悲鳴を聞き、まず異変に気がついたのは、その不寝番の男性ということですね」

涼の問に、リップルウッド氏はうなずいた。

「そうです。召使の女性はすでに殺害されていましたので」

「問題の部屋を見せてもらえませんか？」

「いいでしょう。この部屋を開放するのは、事件後、初めてのことです。中に閉じ込められた魔物が、あるいはわたしたちに取り憑いてしまうかもしれません」

彼の言葉に、ぼくは思わずぞっとした。このスコットランドの古い城の中では、いまだに魔性の何かが存在していてもおかしくない。ぼくはそんな気持ちになっていた。ぼくを襲ってカレンをさらった鉄仮面も、この城に巣くう怪人なのかもしれない。

ぼくらは狭いらせん階段を上がっていった。手すりもなく、少し気を緩めるところがり落ちそうだった。階段の上には踊り場があり、その先に大きな木製の扉があった。リップルウッド氏は、鍵を取り出してドアを開けた。

「ぼくから先に入りましょう」

そう言ったのは、涼だった。彼は、リップルウッド氏を通り越し、部屋の中に入った。ぼくはその後ろから、恐る恐る中を覗き込んだ。

　部屋は五角形の形をしていた。広さは、十畳程度になるのだろうか。石の天井は低く、壁にはいくつか燭台が取り付けられていた。

　メアリーが住んでいた頃には、必要な家具も揃えられていたのだろうが、現在部屋の中には何も置かれていなかった。部屋には小さな窓が三か所あり、そこから美しい庭園を見渡すことができた。しかし元来この窓は、城に迫り来る敵兵に対して弓矢を射たり、銃撃をする目的で存在したのだろう。ここは戦争のための城なのだ。

　そのため、窓は小さかった。これでは、日の光も満足に入らない。ただこの窓からはメアリーがどんなに望んでも、飛び降りて自殺を図れないことは確かだった。

　気が狂ったというメアリーは、この暗い部屋でどんな辛い毎日を過ごしたのだろうか。

「事件の起こった時と、この塔の周囲に変化はないのでしょうか？」

　涼がリップルウッド氏に聞いた。

「その間に城の補修は何回か行いましたが、基本的な点で変更されているものはありません。庭もそのままです」

　涼は窓から首を出して外を見ていた。

「犯人がここから、出ていくことは不可能ですね。この窓は、人間が通れる大きさではありません」

「その通りです。事件の際、窓は施錠されていませんでした。そのため、当時の捜査官も犯人の逃走経路として、この窓を考えましたが、犯人が小人かフェアリーでもない限り、それは不可能でした。

人間の子供も通れないでしょう。そして、ここからもし脱出できたとしても、地上に降りるすべはありません。この『塔の間』は地上五階に相当しますが、塔の外壁には、階段の類はまったく存在していません」

「スコットランドには、数多くの小人が存在していたのではないですか」

涼は小さな声でつぶやくように言った。

「そういう小人であれば、窓を通り抜け、空中から脱出することは容易でしょう。あるいは、邪悪な妖精がこの事件の真犯人かもしれません」

リップルウッド氏は厳しい視線を向けた。

「わたしは合理主義者ですが、古い時代、このスコットランドに妖精や小人が存在したかもしれないと感じることはあります。しかし、仮に人間でないものがこの事件の犯人であったとしても、なぜ、メアリーの身体を八つ裂きにする必要があったのでしょうか。スコットランドの英雄であるウィリアム・ウォリスがイングランド王によって八つ裂きの刑を受けたのは、スコットランド人に対する見せしめのためでした。しかし、メアリーは、そこまでの強い憎しみをかってはいませんでした」

「この事件の容疑者はいたのですか？」

「彼女を恨んでいたと思われるのは、夫であったグラス氏の親族でした。なぜなら、彼はメアリーの指示によって、オーエンによって謀殺されたという噂が強く囁かれていたからです。そのため、警察による徹底的な捜査が行われましたが、彼らに犯行の機会はありませんでした」

「メアリーの恋人と言われたオーエンはどうなったのでしょうか」

「失踪していたオーエンは、メアリーの死後二週間ほどして、インヴァネスに近い保養地であるナリンの海岸で、水死体として発見されました。検死によれば、彼の死亡時刻はメアリーの死とほぼ同時期でした。ただこの死亡推定時間は、正確なものとはいえません。オーエンが不審な死を遂げたため、彼が魔物の手を借りて愛するメアリーを殺害し、その後、自らも命を絶ったのだという噂が流れました。しかし、もちろんこれも根拠のある話ではありません」

「被害者の死体から、どうして子宮が持ち去られていたのでしょう？」

「その点については、まったく理由はわかっていません。当時は、いろいろな説が取りざたされたようです。メアリーを殺した魔物が、黒魔術に用いるために持ち去ったのだとか、彼女に愛を寄せた犯人が持っていったのだとかいろいろな説は語られましたが、結局真相はわかりませんでした。

もしこの事件が戦時中、田舎に起こった事件でなかったら、もっと大々的に有名になっていたことでしょう。ロンドンの切り裂きジャックの事件のように、何年にも渡ってセンセーショナルに取り上げられ、『コーダ城の切り裂き魔』とでも呼ばれたかもしれません。しかしこういう事件が大好きなロンドンのタブロイド誌も、幸か不幸か当時は戦争のためほとんど取材には来ていなかったということです」

「その後、メアリーの奪われた子宮は発見されたのでしょうか？」

「事件から一月あまりして、旧コーダ城に小さな小包が届きました。その中に入っていたのが、ホルマリン漬けにされたメアリーの子宮だったのです。しかし、それは無残に切り裂かれ、原型を留めていませんでした」

「まるで切り裂きジャックの事件のようなエピソードですね。切り裂きジャックの犠牲者の一人であるキャサリン・エドウズのものと思われる腎臓も、小包で自警団に送りつけられてきました。その小包の差出人は判明したのですか？」

リップルウッド氏は首を振った。

「消印はロンドンになっていました。差出人はグラッドストーンという名になっていましたが、これはジョークでしょう」

「ところで、召使の女性とメアリーさんを殺害した犯人は同一人物なのでしょうか」

「もちろん、そうでしょう」

「その証拠はあるのでしょうか」

「はっきりとした証拠はありません。しかし、普通に考えれば、まず召使を殺害し、その後同じ犯人がメアリーを殺したのではないでしょうか」

三

ぼくらは無言のまま、「塔の間」を後にした。らせん階段を降り、控えの間に戻ると涼が言った。

「リップルウッドさん、あなたはメアリーさんの事件について、薄々真相を知っているのではないでしょうか？　ぼくには、ほぼ事件の謎が解明できるように思います。しかし、現在の一番の問題はカレンさんの行方です。これについては、あなたは本当に心当たりはないでしょうか？」

　ぼくらは、再び丸テーブルを囲んで腰を下ろした。

「この城に隠れられるような場所は存在していない。君たちが見た通りだ。わたしが話せることは、これ以上はない」

「では言い方を変えましょう。鉄仮面の男性は、カレンさんをどうするつもりだったのでしょうか。もし彼女を殺害するのが目的なら、『いばらの木の間』で可能だったはずです。ふいをつかれた攻撃で深町さんは、反撃することはまったくできませんでした。しかし犯人は、カレンさんを殺害せずに、誘拐し姿を消しました。鉄仮面の男性は、いったい何を目的にしていたのでしょうか？」

　だれも何も口にしなかった。しばらく沈黙が支配した。

「基本的な点に戻って考えてみます。カレンさんは、日本にいるときから、謎の人物に脅迫されていました」

　涼が静かな声で言った。

「どうして、カレンさんがスコットランドに行くことを、脅迫者が知ることができたのでしょうか。彼女は日本では有名なアイドルスターですから、個人的なスケジュールはオープンにはされていません。では、いったいだれがそれを知る立場にあったのでしょうか」

　涼はぼくの方を向いて言った。

「深町さん、どう思いますか？」

「もちろん、彼女の事務所サイドは知っていたはずだよ。今回はカレンの事務所の松嶋さんから、付き添いを頼んできたわけだから」

「そうですね。でも、それ以外にも知っていた人はいます」

「というと？」

「スマイリー博士です。カレンさんをスコットランドに呼んだのは博士です」

「でも父親であるスマイリー博士がカレンさんを脅迫するはずはないし、自分から来るように言っておいて、来るなという脅迫状を出すのも矛盾だ」

「もちろん、スマイリー博士自身はこの一件に関係してはいないでしょう。ただ彼の周囲の人間が、カレンさんの帰国を知っていて、それを邪魔しようとした可能性はあります。ある人物にとって、カレンさんは帰国されては困ることがあった。つまり脅迫者の範囲は、松嶋さんの事務所の関係者か、スマイリー先生の周囲か二つに絞れるわけです」

「それ以上限定はできないかな？」

ぼくは涼に聞いた。

「脅迫状の消印は日本国内のものでした。したがって、両者の中では、事務所の関係者が疑わしいでしょう。カレンさんの事務所の人間で、スコットランドと関係している人物はだれがいるでしょうか？」

ぼくには、一人の男性の姿が浮かんだ。彼とは、出発前に一度会っただけだ。名前はハンス。

「ハンスか？」

ぼくがそう言うと、涼はうなずいた。

「松嶋さんから詳しい事情を聞いた後、ぼくは事務所のスタッフについて情報を集めました。なぜなら、カレンさんがスコットランドに行く話は、事務所の人間が最もよく知る立場にあるからです。彼らの中でイギリス、あるいはスコットランドと関連を持っていたのは、ハンスさんだけでした。ぼくは出発前に、ハンスさんについて、可能な限り情報を集めてみました。彼が来日したのは、五年前。カレンさんが日本に来てから、一年後になります。その後彼はアルバイトをしながら、日本語を習得。そして、四年前から、英語が堪能なスタッフとして松嶋さんの事務所で働いています。

ぼくは松嶋さんにお願いして、ハンスさんの出身地を調べてもらいました。事務所の履歴書によれば、彼の生まれはスコットランドの保養地であるアヴィモアとなっています。この旧コーダ城からも、さほど遠い場所ではありません。そして彼の一家はその後、インヴァネスの郊外に移り住んでいます。ハンスの父親のケメルマン氏は有名な建築家で、この旧コーダ城でも働いていました。この城の美しい庭園を造ったのは、彼だそうですね。リップルウッドさん？」

リップルウッド氏は黙ったままだ。

「ですからあなたとハンスが昔からの知り合いであっても、おかしくないわけです。さらにハンスはスマイリー博士とも関係を持っていました。この点は、南雲先生からスマイリー博士に問い合わせて判明したことです。スマイリー博士はアマチュアですが、高名なピアニストでもあります。彼は子供たちを自宅に集めて音楽を教えていました。ハンスもスマイリー博士の生徒の一人でした。一時は博士に一番かわいがられていたそうです。したがって、ハンスはカレンさんとも、面識があったことになります。スマイリー博士の自宅で、ハンスはまだ少女だったカレンさんと会っているはずです」

「いいだろう。よく調べたものだ。君はそれ以上わたしに何か聞きたいことがあるかね？」

「それでは、カレンさんに脅迫状を書いたのも、鉄仮面の男性もハンスさんだったことを認めるわけですね。どうして、ハンスさんがこのような誘拐劇を企てたのか、それを教えてほしいのです。そしてなぜあなたは、ハンスさんによるカレンさんの誘拐に手を貸したのか？　そしてこれが肝心な点です。カレンさんは無事なのですか」

「誤解してもらっては困る。わたしは何も認めていない。父親がこの城と関係していたとしても、そのハンスという人物はわたしと無関係かもしれない。小波君と言ったね。ここで、少し君を試してもいいかね。もし君が十分に尊敬できる人物だったなら、カレンは何事もなく戻れるかもしれない」

「何を言っているんだ！　カレンさんをどこにやった！」

ぼくは思わず、リップルウッド氏に詰め寄った。しかし、涼がぼくを制した。

「いいでしょう。この人たちはカレンさんを傷つけるつもりはないようです。リップルウッドさん、あなたの条件を聞いてみましょう。ぼくに何を望んでいるのですか？」

「わたしが君に望むのは、この『塔の間』で死んだメアリーの死の謎だ。それを説明してくれたまえ。これがわたしの条件だ」

「そんな。九十年も前の事件の謎を解明するなんて不可能だ」

ぼくはそうつぶやいたが、涼とリップルウッド氏は、しばらくにらみ合ったままだった。随分長い時間が流れたような気がした。しかし、本当はほんの一瞬だったのかもしれない。

「いいでしょう。メアリーさんの事件についてぼくの考えを話しましょう。しかしあなたは、メアリーさんの死の真相を知っているのではないですか？」

「さあ、どうかな。君に真相がわかるかね？」

彼は、小さく笑った。

「メアリーさんの事件に関するこれまでのあなたの説明は、すべて信じてもいいのですね」

「もちろん、わたしは事実しか話していない」

「しかし、あなたが話していない事がらも多いのでしょう。が、まあそれは仕方がないかもしれません」

「すべてのことを話せるわけではない。だが重要な点は述べたと思う」

涼は立ち上がり、テーブルの周囲をゆっくり歩き始めた。リップルウッド氏はパイプに煙草を詰め始めた。

「この事件を合理的に解決するという視点から、話を進めてみようと思います。まず始めに、現場にあったという悪魔の紋章です。これは、古のダーク・ドルイッドの印として、知られているというものです。もちろん、それが真実のものでないという確かな証拠はありません。しかし、ほとんど百パーセント、その紋章は作為的に用意されたものでしょう。そして、警察の捜査の前にそのことが可能だったのは、旧コーダ城の関係者だけです」

「どうして彼らは、そんなことをする必要があったのだ？」

「それは、メアリーさんの死の真相を隠蔽するためでした。ここはただでさえ、迷信深い古い土地柄です。まして現場は、マクベスの血と死の香りが漂う城の中です。現場にダーク・ドルイッドの紋章があっても、だれも不思議には思わないでしょう。遠い過去において、恐怖によって人間を支配したというダーク・ドルイッドの呪いが甦ったと信じられたものも、少なくなかったかもしれません。それまでのメアリーさんの行動には、旧弊な人々はまゆをひそめていたと思います。ですから彼女の所業に、ダーク・ドルイッドの罰が下ったのだと多くの人が感じてもおかしくないでしょう。

ただ真実は、異なっていました。現場に残された紋章も、その他の事件の外見も、メアリーさんの死の真相を隠すためにしくまれたフェイクでした。真実は旧コーダ城の関係者にとっては、知られてはならないものだったからです」

「君の話は抽象的過ぎる。どういうことなのか、きちんと、説明してくれたまえ。旧コーダ城がメアリーの事件とどう関係するというのだね」

「事件のはじめから振り返りましょう。密閉された部屋の中に、無残な死体がある。しかし、犯人は消失している。これをどう考えるか。それが基本的な問題です。特殊な装置があったわけではないですから、自殺も事故も、ここでは否定できる。両手、両足がちぎれてしまうような、自殺も事故もありえません。明らかに、外的な力によるものです。それでは、犯人が現場から脱出する経路はあったでしょうか。どうですか、深町さん？」

ぼくにふられても、見当もつかない。

「窓は開いていたが、人間が通るのは不可能だった。子供でも通れないということだからね。そうなると、唯一の逃走経路として考えられるのはドアだが、中からしっかりと施錠されていた。

さらに言うと、犯人が現場の外から、被害者を殺害することも困難だった。今確認しましたが、ドアには隙間はなかった。したがって細いドアの隙間からサーベルのようなものを入れることも困難です。さらにドアの構造から『ユダの窓』も存在しなかったので、ドアを通じて部屋の外部から犯行を行うことはできませんでした。また、窓の外から犯行を行うには、それこそ空中浮遊でもできることが必要でした。それこそ、ダーク・ドルイッドのような魔物にしか、犯行は不可能ということになります」

「でも君の解釈はそうでは、ないんだろ？」

「たぶん、前提が誤っているわけです。結論からいえば、犯人は現場には入っていないのです。そう考えるしか合理的にこの状況を説明はできません」

「でも、メアリーさんは『塔の間』で惨殺されていたんだよ。なぜ犯人は現場に入る必要がないというんだ？」

ぼくには涼の考えがよくわからなかった。

「確かに死体は室内にありました。しかし、彼女は必ずしも部屋の中で殺されなくてもよかったのです。被害者であるメアリーさんは、殺害当時は現場にはいなかった。つまり死体は後から運び込まれたと考えればいいのです。当時の鑑識の技術では、死体が死後に移動したものかどうか、確認はできなかったはずです」

「どういうこと？」

「ここからは、ぼくの推測になります。リップルウッドさんには、失礼なことをお話しするかもしれません。先ほどの話では、メアリーさんは精神的に不安定なために『塔の間』に閉じこもっていたということでしたが、本当は何らかの秘密のために、一族によって軟禁あるいは幽閉されていたのではないでしょうか。しかしそれは公にはできないことなので、彼女は重い精神病であるように噂されていました。そして、メアリーさんの監視のために昼夜を問わず、見張りがついていたわけです」

ぼくはリップルウッド氏の方を見たが、彼は黙ったままだ。

「しかしメアリーさんは正気でした。そして、彼女は逃亡を企てた。おそらく、手引きをしたのは、恋人だったオーエンさんでしょう。夜間の見張りの人間を買収するか暴力で脅して、彼はメアリーさんを城の外に連れ出しました。そして中に彼女がいるように見せかけるために、ドアが外から開けることができない細工をしたのです。しかし彼の細工がどのようなものだったのか、これまでの情報だけでは明確に言うことはできません。ただ、それほど複雑な操作をする時間的な余裕はなかったと思いますし、その必要性もなかったはずです。二人にとっては、城から逃亡するために、一時的に時間をかせげればそれでよかったからです。

おそらくオーエンさんは、まず普通に外から施錠をしました。しかしそれだけでは、合鍵を使えば簡単にドアを開けることが可能です。中に入れれば、メアリーさんが逃亡したことは、すぐにわかってしまいます。オーエンさんは、優秀な庭師であり建築家でした。ドアを中からかんぬきをかけているように見せかけるために、一つ考えられる手段としては、彼が仕事において固定用に使用する石膏のようなものをドアと壁の間に塗りこめたことです。速乾性の石膏を用いれば、二十分ほどでドアは固定されます。少し工夫をすれば、ドアの外から細工をしたようには見えないでしょう。そうすれば中に彼女が閉じこもっているようにみえます。したがって、彼らはしばらく時間をかせぐことができたわけです。

　しかし、二人の逃亡劇はうまくいきませんでした。彼らは城の人間に発見され争いとなり、おそらく命にかかわる傷を負いました。オーエンさんとメアリーさんはその時殺害されたのでしょう。しかし、城の人々はこの事実を明らかにするわけにはいきませんでした。そのため彼らは、メアリーさんが謎の人物、それも魔性のものに殺害されたかのように、見せかけようとしたのです」

「メアリーさんが、塔の外部で殺されたというなら、死体が部屋の中にあったことは、おかしいんじゃないか？」

　ぼくは涼に言った。

「それは説明可能です。メアリーさんの死体は、『塔の間』で『切断』されて発見されました。彼女の死体が切断されたのは、激しい憎しみのためでも、ダーク・ドルイッドなどの魔性のものが犯人だったからでもありません。それは実際的な理由からだったと思います。これには二つの可能性が考えられます。一番目として、城の人たちは簡単には『塔の間』に入れなかった場合があげられます。『塔の間』に入るドアは、オーエンさんによって固定されていました。そのため、ドアから出入りはできませんでした。

　しかし城の人たちとしては、メアリーさんの死体は、『塔の部屋』で発見されなければなりませんでした。城の中の別の場所で死体が発見されれば、殺人だけでなく、メアリーさんを監禁した彼らの犯罪も明らかになってしまう可能性がありました。そのため、『塔の間』の小さな窓から部屋の中に、彼女の死体を入れる必要があったのです。したがって、彼女の死体は切断されたわけです。おそらく命綱をつけた城の使用人が、塔の外壁をよじ登り、『塔の間』の窓からメアリーさんの切断された死体を投げ入れたのだと思います。

第二の可能性として、『塔の間』のドアから入ることができた場合です。この時は、メアリーさんの死体の損傷が非常に激しかった可能性が考えられます。そのため、それを隠蔽するために、彼女の死体は切断されたのかもしれません。さらにこの場合、死体を切断することによって、犯人は何か魔性のものであることを印象づけようとしたとも考えられます。いずれにしろ、この事件は、旧コーダ城の関係者の何人かが共犯者でした。彼らは真相は知っていましたが、口をつぐんでいたのです」

「召使の女性はだれが殺したんだ？」

「彼女を城の側の人間が殺すとは考えられません。おそらく逃亡を企てたメアリーさんか、オーエンによって殺害されたのです。ただ、必要以上に残酷な殺し方をした理由はわかりません」

「ダーク・ドルイッドの紋章はいつ描いたわけ？」

「ぼくの話が事実であれば、それは城の人間が『塔の間』に入ってから後のことになります。城の関係者のだれかが、警察の捜査の前にそのような偽装を行ったのです」

リップルウッド氏は、しばらく黙っていてから口を開いた。

「もう一つ質問がある。君の言うようなことが実際に起こったとして、どうして、メアリーの子宮は身体から取去られていたのかね？」

「それは、魔術的な意味を強調させるためだったかもしれません。しかし、もっと現実的な理由が存在していた可能性もあります。どうして、メアリーさんは、家族によって軟禁されていたのでしょうか？　彼女は一族にとって何か重要なものを隠し持っていたのではないでしょうか。その隠し場所が彼女の子宮の中だったのかもしれません。あるいは子宮の中に隠したと信じた人がいたということかもしれません。そのため彼女の子宮は持ち去られ、ずたずたに切り裂かれました。求めるものがあったかどうかは不明です」

「メアリーの事件の話は、もういいだろう。私の知っていることをお話ししよう。オーエンは確かに、城の兵士によって斬り殺された。その痕跡を隠すため、遺体を長い間地下室で海水につけてから、海に捨てたと聞いている。また召使の女性を殺害したのは、逃亡を図ろうとしたメアリーらしい。

しかし、メアリーが死んだのは、事故だった。あるいはそれは自殺だったのかもしれない。発見されたとき、彼女は激しい錯乱状態だった。だれも近くに寄れないほど興奮していた。彼女の家族は、メアリーを傷つけるつもりはなかった。彼女はオーエンが剣で斬られたのを見て、急に自ら大階段の上から飛び降りたのだという。

メアリーは、即死だったそうだ。その後の真相は、君が話した通りだ。なぜ彼女の遺体が切断されたかというと、『塔の間』のドアを開けることができなかったからだ。城の人間たちは、この事件を隠すことしか考えになかった。焦った彼らはメアリーの死体の切断を行い、兵士の一人が塔の外壁をよじ登り、窓から死体を投げ入れた。これこそ悪魔の所業だったのかもしれない。ダーク・ドルイッドの紋章も、城の人間が後から描いた。鶏の血を使ったものだ。オーエンの死体は隠され、苦労して『塔の間』のドアを開けた後、警察が呼ばれた。事件は不可能犯罪とされ、ダーク・ドルイッドの呪いによるものだと囁かれた」

「メアリーさんには、本当にダーク・ドルイッドの呪いがかかっていたのではないでしょうか」

涼が奇妙なことを言った。

「どういうことかね？」

「ポートレイトをみると、彼女は緑の瞳をしていましたね」

「それがどうかしたかね」

「メアリーさんのお母さんは、スコットランド西部の出身の人ではないでしょうか」

「詳しいことはわからないが、スカイ島の貴族であるマクロード家の出身と聞いている」

涼は考え込むようにして黙りこんだ。

「もうこれくらいでいいかね」

リップルウッド氏は言った。

「ともかく、この事件を公にすることは、できなかった。われわれの一族に関するある重大な秘密が関係していたからだ。この話はわたしからこれ以上詳しく話すことはできない。君たちもこの場で話したことは、忘れてほしい。君たちにとっての問題は、カレン・スマイリーのはずだ」

「カレンさんは、今、どこにいるのです？」

涼の問に対してリップルウッド氏が口を開きかけた時、長身の白人男性が部屋の中に入ってきた。

彼は鉄仮面を手に持っていた。

「やはり、あなたが脅迫者だったのですね。ハンスさん」

涼がハンスに向かって言った。

「小波涼君、君にはお見通しだったということだね。心配しなくていい。カレンは、城の離れにある邸で休んでいる。もちろん、彼女は元気だ」

ハンスは、松嶋さんの事務所で見かけた時とは別人のようだった。頼りない様子はまったくなく、態度は堂々としていた。

「君はどうして、こんなことをしたんだ！」

ぼくは彼に向かって叫んだ。

「深町君だったね。君には申し訳ないことをした。手荒なまねはしないつもりだったのだが、やむをえなかった」

「あなたは、カレンさんを傷つけるつもりはなかったのですね」

涼が聞いた。

「もちろん、そうだ。ぼくはカレンを守ろうとしていた。彼女はスコットランドに戻ってはいけなかった。彼女はずっと日本にいるべきだった。だからぼくはなんとしても、それを阻止しようとしただけだ」

「それはどうしてですか？　理由を言ってください」

「何も知らないことが、幸せということもある」

「あなたは理由を知っているのですか」

涼はリップルウッド氏に聞いた。

「いや、わたしはハンス君に協力したが、具体的なことは聞いていない」

「ハンスさん、ぼくらに説明する気はありますか？」

ハンスは深いため息をついた。

「本当は始めから、君たちに話して協力してもらうべきだったのかもしれない。松嶋さんにも、事情を話しておくべきだったのだろう。なぜならぼくがスコットランドから日本に来たのも、この秘密のためだったから。君たちの起こした夜行列車の騒ぎのおかげで、危うくぼくはカレンを見失うところだった。ぼくは二等車にいたので、事件が起きたことがわかった時、すでにカレンは姿を消していた。しかし、彼女がどこに行くかははっきりしていた。スマイリー博士の家に行くには、必ずインヴァネスを経由する必要があった。

だから再び君たちを見つけることは、難しくはなかった。しかし、今でもぼくは迷っている。ここで君たちに話をすれば、いずれカレンにもそれは伝わってしまう。それは彼女にとってよいことなのだろうか？」

四

その時ドアが開いて、小柄な女性が部屋に入ってきた。

「教えてほしいわ」

それはカレンだった。

「ハンス、あなただったのね、あたしの邪魔をしていたのは。どうして、あたしは自分の故郷に戻ってはいけなかったの？　あなたの話は、あたしにとって恐ろしいことなのかもしれない。でも、すべてを話してほしい」

ハンスは驚いた表情で彼女を見つめた。

「君はどうやってここまで来たんだ？」

「あたしは離れの部屋で眠っているはずだったわけね。残念ながら、あたしは城の召使が飲ませようとした睡眠薬を飲んだふりをしただけだったの」

ハンスは苦い顔をした。

「カレン、ぼくが話を始める前に聞いておきたいことがある。君は自分の故郷について、どれ位覚えている？」

「なぜそんなことを聞くの？　わかりきった話なのに。あたしの故郷は、ここインヴァネスよ。小さい頃、あたしはインヴァネスの町に住んでいた。一緒にいたのは、お母さんとお父さん。この森と湖がすべて、あたしのものだった。ママが亡くなるまで、あたしはずっとこの町に住んでいた」

「君が小さい頃のことで、覚えていることはあるかい。何でもいい、つまらないことでもいいから、言ってみてほしい」

「どうしてそんな話をする必要があるのかわからないけど、あなたが聞きたいのなら話してあげるわ。はっきりとは覚えていないところもあるけれど、春になるとネス川のほとりをよく散歩したわ。お父さんとお母さんが一緒だった。三十分位歩いて、ネス島でお母さんの作ったサンドイッチを食べた。

川の水に太陽がきらきら光ってきれいだった」

「君には、インヴァネス以外の思い出はあるかい?」

「もちろん日本に行ってからの思い出はあるわ。でも、小さい頃あたしが覚えているのは、インヴァネスのことだけよ。どうして、そんなことを言うの?」

「しかし、君は本当はインヴァネスで育っていなかったとしたらどうなる?」

「ハンス、あなたは、何を言っているの? 日本に行くまで、あたしはここで生まれて育っているの。ママが亡くならなかったら、きっと今でもこの町に住んでいたわ」

いぶかしげに、カレンは言った。それに対して、ハンスが答えた。

「ネス川の中州であるネス島の前には、古びているけど感じのよいホテルがある。名前は、ホテル・フローラ。フローラというのは、ジャコバイトの反乱を指揮した、スチュアート朝の末裔であるボニー・プリンス・チャーリーを助けたフローラ・マクドナルドという女性にちなんだ名前だ。

フローラはスカイ島の出身だった。フローラの知恵でボニー・プリンスは追っ手を振り切り、ヨーロッパ大陸まで逃げることができた。そのホテルは、六十歳くらいの老夫婦が経営していた。君たち家族は、そのホテルのレストランでよくアフタヌーン・ティーの時間を過ごした。そこは、こぢんまりとしたレストランだったけど、スコーンの味は秀逸だった」

カレンは不可解な表情を見せた。

「その通りよ。でも、ハンス、どうしてそんなことを知っているの? だれに聞いたの」

「だれにも聞いていない。ぼくは知っているんだ。まだまだある。インヴァネスの町の中で、君のお気に入りは、ロイヤル・アヴェニューにある新しくできたショッピング・センターだった。その三階にあるおもちゃ売場が、君のお目当てだった。中年の愛想のいい店員が、いつも君の相手をしてくれた。それだけじゃない。もっとある。

君の家のすぐ近くの古い家には、可哀想なマーサおばさんが一人で住んでいた。マーサおばさんは気が触れていて、通りがかりの人にすぐに怒鳴り散らした。子供たちは魔女のマーサといって、怖がっていた。君も彼女から水をかけられたことがある」

カレンは不安な気持ちのせいか、小刻みに身体を震わせていた。

「わからない。あなたの言っているのは、確かにすべて事実だわ。でも、あたし以外知っているはずはない。どうしてあなたが、あたしの記憶している出来事を知っているの？」

「カレン、なぜぼくがこうしたことを知っているのかというと、それはぼく自身が体験したことだから。そして、それをぼくはピアノの先生だったスマイリー先生に話した。ぼくは先生に頼まれたんだ、小さい頃のインヴァネスの思い出をできるだけ話してくれって。ぼくは子供の頃に、インヴァネスに住んでいた。

スマイリー先生は、ぼくから聞いたことを幼い君に何度も、何度も話して聞かせた。先生は君の治療のために、それを行った。君に薬物を与えて半覚醒状態とし、小児時代に関する『偽の記憶』を植え付けた。ビデオ映像も使っていたようだ。

どうしてスマイリー先生がそんなことをしたのかというと、ある重大な事件によって、君の心が空白だったから。君には六歳より以前の記憶がなかった。幼い頃の君の過去を作るために、ぼくの体験が使われた。君はインヴァネスで生まれ、インヴァネスで育ったことになった。だから、それにふさわしい記憶が必要だった。君の記憶の一部に、ぼくが実際に体験したエピソードが使われた。たぶん、他の子供たちの話もスマイリー先生は使っているはずだ。カレン、君は自分でそう思っている通りの人物ではない。そして君が記憶していることは、本当に君自身に起こった出来事ではない」

「どういうこと？　あたしの心が空白だったって？」

カレンはそうつぶやくと、頭を抱えた。何かが甦ってくるような感覚を彼女は感じた。

何か恐ろしいこと。

赤い色、だれかの叫び声。そして、死体。

声をあげているのは、自分自身のような気もする。

カレンは押し黙ったまま、頭を抱えている。

「君の心は忘れた過去を思い出そうとしている。しかしそれは、思い出してはいけないことだ。過去を取り戻すことは、君が自分の心を壊すことになる。東京で働いていたとき、君を見ていてぼくはそのことを感じた。今回スマイリー先生から連絡があったとき、ぼくは君がスコットランドに戻らないように手をつくした。スコットランドに戻ると、君の記憶が甦ってしまうと思ったからだ。君宛の脅迫状を書いたのも、そのためだ。

それに、今回のことを考えると、スマイリー先生の態度もおかしかった。ぼくは先生のことはよく知っている。君が昔の記憶を思い出さないために、以前から先生は君を二度とスコットランドに呼ぶつもりはないと話していた。スマイリー先生が君を呼び戻そうとしていることがわかってから、ぼくは何度か先生と連絡をとるようにしてみた。しかし、先生に連絡はつかなかった。スマイリー先生は意図的にぼくを避けていたのかもしれないが、どうしてかはわからない」

カレンはうずくまったまま動かない。

「あたしに、何があったか、教えて」

叫ぶように彼女は言った。

「ぼくは昨日、ネス湖の近くの村にあるスマイリー先生の家を訪ねた。彼と直接話そうと思ったからだ。ぼくが子供の頃、何度も通った所だ。しかし、家にはだれの姿も見えなかった。先生がどこにいるのかぼくにはわからない」

「どうして？　パパは具合が悪くて家で静養しているはずでしょう？」

「ぼくもそう思っていた。近所の人にも聞いてみたが、だれも先生の消息は知らなかった。ともかく、ぼくは先生の家にもう一度行ってみようと思っている」

「ハンス、話をそらさないで」

カレンが叫んだ。

「あたしのことを教えて。このまま何も知らないでいるのは、堪えられないわ。それに、あなたのこともよくわからない。確かにあなたは、東京の事務所の親切で有能なスタッフだった。あなたには、感謝していた。でも、どうしてあなたはこんなに、あたしと関わるの？　あなたはあたしとどんな関係があるの」

ハンスはどうしていいのかわからない様子だった。

「ぼくは君を不幸にしたくない。ぼくは君のことをずっと見てきた。それには、ぼくなりの重大な理由があった。しかし、そのことを話すことは、君とぼくに関して過去に起こったすべての出来事を話すことになってしまう。ともかく、君がインヴァネスに来る前からずっと、ぼくは君のことを知っていた」

「ハンスさん、ぼくの意見を言ってもいいでしょうか」

涼が話を始めた。

「カレンさんが、近い将来、突然忘れていた子供の頃の記憶を回復する可能性は十分にあります。真実を知らないままに、そういう状態になることは、今あなたの口から事実を聞くよりも遥かに苦しい思いをすることになるでしょう。ハンスさんは知っていることをすべて彼女に話すべきだと思います。それはカレンさんを苦しめるかもしれないですが、よりよい選択でしょう」

「涼君の言うように、あたしの記憶はもうすぐ甦るかもしれない。あたしの頭の中で、何か赤いもやもやとしたものがうごめいているような気がするの」

カレンは辛そうな表情を見せた。その様子を見て、ハンスが言った。

「わかった。ぼくの知っていることを話そう。その方が君のためになるかもしれない。カレン、インヴァネスは、君の生まれ育った場所ではない。スコットランドの西のはずれに、ヘブリディーズ諸島という島々がある。そのヘブリディーズ諸島の中心地であるスカイ島が、君の本当の故郷だ。スカイ島の中心地であるポートリーまでは、ブリテン本島から車で二時間あまりの距離だ。君が住んでいたダンヴェガンはそこからさらに一時間半以上かかる島の西の端にある。

スカイ島は今でこそ最果ての島だが、遠い過去にはケルト人の氏族たちが栄華を誇っていた土地だった。ダンヴェガンにある美しい城は、妖精の城として有名で、現在でも妖精から授けられた魔力を持つという旗が飾られている。カレン、君の本当の名前は、シオン・マクロード。このダンヴェガン城の城主の一族だ。君たちの家族は、ダンヴェガン城に近いディーダラス館という豪華な邸宅に住んでいた。そこにいたのは、君の他には両親と姉のエレンの四人だった。

悲劇が起こったのは、君の六歳の誕生日だった。その日の午後ディーダラス館に、大勢の客が招待されていた。スカイ島の名士はもちろん、スコットランドの各地から多くの人が出席していた。みな、マクロード家に生まれた『シオン』姫を一目見たいと思っていたのだ。理由は君のその緑の瞳にある。スカイ島のケルトの氏族の間には、緑の瞳を持つ高貴な姫は、大いなる栄華と災厄を同時にもたらすという伝説があった。君がその緑の瞳の姫だったのだ。

君の美しさは、とても六歳の少女とは思えなかったという。まるで、美をつかさどるフェアリーたちが、君の周囲を取り囲んでいたようだと言う人もいた。パーティーが終わり、ディーダラス館には、君の家族と親類にあたるダンフリーズ伯爵が宿泊した。

異変が発見されたのは、翌朝だった。君の両親、姉、ダンフリーズ伯爵が屋敷の中で何者かに惨殺されたのだ。なぜか君だけは無事だった。現場を発見したのは、ダンフリーズ伯爵の息子である十七歳のジルベールだった。ジルベールはダンフリーズ伯爵の長男で、スカイ島のルスタという村に住んでいた。前の晩彼はディーダラス館に宿泊する予定だったが、翌日予定されていた狩りの準備のためにいったんルスタにある屋敷に戻っていた。

カレン、君は茫然自失の状態で、血のにおいのする犯行現場に立ち尽くしていた。その時点から君の記憶は失われたのだ。不思議なことはまだ他にもあった。君は片方の手に凶器のナイフを手にしていた。犯人が持たせたのだろうが、その理由はわからない。そしてもう片方の手には、小さな紙切れが丸めて握られていた。それには、魔性の存在として怖れられているダーク・ドルイッドの紋章が描かれていた。

事件を発見した時、ジルベールは半狂乱状態だった。警官が来たあとでも、彼の供述は曖昧だった。ジルベールはシオンの姉エレンと愛し合っていた。そのため、警察は重要参考人として彼を連行した。ただ未成年であり、島の名士の子息であるため、扱いは丁重だった。

ジルベールは犯行を否定した。が、尋問の途中で警官のすきをみて部屋から飛び出し、警察署の屋上から飛び降り自殺してしまった。自殺の理由はわからない。犯行の告白と言えなくもないが、恋人や父親を殺されて絶望的な気持ちになったのかもしれない。事件の真相を知っているのは、六歳の君一人だけになった。しかし君は一言も言葉を発することができなかった。

やがてマクロード家の親族の話し合いが行われた。君はつらい思い出のあるスカイ島を離れた方がよいということになった。それは妥当な結論だった。君は名前を変えて、遠縁にあたるスマイリー博士に引き取られた。スマイリー博士は高名な精神科医だった。博士には君の治療も任せられた。

その時点で、君は記憶をすべて失っていた。君は真相を知っているはずだったが、事件のことについて、君の口から何も聞くことはできなかった。それどころか、君はほとんど一口も口をきかない日が続いた。言葉を失ったような状態だった。博士は君を生まれたばかりの赤ん坊のように扱った。そして、新しい記憶と過去を君に与えた。シオン・マクロードは、インヴァネス生まれのカレン・スマイリーになった。ぼくはその頃の君に会っている」

カレンはしばらく沈黙したままだった。

「どうして、あたしの家族は殺されたの？」

「警察の公式な結論は出ていないが、エレンとの交際を君の両親に咎められたジルベールが逆上して犯行を行ったと推測されている。しかしその説には、根拠があるわけではない。ジルベールの自殺によって、事件はうやむやになった。警察はそれ以上の捜査をしようとはしなかった」

「他に容疑者はいなかったのですか？」

「ジルベールの自殺の後、この事件には何か魔性のものが関係しているという噂が流れた。前にも言ったように、古くからの言い伝えでは、緑の瞳を持ったマクロード家の娘は、失われたエルフの秘宝を持って生まれてくると言われている。その力は無限大であるが、同時にダーク・ドルイッドの呪いも受ける。だから君は生まれた時から、祝福されると同時に、呪われた存在だった」

「ダーク・ドルイッドとは、いったい何なのですか？」

「ダーク・ドルイッドは、黒のフェアリーともいわれる悪しき魔性の存在だ。遠い昔、このスコットランドはエルフとフェアリーの国だった。あるいは、そう信じられてきたことを君は知っているだろうか？」

「詳しいとはいえないけど、聞いたことはあるわ。エルフとフェアリーはどう違うのですか？」

「両者は同じものとして、扱われることもある。簡単に言えば、エルフは神々と人間の中間的な存在だ。魔術的な力と非常に長い生命を持っているが、不死ではない。エルフは常に、正義の側に立つ。エルフは長身で、銀色の髪と青い瞳を持っている。これに対して、フェアリーは古い神々のなれの果ての姿だ。彼らには死というものはない。善良なフェアリーもいれば、人間を陥れるだけの邪悪なものもいる。しかし、フェアリーに人間の善悪は通用しない。

古い時代より伝わるものとして、エルフには、四つの秘宝が伝承されてきた。その一つがマジカル・プレートと呼ばれるものだ。スコットランド王を決める運命の石も、このマジカル・プレートから作成された。ダーク・ドルイッド、あるいは黒のフェアリーは、エルフの四つの秘宝、特にマジカル・プレートを執拗に追い求めたという。彼は秘宝の力によって、世界の王になろうとしたのだ。しかしマジカル・プレートは、最後の所有者であったスコットランド女王メアリーとともに、失われたと言われている。スコットランドの王位を追われ、最後はイングランドで処刑された女王メアリーは、緑色の瞳の女性だった。

数百年の時を経て、ダンヴェガンの城に緑の瞳を持つ少女が生まれた。それがカレン、君だった。君は女王メアリーの生まれ変わりであり、伝説に従えば、君にはマジカル・プレートの秘密が隠されているはずなのだ。しかしダーク・ドルイッドの呪いのために、君の家族に悲運が襲った」

「おとぎ話ね。とても信じられない」

カレンの声は冷ややかだった。

「もしその話が本当だとしても、なぜあたしの家族が殺されなければならなかったの。事件には現実的な理由があるはずよ」

「マジカル・プレートを手に入れるために、ダーク・ドルイッドがこの世に甦ったとしたらどうだろう。彼は邪魔な人間を皆殺しにした」

「ハンス、あなたは本当にそんな話を信じているの？　もし殺すなら、あたしを殺せばいいでしょう。あたしを殺せば、そのマジカル・プレートは手に入るのでしょう？　どうして、あたしの家族を殺す必要があるの？　そんな話は信じられない。もっと現実的な犯行の動機は存在しなかったのですか。あたしの家族がだれかに恨みをかっていたとか、財産の問題とか」

「もちろんぼくも何もかも知っているわけではないが、カレン、君の亡くなったお父さんは地元の名士で、地方議会の議員をしていた。温厚な人で悪い噂はまったくなかった人だ。日本人だった君の美しいお母さんは物静かな画家で、いつも絵を描いて過ごしていた。他にも、君の家族が恨みをかうようなことはない。また財産のことを考えるなら、君だけを殺害しなかったのはおかしなことになる。遺産はすべて生き残った君のものになったからだ。だれ一人得をするものはなかった」

「ジルベールという人は、本当に殺人を犯したのですか？」

「警察はジルベールの自殺の後、この事件の捜査を中止している。理由はわからないが、彼以外の容疑者をあたることもしていない」

「マクロード家の関係で、他に怪しい人物はいなかったのですね」

「君の姉さんが、だれかにつきまとわれていたのは確かだ。警察はその人物をジルベールだと考えていた。しかし、それは間違いだった」

「それで、どうしてハンス、あなた自身はずっとあたしの後を追ってきたの？　あなた自身はこの事件とどう関係しているの？」

「ジルベールには、三つ違いの弟がいた。その弟は事件のあった時、近くにはいなかった。彼はインヴァネスの親類の家で暮らしていた。突然凶報が届き、彼は愛する父親と兄が亡くなったことを知った。そして自殺した兄が、殺人事件の犯人だと考えられていることがわかった。彼の人生の目的は、事件の真相を明らかにすることになった」

「その弟が、あなたということね」

　ハンスはうなずいた。

「殺人者の弟ということになったぼくは、スカイ島から出て行く以外、選択肢はなかった。ぼくは、いずれ君の口から事件の真相を聞くことができると信じていた。いつか君の記憶が戻るはずだ、ぼくはそう考えていた。だからぼくは君を追って、インヴァネスに住むことに決めた」

　頭が痛い。カレンは急にそう思った。はっきりとしない記憶の断片が頭の中を通り過ぎて行く。飛び散る血しぶき。だれかの悲鳴。ナイフを持った手が近づいてくる……。

　動揺を顔に出さないようにがんばっていたが、もう限界かもしれない。彼女はそのまま力なく、テーブルの上に身を投げ出して意識を失った。

第5章

ネス湖

Loch Ness

一

ネス湖は、濃い灰色の水をたたえていた。

風が強く、湖とは思えないほど波が荒い。時おり、濃い鉛色の波のしずくが小型の船に乗ったぼくらの所にまで降りかかってくる。


早朝ぼくらは、宿泊先のインヴァネスのホテルからスマイリー博士の家に向かった。出発が今朝になったのは、カレンの体調がよくないので、昨日の午後は出発を見合わせたためだった。

一行には、カレンと涼にこのぼく、それにハンスが加わっている。赤松さんとは、昨日の夜、インヴァネスの町で別れた。彼女はエジンバラで友人に会う約束があるというため、ぼくらに同行できなかった。

スマイリー博士の家は、ネス湖のほとりのドラムナドロヒト村にある。

昨日から何回か博士の家に電話を入れていたが、応答はなかった。ハンスの言うように、本当に博士は行方不明なのだろうか。カレンは不安な様子を隠せないでいる。

ドラムナドロヒトまでは、陸路で行くこともできる。しかし適当なバスの便がなかったため、ぼくらは観光客用のボートをチャーターした。

ネス湖は細長い湖だ。インヴァネスからネス川を三十分あまりさかのぼると、ネス湖に達する。ネス湖といえば、有名なのは怪物ネッシーである。ネッシーには、「ネッシテラス・ロンポプテリウス」という学名もついている。

映画製作会社の社長によって撮影されたネッシーの写真は、後にフェイクであることが明らかになったが、ネッシーの目撃記録は遥か昔から存在する。古くは西暦五六五年に、アイルランド人であるキリスト教宣教師聖コロンバが、この地で人を食い殺す怪物と戦ったと伝えられている。

余談となるが、古代のヨーロッパではローマ帝国が倒れた後、部族間の抗争が絶えない暗黒時代となった。その中にあって、アイルランドは平和な島として、文化の伝承とキリスト教布教の中心地として栄えたという。

しかし、怪物が目撃されているのは、スコットランドのネス湖だけではない。他にも、オカナガン湖、シャンプレーン湖、モラー湖などでも、類似のモンスターが目撃されている。もしかすると、これらの湖は、地下の深い場所でつながっているのかもしれない。そこには「失われた世界」が存在し、エルフやフェアリーも生きているかもしれない。

荒い波をかき分けながら進んで行ったぼくらのボートは、やがてネス湖の中央部に達した。その湖岸の小高い丘には、廃墟となったアーカート城が朽ち果てた姿をさらしていた。

この城が築かれたのは、公式には十三世紀初頭の一二三〇年ということになっている。しかし、ウィリアム・ウォリスと戦ったイングランド王エドワード一世によって破壊された。その後も、この城は何回か再建と破壊が繰り返されている。

ぼくらはアーカート城の船着き場でボートから下りた。

風が強い。吹き飛ばされそうな位だ。

ネス湖からスマイリー博士の屋敷までは、歩いて十五分位の距離だった。周囲には、羊の牧草地が広がっている。屋敷の側に来ると、いてもたってもいられない様子で、カレンが駆け出した。彼女は正面のドアを激しくノックした。しかし、家の中からは何の返事もなかった。ハンスと涼は少し調べてくるといって家の裏側に回って行ったが、すぐに戻ってきた。

「家の中に先生がいる様子はない」

ハンスが言った。

「何とか中に入ってみましょう。何か手がかりがあるかもしれません。ぼくらはどこか入れる場所がないか調べてみますから、カレンさんは近所の人に博士を見かけた人がいないか、聞き込みをしてもらえないでしょうか。窓を壊してでも中に入るようにしてみます」

カレンはうなずいて、駆け出して行った。

「深町さん、どう思いますか。スマイリー先生は病気のため、ここで療養していたはずです。しかし、人の気配がまったくしません。ということは、最悪の事態も考える必要があるかもしれない」

「最悪の事態って？　一昨日ぼくが話したときは、変わった様子はなかったけど」

「博士は病気が悪化して、助けも呼べない状態かもしれません。あるいは、もっと悪い事態も考える必要がある。ともかく何とかして、中に入りましょう。娘のカレンさんが一緒なので、多少荒っぽいことをしても問題になることはないでしょう」

スマイリー博士は、家の中で瀕死の状態になっているのだろうか。

ぼくらは家の裏に回り、大きなガラス窓を見つけた。涼はためらうことなくガラスを割り、クレシエント錠をはずすと部屋の中に入った。ぼくとハンスは彼の後について行った。

家の中は薄暗かった。人の気配はなかった。

「スマイリー先生、いらっしゃったら、返事をしてください」

涼が大きな声で呼んだが、返事はなかった。

ぼくらは家の隅々まで見て回った。それほど大きな家ではなかった。一階にはキッチン、バスルームの他に、居心地の良さそうな居間と寝室があり、二階は博士の仕事部屋と書庫になっていた。

「何か手がかりがないか、手分けして捜してみましょう。ハンスさんは、一階をお願いできますか。ぼくらは二階を調べてみます」

ハンスを残して、ぼくらは二階へ上がった。そこは日当たりのいい、快適な部屋だった。博士は几帳面な性格らしく、大きなデスクの上には、書籍や文献がきちんと整理されて並べられていた。

「深町さんは、書棚を一通り見てもらえませんか。もしカレンさんと関係のあるものを発見したら、呼んでください」

涼はそう言うと、博士のデスクの上の書類や引き出しを調べ始めた。ぼくは涼の指示に従って、書棚を順番にチェックしていった。そこにあったのは、ほとんどが医学、心理学関係の専門書だった。それ以外の書籍としては、カレンが前に言っていた通り、スマイリー博士はかなりのミステリファンらしく、膨大な量のミステリのコレクションが並べられてあった。ハードカバーもあれば、ペーパーバックの本もあった。

そして、なんとディクスン・カーのすべての作品がここには、そろっていた。素晴らしい！カー・マニアのぼくとしては、それをゆっくり手に取って見ていたかったが、そうもいかない。ミステリの棚の下は、写真のアルバムが並べられていた。その中で、背表紙にカレンというタイトルが書かれた冊子をぼくは手に取った。

アルバムを開けると、そこには六、七歳位の少女の写真が貼られていた。緑色の瞳をした美少女だった。それは、間違いなく幼い頃のカレンの姿だった。カレンの写真は大部分が一人で写ったものだったが、スマイリー博士と一緒のものもあった。

他の人物が写った写真はわずかしかなかったが、現在より若くふっくらとしたアンナ・ヘイヴンと長身の男性が、仲良く肩を並べている写真がぼくには印象に残った。その男性はどこか見覚えがあったが、ぼくにはだれであるかわからなかった。

「深町さん、何か手がかりになるものは、ありましたか？」

ぼくの肩越しに写真を覗き込みながら、涼が言った。

「昔のアンナさんの写真があったけど、手がかりにはなりそうもない。隣にいるのはだれだと思う」

涼は写真を見つめた。

「ぼくにもわかりません。どうしてアンナさんの写真がここにあるのでしょうか？」

「アンナさんも司法精神科医だから、スマイリー博士とつながりがあるのかもしれない。涼の方は、何か見つけた？」

ぼくは彼に聞いた。

「どうも、ぼくらが来る前に、だれかがこの家に侵入しているようなのです。博士の最近の文書はすべて持ち去られていますし、パソコンの中のメールも消去されています」

「どういうこと？」

「博士は自分の意志で姿を消したのではないのかもしれません」

その時、階段を駆け上ってくる足音が聞こえた。ハンスを伴ってカレンが姿を見せた。カレンがぼくたちに向かって言った。

「近所の人で、昨日、パパの姿を見たという人がいた。夕方遅くなって、アーカート城の付近を歩いていたらしいの」

「アーカート城ですか。どうしてそんなところに行ったのだろう？」

涼は考え込んだ。

「それにその時パパは、一人ではなかったというの。たまたま目撃した人の話では、女性の連れがいて、彼女に促されるように歩いていたらしい」

ハンスがぼくが手に持った写真を見て言った。

「これは、スカイ島の事件で殺されたカレンの父親だ。どうして、アンナ・ヘイヴンと一緒に写っているんだ？」

涼はよくわからないという風に首を振った。

「ともかく、これからアーカート城に行きましょう。何か手がかりがあるかもしれません」

涼はそう言うと、足早に部屋を出て行った。

不吉な予感がした。何か、スマイリー博士に悪いことが起きている。それはぼくだけでなく、他のみなも感じていたようだ。

時間はまだ十時過ぎだった。日の光はきらきらと光っているのに、風は真冬のように冷たかった。足取りは重かったが、ぼくらはアーカート城に急いだ。

十五分あまり歩いて、しだいに城の巨大な廃墟が視界に入ってきた。

アーカート城の中で、比較的、原型を残しているのが、四角い城館であるタワーハウスだ。タワーハウスはネス湖に出っ張る岬の先端部に位置しており、その赤茶色の外壁が冷たい風に曝されている。

ぼくらが城門近くに達したときだった。先を歩いていたハンスが叫んだ。

「タワーハウスに何かが吊り下げられている！」

確かに目を凝らしてよく見ると、タワーハウスの塔の先端部から外側の壁に、人形のようなものが吊り下げられていた。それは、吹き付ける風のために大きく揺れているのだった。

城門のところには、入場券売りの老人が一人ぽつんと座っていた。彼は異変に気がついている様子はなかった。ぼくらは彼から入場券を買い求めると、全速力でタワーハウスに向かって走った。早朝のためか、ぼくら以外、城の中に入場者はいなかった。

吊り下げられた人物は、奇妙な姿勢をしていた。塔の上から吊り下げられているのは、片足だけだった。もう一本の足は、折り曲げるような姿勢をとっていた。さらに恐ろしいことには、死体の首はほとんどちぎれるほど、傷ついていた。それは、スマイリー博士の無残な死体だった。

「パパ……。どうして？」

カレンはそう言うと、そのまま声もなく、虚空を見つめたまま、動かなくなった。

「スマイリー先生。なんでこんなことに？」

ハンスも絶句したままだった。

それは残酷であると同時に、奇妙な光景だった。スマイリー博士の片方の腕は何かに食いちぎられたかのように、肘の上の部分から失われており、また流れ出た血液が固まった腹部にも深くえぐられた傷跡がみられたのだった。

二

スマイリー博士の死体が発見された後は、慌しい時間が過ぎた。

警察が呼ばれ捜査が始まり、ぼくらは何度も事情聴取をされた。カレンは無残な父親の遺体を見て動転し、だれかが話しかけてもほとんど何も答えられなかった。そのカレンをハンスは優しく、介抱していた。しかしハンスにとっても、この事件の衝撃は決して小さなものではないはずだった。彼も十代の頃から、スマイリー博士と親しかったからだ。

夜になって、ようやくぼくらはインヴァネスのホテルに戻ることができた。涼はカレンに睡眠薬を渡してすぐに飲むように指示をした。青ざめた表情のカレンは、すなおにそれに従った。カレンを寝かせた後、ぼくら三人はホテルのパブ「ジャコバイト」に集まった。

「ここで事件の内容を整理しておきましょう」

涼が言った。

「ハンス、何か新しい情報はありますか。あなたの警察の知人は何か新しい事実を教えてくれたでしょうか」

ハンスの話では、インヴァネス警察に高校時代の友人がいるということだった。

「昨日まで、博士が無事だったのは確かなようだ。警察から聞いた話だと、カレンが会った証人以外にも目撃者がいる。ただ昨日の夕方謎の女性と一緒にいた後、博士は誰とも会っていないようだ。犯行時間の正確な割り出しはこれかららしいが、死体の状況からすると、昨日の夜間らしい」

「つまり、博士は昨日の夕方から行方不明になった。そして姿を消した後、しばらく犯人に監禁されていた可能性もあるわけですね」

ハンスはうなずいた。

「死因はどうなのでしょうか」

「博士の死因は溺死だそうだ」

「溺死ですか。そうすると、頸部や腹部の傷、それに左腕の損傷は、博士が亡くなってから行われたわけですね」

「そういうことになる」

「その目的はどうしてでしょうか?」

「警察は見当がついていないらしい」

「なぜ、博士は城から吊り下げられる必要があったのでしょうか？　何か合理的な理由は考えられるでしょうか？」

　ハンスは首を振った。

「おれには見当もつかない」

「吊り下げるための縄は、城にあったものですか？」

「城内の一部が、現在修復のため工事中になっている。犯人はその工事現場に置いてあったものを使ったようだ」

「そうすると、必ずしもこれは計画的な犯行ではないわけですね。ぼくには、もう一つ大きな疑問点があります。スマイリー博士は本当に殺されたのでしょうか。自殺か事故という可能性はないのでしょうか」

「なぜだ？」

「ハンスさん、死因を思い出してください。博士の死因は溺死です。これは外力によっても起こりますが、水中に転落しても、同じような事態になるわけです。したがって可能性の問題ですが、この事件が事故や自殺ということもありえます。タワーハウスの近くに何か手がかりはなかったでしょうか？」

「今朝の雨のために、手がかりは発見されていないようだ。足跡や血痕があっても、洗い流されてしまっただろう。しかし、自殺した人間が、塔から片足で吊り下がることはできない」

「その通りです。その点については、博士が亡くなってからだれかがある意図のもとに行ったとしか考えられません」

「ある意図というと？」

「それは、今の段階では何とも言えません。さまざまな可能性が存在します」

ハンスは、ビールの残りを飲み干した。

「もう一杯持ってくる」

ハンスはそう言うと、カウンターのところに行き、ビターのジョッキを持ってきた。

「君たちの方はどうなんだ。詳しく聞く時間がなかったが、スマイリー先生の家で何か発見したものはなかったのか？」

「まず博士の家には何者かが侵入していると思われます。最近の手紙などの文書、メールなどはすべて処分されていました。もしこの事件が殺人であるなら、これは博士を殺害した犯人によるものだと思います」

「どうして、犯人はそうする必要があったんだ？　何を見られたくなかったのだろう」

独り言のようにハンスは言った。

「カレンを日本から呼んだのは、本当にスマイリー先生だったのだろうか。犯人の作為という可能性はないだろうか」

「その点については、問題ないと思います。スマイリー博士から松嶋さんに来た手紙をぼくは預かってきましたが、書斎にあった博士の原稿の筆跡と一致していました」

「そうなるとスマイリー先生は、カレンがスコットランドに来て過去の記憶が戻ることも覚悟していたことになる」

「博士のデスクの中に、博士が現在治療を受けている病院の診断書がありました。スマイリー博士は末期の膵臓癌でした。担当の医師からは余命半年と宣告されています。医師は、入院して延命処置をするか、ホスピスに入るかどちらかを勧めていました。しかし、博士はそのどちらの道も選択しなかったようです」

ハンスは涼の言葉にショックを受けたせいか、蒼白になった。

「膵臓癌だって！　先生がそこまで重病だったことは、おれはまったく知らなかった。スマイリー先生は、自分の死期が近いことを知って、カレンに過去の事件について話すつもりだったのだろうか？」

「亡くなる前に、博士は一目カレンさんに会っておきたいと思ったのかもしれません。博士自身、カレンさんに関するこれまでの秘密を自分の口から話そうと思っていた可能性もあります。スカイ島の惨劇の後、博士はカレンさんを手元に引き取り、実の娘として育てました。カレンさんはインヴァネスで幸福な生活を送っていましたが、それにもかかわらず、博士は彼女を日本に行かせました。その理由はよくわからないですが、スコットランドにいる限り、彼女は過去から逃れられないと感じていたのかもしれません」

「昨日、先生と会っていた女性はだれなのだろう？」

「それはまだ何ともいえません。ただ、その人物はスマイリー先生とカレンさんを会わせたくなかったのではないでしょうか。もしこれが殺人事件であるとしたら、他に動機は考えられません。スマイリー博士は、余命いくばくもありませんでした。したがって彼の死を望むものがいても、現在の時点で危険な殺人を犯す必要性はありません。しばらく、時を待てばよいわけです。それに、博士にはカレンさん以外に、親しい身寄りはないようです。したがって、金銭的な動機も考えられません。ハンスさん、あなたは何か心当たりはないでしょうか？」

　ハンスは難しい表情を見せた。

「これは昔のことになる。おれがピアノの生徒として、スマイリー先生の家に通っていた頃のことだ。ひどいかぜにかかって、先生が何日も寝込んでしまったことがあった。生意気にもおれは、見舞いに行った時どうして先生は結婚しないのですかと聞いたことがあった。先生が一人暮らしをしているのが、ひどく辛そうだったからだ。そうしたら、前に結婚していたけれど、子供が原因で別れたのだと先生が答えた。先生はそのことについては、あまり話したそうではなかった。スマイリー先生の正確な言葉を覚えてはいないが、子供に障害か何かの問題があったので、夫婦の間がうまくいかなくなったのだという様子だった。おれはそれ以上のことは聞けなかった」

「スマイリー先生が過去に結婚していたことは、知りませんでした。その博士の元妻か、あるいは二人の間の子供が、今回の事件と関係しているのかもしれません。スマイリー先生の過去に関して、他に知っていることはないですか？」

「先生に関して、知っている限りのことを話してみよう。ジュダス・スマイリー、医師で医学博士。専門は司法精神医学。生まれは、グラスゴーの近くの町だ。父親は地元で開業している内科医だった。先生の母はマクロード家の出身だったので、カレンとは遠縁にあたる」

「つまりスマイリー博士は、カレンの親戚になるわけですね。そうすると、博士は、十二年前のカレンの誕生パーティーに招待されていたでしょうか。もしそうなら、博士も事件の真相を知っていたのかもしれません。それを確かめる方法はないですか」

「ちょっと考えさせてくれ。だれに聞けばわかるだろうか?」

ハンスは押し黙った。彼はちょっと待っていてほしいと言って席を立った。三十分ほどして彼が戻ってきた時には、一枚の用紙を手にしていた。

「これは?」

ぼくはハンスに尋ねた。

「カレンの誕生パーティーのプログラムだ。ファックスで送ってもらった。ああいう旧家のパーティーでは、わざわざそのために立派なプログラムを印刷する。スカイ島には、印刷屋はわずかしかないし、マクロード家が依頼する印刷屋は決まっている。運良く、その店にサンプルが残っていた」

「しかし、よく協力してくれましたね」

「もちろん、おれが直接頼んだのなら、断られただろうが、警官をやっている友人が動いてくれた。殺人事件にからんで警察も動いているとなると話が違ってくる。後で、この話を仲介した警官もこのパブに来るので、わかったところまで話を聞くことになっている」

「それで、このパンフレットに出席者の名前が載っているのですね」

そう言うとハンスはうなずいて、ファックス用紙をぼくに渡した。しかし、アルファベットが装飾文字のために、ぼくには文字が判別できなかった。

「残念ですが、ぼくには読めません。スマイリー先生は、出席していたのですか」

「彼は招待客の一人だった。ここに名前がある」

そう言うと、ハンスは紙の一点を指さした。確かにそれは何とかドクター・スマイリーと読めた。

「つまり、カレンの両親が殺害された惨劇があったとき、スマイリー先生は現場近くにいたわけです。博士が事件に関して何かを知っていた可能性もある。今回彼が殺害されたのは、十二年前の事件と関係があるかもしれない」

「他に、招待客の中で、知っている名前はあるでしょうか?」

涼が聞いた。

「ちょっと、読んでみようか。これはすごい。六歳の娘の誕生日に過ぎないのに、百名近くの招待者がいる」

ハンスは用紙を手に取り、それに目を通した。

「だいたいは、マクロード家の関係者だ。来賓の祝辞なんていうところがある。ポートリー市長、グラスゴー大学教授、おや、これは知っている名前だ。医師アンナ・ヘイヴン。彼女の名前がここにあるのは、どうしてだろうか?」

「不自然ともいえないでしょう。アンナはこの地方の出身者です。彼女が司法精神医学を研究していたのはヨーロッパ大陸だったと思いますが、ハイランド地方の病院に勤務していた頃に作家活動に入ったはずです。現在は拠点をロンドンに移していますが」

「それじゃ、単なる偶然かね。他にはどうだろう。まさか、シュミットや赤松パトラは呼ばれていないと思うが」

それからハンスは、まさに目をさらのようにして招待客のチェックを行った。

「世界ケルト協会代表、スコットランド妖精連合会長なんて人も呼ばれているが、あまり関係ないな」

「ところで、ハンスさん、あなた自身は十二年前の事件の時どこにいたのですか?」

唐突に涼がたずねた。ハンスは訝しげな表情をした。

「君は何を聞きたいんだ?」

「あなたは自殺したジルベールの弟だった。だったら、そのパーティーの場にいてもおかしくありません」

「君の質問だが、パーティーの時、おれはインヴァネスにいた。正確に言うと、カレンのパーティーの始まりにだけ出席して、学校に戻った。もちろん、翌日現場にも行っていない。だから、事件のことを知ったのは、後になってからだった。あの事件で父は殺害され、兄は犯人とされて自殺した。残されたおれと母にとっては、地獄のような毎日だった」

ハンスはそう言うと、ジョッキを飲み干した。

「あの狭い島で、いったいおれたちはどうやって暮らすことができたと思うかい。事実はどうあれ、おれは凶悪な殺人者の弟と見なされた。おれにも、同じ殺人鬼の血が流れている、島の人々はみなそう思った。始めはただ無視されるだけだった。道ですれちがっても、だれも口をきかなくなった。それから、執拗な嫌がらせが始まった。家の窓ガラスは何度も割られた。鳥や小動物の死骸が玄関に放り込まれた。人殺しの気狂いジルベールの家族は、さっさとスカイ島を出て行けと公然と言う人間もいた。

　始めにおかしくなったのは、母親だった。眠れなくなり、一日中ふさぎこんでいた。そのうち、彼女は独り言を言うようになった。家事も何もできなくなり、家の中は荒れ放題の状態だった。おれは学校をやめて、母と暮らした。そういう状態がしばらく続いてから、母の姉という人が来て、彼女を生まれ故郷であるリバプールに連れて帰った。

　母の実家はもともと結婚に反対だった。いまだに彼らは、スコットランドを辺境の地と思っている。貴族の末裔とはいえ、スコットランドのはずれの島に娘を嫁に出すことなど、彼らには許せることではなかった。しかし、母は家族の反対を押しきって結婚した。そして、あの事件が起こるまでは、幸福な生活を送っていた。

　教養豊かで優しい父、それにジルベールとおれがいた。しかし、あの事件がすべてを変えてしまった。母の家族は自分たちの言った通りにしないからこんなひどいことになった、スコットランドに行ったのが間違いだったと母を責めた。しかし、彼女にその意味がわかったかどうかは疑問だ。母の精神は混乱し、何を聞いても理解できない状態だったから」

「その後、お母さんは回復したのですか」

「だいぶ落ち着いたようだ。ただ彼女はずっと精神病院の住人だ。今いるのは病院といっても、寮かフラットのような雰囲気の場所だ。母の症状はおおよそ安定している。ただまれに感情が不安定になり、手がつけられないことがある。おれは年に数回、会いに行っている。母にとっても、冷たい家族のそばにいるよりも、病院にいるのが楽なようだ」

「ハンス、事件の後あなたは、お母さんとリバプールには行かなかったわけですね」

涼が言った。

「もちろん、母と一緒に厄介になることもできた。ただそれはおれにとって苦痛だった。おれは事件の真相を明らかにしたかった。おれには、兄のジルベールが、父やカレンの家族を殺害した犯人とは信じられなかった。確かに、ジルベールはカレンの姉のエレンと付き合っていて、彼女の両親からは反対されていた。しかし、それはたいしたことではなかった。よくある話だ。

反対はされていたが、ジルベールとエレンの家族の仲はよかった。まだ若いのでもう少し待ってほしい、エレンの両親はそう思っていただけだ。彼らもジルベールのことを好きだった。ジルベールがあんなことをするはずはない。それはみなわかっていた」

「どうして、あなたはインヴァネスに来ることになったのですか」

「おれは元々インヴァネスで育った。事件の後スカイ島に戻っていたが、母が去っておれ一人スカイ島に留まることは不可能だった。生活も成り立たなかったし、周囲からのいじめも耐えがたいレベルまで来ていた。ただおれ自身、スカイ島からあまり遠くには行きたくなかった。もしそうなると、事件のことを調べることが難しくなる。唯一の事件の証人であるカレンとも、会えなくなる。

ある時、カレンがスマイリー博士に引き取られインヴァネスで暮らすという話を聞いた。そこで、おれもインヴァネスに戻ることを決心した。その時は、カレンから事件のことを何か聞けるかもしれないと考えていた。なぜなら、彼女は事件の唯一の生き残りだったから。それにインヴァネスだったら、小さい町だがハイランドの中では都会だし、いろいろ詮索されることも少ない。またスカイ島までの交通の便も比較的よい。よいとはいっても、電車とバスで一日がかりだけどな。

おれは唯一力になってくれていた教会の牧師の人にお願いして、インヴァネスでの受け入れ先を捜してもらった。仕事も何でもするつもりだとおれが言ったら、下宿先もすぐ見つけてくれた。下宿先の親父さんは、きっぷのいい職人だった。牧師さんと相談して、おれは名前を変えた。ハンス・ダンフリーズは、ハンス・ケメルマンになった。牧師さんの親類ということにしてもらった。スカイ島で、おれは自分の行き先はだれにも言わなかった。家もそのままで、それ以来、数回しか帰っていない。

インヴァネスで、おれはカレンとスマイリー先生に近づくチャンスを捜した。スマイリー先生がピアノの先生をやっているということがわかったので、おれは生徒となることができた。その後は、君たちも知っている通りだ。先生はおれがジルベールの弟ということは、知らないようだった。

おれは数年間先生のところに通った。カレンとも仲良くなった。そして、カレンが日本に行ってからしばらくして、おれも日本に行くことにした。カレンのそばにいて、おれは、カレンを愛し始めていた。ただカレンが事件のことを思い出す様子はまったくなかった。だがそれは仕方がないことだと、おれは感じるようになった。無理に聞き出すつもりはなかった。

スマイリー先生の治療によってカレンは精神的には安定してきた。スマイリー先生は彼女の記憶を封じ込めてしまった。彼女は、事実ではないことを事実であると信じていた。カレンは、自分自身がスマイリー博士の娘であり、インヴァネスで育ったという偽の記憶を事実だと思っていたのだ。おれはそれが事実ではないことはわかっていたが、その誤りを正そうとはしなかった。

事件の謎はまったくわからなかったが、おれは彼女のそばにいたかった。カレンはおれのことなど、何とも思っていないだろうけどね。そして、今度のことが起こった。おれは何としても、カレンを守りたいと思っていた。十二年前の事件について、カレンの記憶が戻らないようにしたいと考えた。

それは始めのおれの考えからすれば、矛盾した話だ。もちろん今でも事件の真相を明らかにしたいという考えはある。ジルベールの冤罪をはらしたい。しかし、カレンを不幸にはしたくない。だから、彼女のスコットランド行きを阻止しようと、おれはつまらない脅迫状を書いた」

「そんなことはないわ。ハンス、あたしも、あなたのことを好きよ」

見ると、後ろにカレンがいた。手には、スコッチのグラスを持っている。

「カレン、大丈夫なのか。まだ部屋で休んでいた方がいいんじゃないのか。今回のことは、何て言っていいか……」

「心配しないで、あたしは、ケルト族の王女の生まれ変わりなのでしょう。これ位の試練は耐えてみせるわ」

「だいたい、君は未成年だろ。酒はまずいぜ」

「本当のことを言うと、あたしは、自分の年がわからないくらい年寄りよ。エルフの時代から生きていたのだから」

カレンはそう言って、グラスを飲み干した。

「おかわり、買ってきて」

ぼくはどうしたものかと迷った。

「やってしまって、それで事が済むものなら、早くやってしまったほうがよい」

カレンは芝居の中のような語り口で言った。

『マクベス』ですね。でも、今の状況とは少し合っていない気がします」

涼が言った。

「それなら、これはどうかしら。さあ血みどろのたくらみごとに手を貸す悪霊たち、わたしを女でなくしておくれ、頭のてっぺんから爪先まで、恐ろしい残酷な心でいっぱいにしておくれ！」

ぼくはカウンターに行って水割りを作ってもらい、カレンのところに持ち帰った。

「リン、遅いよ」

「カレン、もうやめておいた方がいい」

「そうかもね。でも、今日だけは許してよ」

「カレンさん、ぼくから質問してもいいでしょうか」

「いいわ。あたしの知っていることは、何でも答えます。そのかわり、パパをあんなめに遭わせた犯人を見つけてください」

カレンの言葉に涼はうなずいた。

「まず、昔の話です。あなたは、本当に、六歳の誕生日のときのことを、まったく記憶していないのでしょうか。それとも、断片的にでも、記憶しているところはあるのでしょうか？」

「それについては、今朝話した通りなの。記憶の中では、あたしはインヴァネスで育ったカレン・スマイリー。他の何者でもない。スカイ島のシオン・マクロードとは別人なの。あたしの頭の中にあるのは、インヴァネスの記憶だけ。それはハンスの言うように、パパによって作られた偽の記憶なのかもしれません。でも、自分としては、それが事実ではないとは、まったく思えないのです」

「スカイ島のことは、まったく覚えていないのですね」

「はい、具体的なことは何も。スカイ島に行ったことはあるけれど、特に懐かしさのようなものは感じなかったわ。ただし、最近になって断片的に思い出すことはあるのです。ただそれを記憶と呼んでいいのかどうか」

「どのような、内容なのですか」

「時々、頭痛がして、急に半分意識がなくなるような状態になるのです。そういうある種の発作が起こるのです。その時、とても怖いイメージがあたしを襲います。周りは、暗く赤い色で覆われています。その中にあたしは一人でぽつんと立っているのです。だれかの叫び声が突然聞こえてきます。しばらくすると、それはあたし自身が発した声であることがわかるのです」

「カレンは記憶を取り戻しつつあるわけだな。カレンの感じるイメージは、十二年前の事件の現場のことかもしれない」

ハンスが言った。

「おそらくそうなのでしょう。カレンさんの記憶は、脳のどこかで眠っているのです。それは失われたわけではありません。しかし記憶が戻るのが明日になるか、まだまだ時間がかかるのか、それはなんとも言えません」

三

　翌朝は、みななかなか起きてこなかった。ハンスだけが早起きをして、知人の警官に会いに行った。十時前にぼくと涼が遅い朝食を食べていると、ハンスが息せき切って戻ってきた。

「事件の容疑者が見つかったらしい。今、警察に連行された。警察署はすごい人だかりになっている」

「本当ですか？　容疑者って、だれなんです？」

　慌ててぼくが聞いた。

「地元では有名な人物だ。名前は、チャールズ・キング。冗談のような名前だが、それが本名だ。元俳優だが、今は落ちぶれていて、アル中で浮浪者のような生活をしている。住んでいるのは、海沿いにあるあばら屋だ。酒を飲んでの奇行が多く、気狂いチャールズと呼ばれているらしい」

「その人がなぜ、容疑者とされているのですか」

「今朝早く、インヴァネスの鉄道駅の付近で、チャールズはぐでんぐでんに酔っ払って発見された。彼は全身血まみれで、大事そうに抱えているものがあった。それが、スマイリー先生のなくなった左腕だった。彼はすぐ警察に連行され、逮捕された」

「それで、容疑者は犯行を認めているのですか？」

「それが二日酔いがひどくてとても話にならないようだ。チャールズの酔いがさめるまで、尋問はできそうもない」

「その男性は、これまでスマイリー博士と何か関係があったでしょうか」

涼が言った。

「町のパブで会って、酒をおごってもらったことくらいはあるかもしれない。しかし、ちょっと接点は考えられない」

「彼のアリバイはどうなっているのでしょうか?」

「さあ、それはまだわからない。少し情報を集めてみないと。チャールズの行きつけのパブは聞いておいたから、行ってくる」

そう言うと、ハンスはせわしなく駆けだして行った。

「深町さん、カレンさんには申し訳ないし、不謹慎かもしれないですが、これは興味深い事件ですね。実に面白い。だれか演出家でもいるかのようです。ネス湖の古城で、死期が迫った男性が殺害された。彼は末期の癌だった。なぜか、彼の身体は、城の塔から逆さに吊り下げられていた。そして、また疑問なのは、腹部と片腕が食いちぎられたような状態になっていたことです。

さらに、殺害された男性の腕をかかえて、落ちぶれた俳優が町を徘徊していた。彼はひどい二日酔いで証言もできないという。いったい、どういうことなのでしょうか?」

ぼくには、まるで見当もつかなかった。

「思考実験です。思いつくことを、何でもいいから言ってみてください。まず、なぜ博士の遺体が吊り下げられていたのか。これについては、どうでしょうか」

「タロット・カードの吊るされた男と関係はないかな」

「大アルカナの十二番目のカードですね。確かに、遺体の構図はそっくりです。通常吊るされた男は、正位置では、忍耐、努力、自己犠牲などを表わすとされますが、必ずしも悪い意味ではありません。そうすると、これは見立てによる殺人ということでしょうか？」

「しかし、犯行にそのような人工的な装飾を加えることに、意味があるだろうか」

ぼくは自分でタロットのことを言っておきながら、犯人がこのようなことをする理由は思いつかなかった。

「一般的な話になりますが、次のような場合に見立て殺人というか、犯人による意図的な犯行の偽装が行われます。一つには、他の証拠から目をそらさせるため。偽装の華々しさによって、本来の証拠から目をそらそうとするものです。次に、無関係の事件も一連の事件の一つによるものと思わせる目的のこともあります。三番目として、犯行の順番を錯覚させる場合もあります。たとえば子守歌と関連して連続した事件が起こったとします。そうすると犯行の順番は、子守歌の順番通りであるという錯覚を与えることができるわけです。他には、残された標的に恐怖を与える場合もあるでしょう」

「今回の場合はどれに相当するのだろう」

「スマイリー博士は、『吊るされた男』の特徴を持っていたのかもしれません。他に、タロットの別のカードの特徴を持っている人物が存在することも考えられます。しかし、他の可能性も否定できません」

その時、ハンスが戻ってきた。

「チャールズ・キングのアリバイが成立した。マーケット通りにあるパブ『ジョン・シルバー』の親父が証言した。彼は昨日の夕方の四時から閉店まで、常連である奴が店にずっといたと言っている。チャールズは店から一歩も外に出ず、飲み続けていたらしい。チャールズはほとんど金を持っておらず、顔見知りにたかっていたそうだ。パブが閉まるのは十一時だ。チャールズは店から追い出されたが、そのまま店の前で寝込んでしまった。困った店主が、彼のねぐらまでチャールズを送り届けている。スマイリー先生の死亡推定時間は午後五時から九時なので、アリバイ成立だ」

「それなら、なぜ彼は、スマイリー先生の腕を持っていたのでしょうか」

「さあ、それはわからない。直接奴の口から聞き出すしかない。容疑が晴れたら、いったん、彼は釈放されることになるだろう。おれたちも、警察まで行ってみよう」

ぼくらは、ホテルを出て、キャッスル・ストリートにあるインヴァネスの警察署に向かった。

四

地元の名士であるスマイリー博士の殺人事件は大きな話題になっているらしく、警察署の前は黒山の人だかりとまではいかないが、野次馬と取材の記者たちでごったがえしていた。

「もしここからチャールズ・キングが出てきたら、もみくちゃにされてしまうよ」

ぼくがハンスに言った。

「別に裏口があるらしい。たぶん、彼はそっちから外に出されるだろう」

ぼくらはハンスに従って、細い路地を入って行った。

「あの向こうの黒いドアが、警察署の裏口だ。チャールズが出てくるのは、あそこからだ」

ハンスは、少し先にあるドアを指さして言った。ぼくらはそれから小一時間、その路地で待った。

ハンスはいらいらしている様子で、ひっきりなしにタバコを吸っていた。

その小柄な男が問題のドアから飛び出すように出てきたのは、突然だった。時刻は午後一時を過ぎていた。

彼は落ち着かない様子でキョロキョロあたりを見回すと、ふところからウィスキーの小ビンを取り出し、うまそうに口をつけた。彼はあっという間にビンに入っていたウィスキーを飲み干した。典型的なアル中の顔をしている。赤ら顔だが、干からびている。彼は一杯やっていかにも満足という様子で、唇の周りを舌でなめている。

年齢は五十代の後半くらいだろうか。かつては役者をやっていたという面影はわずかに残っていたが、服はよれよれで、歩く様子は典型的な人生の敗残者だった。

ハンスが彼に歩み寄った。

「よう、チャールズさん、おれたちと一杯やりながら、事件の話を聞かせてくれないかい？」

チャールズは一瞬うれしそうな顔を見せたが、それはすぐこずるそうな表情に変化した。側に寄ると、臭い息が臭ってくる。

「一杯って、一杯だけかい？　しけてんな。おれの話は高くつくぜ」

「いい話を聞かせてくれれば、いくらでもサービスしてやる」

「よう、あんちゃん、気前がいいな。あんた、新聞記者かい？」

「まあ、そんなところだ」

「星も光を消せ！　この胸底の黒ずんだ野望を照らしてくれるな、眼は、手のなすところを、見て見ぬふりをするのだ、どっちにしろ、やってしまえば、眼は恐れて、ろくに見ることもできはしまい！」

「あんたが、スマイリー先生を殺したのか？」

ハンスが低い声で言い、チャールズの胸倉をつかんだ。

「ちょっと、待ってくれ。おれは人殺しじゃない。ただの役者さ」

チャールズの声は急に怯えたものに変わった。

「いいだろう。ともかくおれたちと一緒に来てもらおう」

ハンスはそう言うと、彼を開店したばかりの近所のパブに引っ張っていった。ぼくらもその後に続いた。途中の酒屋でチャールズがせびったので、ハンスは渋い顔をしたがウィスキーの小ビンを買ってやった。彼はすぐに開けて口をつけた。酒の臭いがすると、チャールズはご機嫌になった。

「さて、嫌な警察の奴らから解放されたし、聞きたいことがあるなら、何でも聞いてくれ。このチャールズ様に任せてくれ」

「まず自己紹介をしておこう。おれの名前は、ハンス。亡くなったスマイリー先生の関係者だ。理由があって、この事件を調べている。一緒にいるのは、おれの仲間の日本人だ。新聞記者ではないから、あんたが喋りたくないことを言っても、記事になることはない」

「さて、どうするか？　おっかない剣幕の若造と、東洋人二人。信用してもいいかどうか」

チャールズはまたずるそうな表情を浮かべた。彼はパブに来る途中で買った、ウィスキーの小ビンを口に含んだ。

「あんたの質問を言ってくれ」

チャールズが口を開いた。

「どうして、あんたは、スマイリー先生の片腕を持って、ウロウロしていたんだ？　昨日の夜から今朝まで、あんたはいったいどこにいた？」

「いい質問だ、ただしおれに答えられればな」

「ばかにしているのか？」

「そっちこそ、おれを何だと思っているんだ。自慢するわけじゃないが、おれは酔いどれキングだぜ。飲んだ後のことなど、これっぽっちも覚えているわけがない」

ハンスは一瞬かっとしたが、少し冷静になったようだ。

「いいだろう。あんたは、昨日の夜のことは何も覚えてないというのだな」

彼はカウンターに行き、ビールのワンパイントのジョッキを持ってきた。

「これで思い出したか？」

「へへっ、少しは思い出してきたよ。おれの頭もまんざら捨てたもんじゃないかもしれない。あんたは、何が聞きたいんだ。少しずつ、質問してくれよ。おれは頭は悪くないが酒でばかになっているから、いっぺんに聞かれると忘れてしまうんだ」

チャールズの話にハンスは少しいらいらした様子になった。ハンスは気が短いので、こうした尋問には向いていないようだ。

「いいだろう。まず始めの質問だ。チャールズ、あんたとスマイリー先生はどういう関係なんだ」

「スマイリーってだれだ？　おれはそんな奴の名前は聞いたこともない」

「いい加減なことを言うな！　あんたは見つかった時、スマイリー先生の腕を持っていただろ」

「そう、確かそんな名前だったな」

チャールズは洟をすすった。

「警察の奴らがそんなことを言っていた。偉い学者の先生も死んじまって片腕一本じゃ、ゴミと同じっていうわけだ」

「酔いどれキング、お前は死者に対してひどい言い方をするんだな」

ハンスはチャールズの胸倉をつかんだ。

「人を破壊の道に誘いこもうとして、地獄の手先どもが、ときには真実を語る。つまらぬことでご利益を見せておいて、一番大事なところで、打っちゃりを食らわす」

「やっぱりあんたが、先生を殺したのか？」

「冗談じゃない。どうして、おれが見ず知らずの人間を殺す必要がある。殺された医者は、地獄の手先に葬られたのさ」

「それじゃ、何であんたは先生の切り取られた腕を持っていた？」

「おれは渡されたのさ」

「だれから？」

「それが、地獄の手先だ。あの日おれはパブで酔っ払い、パブのマスターが親切にもおれの家まで送ってくれた。だが、おれはまだ飲み足らなかった。おれのいかれた脳をまともにするには、もっと酒が必要だった。しかしあんたも知っての通り、あの時間にはパブはすべて閉まっている。ホテルのバーは開いているが、お高く止まっている奴らはおれの身なりを見たら、中に入れてはくれないだろう。門前払いさ。

田舎ものめ、ばかにしやがって。おれだって、今は落ちぶれているが、役者をやっていた頃は、ウエスト・エンドの劇場の主役だったんだ。高級ホテルのブラウンズや、チャーチルのパーティーにもよく招待されていた。どこでもおれは大歓迎されたよ」

「あんたがねえ。本当にウエスト・エンドに出ていたのかい？　どこのウエスト・エンドか知らないが、ロンドンでないことだけは確かだろう。役者だったたっていうのは嘘じゃないらしいが、アイルランドの田舎の小屋にでもいたんじゃないのか？」

「ばかにするなよ。そんな失礼なことを言う奴には、もう何も言ってやらん」

チャールズは、ハンスの言葉が気に入らなかったのか、プイと横を向いてしまった。

「これ、飲んでくれませんか」

小波涼が彼に自分のジョッキを差し出した。

「チャールズさんが出演していたのは、ドルリー・レーン劇場でしょうか。それとも、ハー・マジェスティーでしたか。今はもう舞台劇が少なくなって、ミュージカルばかりになったのは残念なことです。でも舞台の神髄はやはり、芝居ですね。ミュージカルは、子供の遊びのようなものです」

「あんた、外国人にしては、いいこと言うね」

彼はそう言うと、涼のジョッキに口をつけた。彼は少し機嫌が直ったようだった。

「それで、さっきの話の続きですが、昨日の夜、パブがお開きになってから、どこかで飲んだのですか」

「もう店は開いていない。仕方がないので、おれは女のところに行くことにした」

「こいつに、女がいるのか。信じられない」

ハンスは小声で言った。

「いったい、どんな女だ。顔を見てみたいよ」

「それは、何時ごろの話です？」

「午前二時近くになっていたと思う。場所は、マークス・アンド・スペンサーの裏手にある、アドコネル通りにだ」

マークス・アンド・スペンサーというのは、英国の有名なスーパーマーケットのチェーン店だ。インヴァネスにも支店がある。

「あなたは、その女性の家に行ったわけですね」

「そいつの名前はエリザベスというんだが、おれはいつも夜遅い時間に会いに行ってやっている。女王エリザベス様だ。ただ昨日の晩は、そいつは家にいなかった。あのくそいまいましい売女め！　どっかで男としけこんでいたに違いない。あいつのおかげで、おれは厄介ごとに巻き込まれることになった。あいつが家にいれば、こんなことにはならなかったものを」

「それで、エリザベスさんの家に行ってから、あなたはどうしたのですか？　深夜の町に戻ったわけですね」

「おれは仕方ないので、だれかが酒瓶でも忘れていないかと思って駅の回りや、ネス橋のあたりをうろうろした。しかしついていない日で、おれは何も見つけることはできなかった。もうあきらめて家に帰ろうとした時だった。おれは酒が身体に回り、歩くのもやっとの状態だった。そのときおれは、ダーク・ドルイッドに出会った」

「おっさん、ばかなこと言うなよ。夢でも見ていたんだろ」

ハンスがそう言うのを、涼が制した。

「もう少し詳しいことを話してくれませんか」

「おれが会ったのは確かにダーク・ドルイッドだった。それも、女のドルイッドだ。そいつは、旧コーダ城の『絵画の間』にあるダーク・ドルイッドの肖像画にそっくりだった。人のものとは思えない白い肌、銀色の髪。ただ仮面をしていたので、顔はよくわからなかった。そいつは血の滴る長いナイフをおれに突きつけた。そして、おれに命令したのだ。あまりの恐ろしさに、おれは奴の言うことをきくはめになった」

「そう言って本当は、酒を要求したんじゃないのか」

ハンスにそう言われると、チャールズはにやっとした。

「その人物の様子をもう少し詳しく話してください」

「もうこれくらいで十分だろう。おれの話を聞いても役に立つわけではない」

そう言うと、チャールズは突然真顔になった。

「寸足らずに切り詰められ、ぶざまな半出来のまま、この世に投げやりに放り出されたというわけだ。歪んでいる、びっこだ、そばを通れば、犬も吠える。そうさ、そういう俺に、戦も終わり、笛や太鼓に踊る惰弱な御時世が、いったいどんな楽しみを見つけてくれるというのだ。道は一つ、思いきり悪党になって見せるぞ、ありとあらゆるこの世の慰みごとを呪ってやる！」

「ぼくらは、イェルサレムを去るときがきたのだ！」

涼の言葉に、チャールズは驚いた表情を見せた。

「あんた、何を知っている？」

「今思い出しました、チャールズさん。三十年あまり前、確かにあなたは名俳優だった。あなたは、映画や大劇場の出身ではなく、前衛的な小劇団の脚本家兼役者をしていた。今でいう、ロンドンのオフ・ウェストエンド、あるいはオフ・オフ・ウェストエンドであなた方の芝居は行われていました。違いますか、チャールズ・キングさん？」

「さて、どうだったかな」

「あなたの劇団、『メアリーの息子たち』は、若者に熱狂的な人気があった。今でも出版されている脚本は多くはありませんが、それらはあなたが劇作家としても非凡なものを持っていることを示しています。ハイドパークでのテント公演は、今でも語り草になっています。代表作『ぼくらは、イェルサレムを去るときがきたのだ』は、二十世紀最高の劇作家であるサミュエル・ベケットの作品と並び称されてもよいものです。

しかし、あなたの凋落は早かった。オフ・ウェストエンドから、ウェスト・エンドの大劇場に進出。そして、マクベスを潤色した『コーダ』が大ヒットしてロングラン。しかし、あなたの精神はこのような緊張に耐えられなかったのでしょうか。アルコールの量が増え、やがてドラッグにも手を出すようになった。

ヘロイン、そしてアンフェタミン。ある日、公演に穴をあけたあなたは、アルコールとドラッグのため、自宅のアパートで昏睡状態になっているところを発見された。それは危うく死にかけるほどの重症な状態でした。そのため病院に入院して治療を受けましたが、薬物の使用が露見し、警察沙汰になった。

劇場からは降ろされ、不遇な日々が続く。タブロイド誌はそんなあなたの様子を、面白おかしく書きたてた。『凋落のマクベス、ドラッグの海に溺れる』、そういった見出しがサンやデイリー・ミラーを飾りました。そして、女性スキャンダルが追い討ちをかけました。あなたに関係を強要されたと元劇団員の女性が訴え出て、裁判になる。これもマスコミにとっては格好の話題になりました。すべてにやる気をなくしていたあなたは、対抗手段もとらずに裁判にも欠席した。その結果は、あなたの全面敗訴となり、多額の賠償金の支払いが命じられる。それがまた、マスコミの記事を賑わせたのです。

それでも、あなたはただ飲んだくれていました。すべてが悪循環でした。しかし、あなたは芝居は忘れていなかった。この頃、情報誌である『タイムアウト』の演劇案内のオフ・ブロードウェイのコーナーには、正体不明の覆面俳優ダーク・ドルイッド氏がよく話題になっています。これは名前を変えた、チャールズ、あなただったことは、後の小劇場の研究家が明らかにしています」

チャールズはゆったりとした動作で席を立った。

「消えろ、消えろ、つかの間のともし火！　人の生涯は動き回る影法師に過ぎぬ。あわれな役者だ。ほんの自分の出番のときだけ、舞台の上で、みえを切ったり、喚いたり、そしてとどのつまりは消えてなくなる」

「そのせりふ通り、やがて、あなたはロンドンから姿を消しました。地方の小劇団に、あなたは出演しました。舞台は素晴らしかったが、アルコールの量もまた半端ではなかった。とうとう身体をぼろぼろにしてしまい、ろくにせりふを喋れない状態になり、あなたに依頼をする芝居小屋はなくなってしまった」

チャールズは突然笑い出した。

「こりゃいい、おれは名俳優だったというわけか。そして今は、その落ちぶれた姿をスコットランドの最果ての地にさらしている。今やおれは、酒をあさるだけの哀れなアル中だ。おれの過去はあんたの言う通りかもしれないし、全然間違っているかもしれない。そんな話はもういいだろう。昨日の話をしてやろう」

涼はうなずいた。

「チャールズさん、あなたがその不思議な女性に出会ったのは、深夜の二時過ぎだったわけですね。それから、どういうことが起こったのですか」

「ダーク・ドルイッドかどうかはわからないが、顔を隠した不思議な女は、おれに酒が欲しいのかと尋ねた。おれがうなずくと、彼女は道ばたに座っていたおれに、ウィスキーのボトルを放り投げた。

おれがそれをラッパ飲みにしていい気分になっていると、しばらく彼女はおれのことをじっと見ていた。おれに気があるのかと思ったくらいだ。それから彼女は、もっと飲みたいなら一緒に来いという。酔っ払っていたおれは、特に考えもなく、彼女の後に従った。少し行くと車が止めてあった。女が運転席に乗り込むと、おれも後に続いた。おれが乗るとすぐに車は発車した」

「どんな車だったのですか」

「話の腰を折らないでくれ。そんなこと、酔ったおれにわかるわけないだろ」

チャールズは不機嫌な様子になった。

「このあたりの話は、まだ警察にもしていない。あんたたち、秘密を守れるかね。なぜ話していないかというと、おれがおかしなことを話していると嘲笑されるに決まっているからだ」

「その女性に見覚えはありましたか？」

「どこかで会っているかもしれないが、正直なところよくわからない」

彼はそう言うと、まるで舞台の上にいるかのようにじろっとあたりを見回した。

「警察には何て説明したのですか」

「酔っ払って知らないうちに、死人の手を持たされていた。それ以上の説明はしていない」

「よく警察が納得しましたね」

「さあ、本当に納得したかどうかはわからないが、おれが人殺しでないことだけは奴らにもわかっているはずだ。おれには確実なアリバイがあるからな。おれは昨日の夜、パブから一歩も外に出ていない。ともかく、おれは彼女の車に乗った。どうなってもいい気分だった。その間、女は一言も口をきかなかった。真夜中なので、道はすいていた。女は物凄い速さで車を走らせた。十五分ほどして女が車を止めた。そこは、ネス湖のほとり、アーカート城の正面だった。

おれたちは車を降りた。ここで、何をするんだとおれは女に聞いた。あんたには、処刑人の役割をやってもらう、そう彼女は言った。女の声は、ぞっとするような響きがあった。仕草からは若い女かと思ったが、女は意外と年増で落ち着いた様子だった。おれの酔いもいい加減さめた。

人殺しになれっていうのか、そうおれは彼女に聞いた。芝居では散々人殺しはしてきたが、本当の殺しはごめんだ。そうじゃない、被告はもう死んでいる。あとは、八つ裂きの刑にするだけだと女は言った。おれはさっさと逃げだそうと思ったが、そうもいかなかった。女の様子は完全にいっちまっているようだったから。武器を突きつけられてはいなかったが、下手に騒ぐとおれまで殺されそうだった。おれは年寄りで酔っ払ってろくに動くことはできない。女がおれを殺すつもりなら、簡単にできただろう。

それで、何をすればいいんだ、怯えたおれは女に聞いた。アーカート城のタワーハウスの下にいればいい、また後で指示はすると、彼女はそう言って姿を消した。仕方がないので、おれは城の門をまたいで飛び越えて、アーカート城の廃墟の中に入った。昼間だったらどうということはないが、真夜中に来るような場所じゃない。廃墟となった城壁は一部がライトアップされていたが、それもかえって不自然で不気味だった。

この城には、以前に何度か来たことはあった。おれは記憶をたどりながら、暗い中庭をタワーハウスの方に向かって歩いた。おれは女の指示通り、タワーハウスの下で待った。すぐには何も起こらなかった。風が強く寒かったので、おれは酒が恋しく感じていた。それは湖から突然やってきた。

急に青白い光が何かを照らした。湖の中から、黒い巨大な生物が出現した。逃げだそうにも、おれは呆然として身体が動かなかった。一瞬の後、おれは周囲が明るく光るのを感じた。見上げると、タワーハウスの塔の上から、人間が吊り下げられていた。その人間は片足を吊るされていた。その様子は、壊れたマリオネットの人形のようだった。あれが処刑された被告なのか、おれはぼんやりとした頭でそう思った。

その時、不気味な生物が塔に近づいてきた。それはよく話に聞くネス湖の恐竜のようではなかった。はっきりしない形の、大きな袋状の怪物だった。

その生物は吊り下げられた人間に襲いかかり、その身体を噛み砕こうとしているかのようだった。まず腕の一本が食いちぎられたらしく、それがおれのすぐ前に落ちてきた。その後もしばらくその巨大な生物は、死んだ男の身体に襲いかかっていた。だがしだいに風が強くなり、うまく獲物を捕えることができないようだった。おれはただ呆然と見ていた。

急に、その巨大な生物は姿を消した。あとには、吊るされた男だけが残っていた。あんたはその腕を持っていくのよ。どこからか女の声が聞こえてきた。死んだ男の腕がおれの目の前に落ちていたのだった。おれは逆らう気もおこらなかった。おれは女の指示に従い、その腕を手に取った」

「確かに、簡単には信じられない話です。チャールズさん、あなたが見たのは、ネッシーだったということですか？」

「いやネッシーではないと思う。形はネッシーに似ていなかったし、ネッシーが人を傷つけたことはこれまでにないはずだ。おれが見たのは、むしろ古代にネス湖に棲んでいたという正体不明の怪物に似ている。この城ができるよりもっと以前、ネス湖には人を食い殺す怪物が棲んでいた。それを退治したのが、宣教師である聖コロンバということになっている」

「失礼かもしれないが、チャールズさん、あんたずっと酔っていたということはないのか。ネッシーの話も眉唾なのに、古代のモンスターなどネス湖にいるわけがない」

ハンスがいらいらした様子で言うと、チャールズが言い返した。

「だからおれはこの話をするのが嫌だったんだ。世間の奴らは、酔っ払いの戯言《ざれごと》というに決まっている。信じたくないのなら、信じなければいい。おれは確かに酔っ払ってはいたが、今言った通りのことが起こった。おれが見たのは、魔界の怪物かもしれない。それとも、邪悪なフェアリーが姿を変えたものかもしれない。悪いドルイッドがモンスターの形をして姿を見せたのだ」

「それからどうしたのです」

憤慨した様子のチャールズに涼が聞いた。

「おれは女に言われたように死体の腕を持って、車に戻った。女はそこにいて、すぐに車は出発した。車の中でおれは女にいろいろ話しかけたが、何も答えてもらえなかった。インヴァネスの町で、おれは車を降ろされた。もちろん、腕も一緒だ。運転席の女は、別れ際、おれにウィスキーのボトルを二本渡して、グッドラックと言っていなくなった。おれはどうしていいかわからなかった。仕方がないので、おれは駅のすみの路地で酒を飲んでいた。そうしたら、警官がやってきた」

「ますます、わからない。なぜその女性はそんな行動をとったのだろう？　その女性がスマイリー博士を殺したのだろうか。殺害するにしろ、博士を塔の上から吊り下げる必要があったのだろうか」

ぼくは涼の顔を見ながら言った。

「それは説明がつくと思います。そのことよりも、一番わからないのは、チャールズさんが見たというモンスターです。ぼくにもまったく考えがつきません」

「どういうことなの？」

「正体不明の女性は、スマイリー博士を八つ裂きにすると言っていたということです。しかし、スマイリー博士はなぜ今回謎の女性によってそのような目に遭わされたのでしょうか。一つ考えられることは、何かこれに儀式的な意味があったのではないかということです」

「というと？」

「かつて、刑罰は非常に残酷なものが行われてきました。中世ヨーロッパで魔女狩りのために考案されたさまざまな拷問は、その最たるものかもしれません。かつて死刑は、刑罰であると同時に、儀式的な意味を持っていました。人間の死は現在とは異なり、魔術的な観点から大きな意味を持っていました。つまり人間の死は、霊的な力を持っていると信じられていました。これはケルト人の世界でも同様です。ただし彼らの世界では、死は必ずしも忌むべきものとして捉えられてはいませんでした。むしろ、幸福なる母の国に行くきっかけであると信じられていたのです。そして、ある人々にとって、死はさらに特別の意味を持っていました。ハンス、あなたはよく知っていますね」

「君はドルイッドのことを言っているわけだな」

ハンスの言葉に涼はうなずいた。

「ケルト人の神官ともいうべき存在がドルイッドたちでした。現代の視点で見れば、彼らは神官であるとともに、学者であり、詩人であり、予言者でもありました。『大いなる知恵を持つもの』と彼らは呼ばれていました。彼らにとって生け贄の儀式は、珍しいことではありませんでした。重大な決定をするとき、ドルイッドは生け贄を殺害し、被害者の四肢の断末魔のもだえ方や、血のほとばしり具合から未来の予言を行ったというのです」

「それが、今回の事件とどう関係するというんだ?」

ぼくは涼に聞いた。

「次のような生け贄の儀式が知られています。それは聖なる木のある森で行われるものです。巨人である神は生け贄の足を持って逆さに吊るします。そして生け贄を、大釜の中に入れて溺死させるのです」

「スマイリー博士の死因も溺死だった。つまり博士は巨人によって逆さに吊るされ、溺死させられたということなのか?」

「さあ、どうでしょうか。少なくともそう見えるように、犯行は行われました」

「博士の腕が切断されていたのは?」

「犠牲者の頭や手足を切断することは、ドルイッドの儀式ではよく行われていました」

ぼくには訳がわからなかった。スマイリー先生の殺人は、ケルト人の魔術師であるドルイッドの儀式によるものなのだろうか。

「涼の考えは、スマイリー先生の死には、超自然的なものが関係しているということなのか？」

「そういうようにも見えるということです」

その時、店のドアが開きだれかが中に入ってきた。カレンだった。

五

「スカイ島に行きましょう」

カレンが言った。彼女の表情は青ざめていた。

「謎の発端はすべて、あの島にある。あたしはスカイ島のことはほとんど知らない。ハンス、でもあなたは詳しいでしょう。スカイ島のことも、十二年前の事件のことも、教えてほしいわ」

ハンスはうなずいた。

「スカイ島はヘブリディーズ諸島の中心地だ。ヘブリディーズ諸島はスカイ島よりもさらに外海に位置するアウター・ヘブリディーズ諸島と、スカイ島を中心としたインナー・ヘブリディーズ諸島に大別される。アウター・ヘブリディーズ最大の島はルイス島というが、そこには巨大なストーンサークルがあり、イギリス本島のストーンヘンジに匹敵する古代文明が存在したことを示している。このストーンサークルは、現在からおよそ五千年ほど前の時代のものと考えられている。しかし、どのような民族がこの文明を残したのかは不明で、現在の住民であるケルト人との関係もはっきりしない。

ケルト人はおそらく紀元前千年頃この島にやってきた。彼らはいわゆる『島のケルト』の一員だ。彼らはこのヘブリディーズ諸島の他にアイルランド、スコットランド、ウェールズを支配した。先住民族とケルト人の間にどのようなことがあったのか、それは何もわかっていない。彼らの間に激しい戦いがありケルト人が先住民族を滅ぼしたのかもしれないし、あるいはケルト人がこの地を訪れたとき、彼らはすでに姿を消していたのかもしれない。

ストーンサークルをはじめとした遺跡は、以前はケルト人のドルイッドの秘術が行われた聖地であると信じられていた。しかし現在これらの建造物は、ケルト人よりさらに古いものだと考えられている。だがもしドルイッドが先住民族の宗教や魔術を受け継いだのであれば、ケルト人がこれらの場所を聖地としていた可能性もある。ケルト人は自分たちの歴史を文字にして残さなかった。だから彼らのことでわからないことは多い」

「スカイ島はどんなところなの？」

カレンが言った。

「スカイ島は長い間、アイルランドとともに、『島のケルト』の重要な本拠地だった。かつては現在より繁栄し、多くの城郭が築かれていた。ただその歴史は、一様ではない。ケルト人は戦闘好きの民族で、部族間の抗争はひんぱんにあったし、ヴァイキングなど他の民族の侵入もみられた。かつてのスカイ島は、海流の関係で現在より遥かに温暖だったという。カレンの一族のマクロード家は長くスカイ島西部の支配者だった。彼らはヴァイキングとも関係が深い。一族の城であるダンヴェガン城には、妖精が授けたという旗が展示されている」

「事件が起きたのは、その城なの？」

「いや、そうではない。君たちの家族が住んでいたのは、城の近くにあるディーダラス館という所だ」

「今はどうなっているのかしら」

「それはよくわからない。しかし数年前にぼくが行ったときは、だれも住まずに放置されたままだった。所有権はマクロード家が持っていた」

「行ってみましょう、そこへ」

強い口調でカレンは言った。

「スカイ島なんかにおれは行かんぞ」

唸るようにチャールズが言った。

「あんた、まだいたのかい」

「足元には黄ばんだ枯葉が散りはじめ、老いが忍び寄ってくる。それなのに、この静かな時期にふさわしい栄華もなければ、尊敬も従順も得られない。いや、ささやかな友情すら与えられそうもない。それどころか、呪詛の声が高くはないが、深く国中によどみ、口先だけの尊敬や空世辞がそれをおおっている」

「だれもあんたを口先だけでも尊敬なんてしてないよ」

ハンスがそう言うと、チャールズは渋面を見せた。

「また、会いましょう。チャールズさん、今度は素面《しらふ》で面白い芝居を見せてください」

涼はそう言ってぼくらは席を立った。

第*6*章

スカイ島

Isle of Skye

一

インヴァネスから鉄道は、四つの方向に走っている。エジンバラに向かう最も主要なルートを除けば、いずれもローカル線で、一日数本のわずかな便数しか運行されていない。

スカイ島に向かうには、これらのローカル鉄道の中で、カイルラインと呼ばれる路線に乗ることになる。この路線は英国一眺めのよい景勝地として有名で、鉄道ファンに人気が高い。

朝八時過ぎ、ぼくら一行はインヴァネスのホテルを後にした。依然としてスマイリー博士の事件に関して、真相は明らかになってはいない。

旅の仲間は、ぼくに涼、それにカレンとハンスだ。ほぼ定刻通りインヴァネス駅を発車した列車は、数万年前に氷河によって形造られた渓谷やそれを覆う森を潜り抜けるようにして走って行く。停車する駅はすべて無人駅だった。

終点のカイル・オブ・ロッハルシュまでは、約二時間半。カイルの町は、スカイ島への入口だ。

「スカイ島の中の移動は、バスしか公共機関がない。バスの問題は、一日に運行する便数が非常に少ないことだ。今日中にダンヴェガン城にたどり着けるかどうかもよくわからないので、少し高くつくが車を借りよう」

ハンスはそう言って車を借りて、運転席に座った。

カイルの町を出て、すぐにスカイ島につながる大桟橋を渡った。岬の先端には、古い城の残骸が見えている。

「あの城の由来はよくわからない。おそらくは、初期のケルト人たちが建造したものと考えられている」

スカイ島は、赤茶けた土地の国だった。車窓から見える風景は、荒涼とした山々、それも草一つはえていない赤茶色い裸の山が続いている。

「あの山を、レッドキリアンという」

ハンスは説明をする。

「このあたりは厳しい気候のため、高い木は育ちにくい。しかし最近の植林によって森林も増えてきている」

しかし、ハンスの言う森林はわずかしか見えなかった。山々の間には、鉛色の湖が姿を現わしている。その一つが地下の深い場所でネス湖とつながっているのかもしれない。

「キリアンとはどういう意味なの？」

カレンが聞いた。

「ゲール語の山のことだ」

ハンスは独り言のようにつぶやいた。

二

車はポートリーの町に着いた。

ここはスカイ島の中心地だ。とはいっても、それほど大きな町ではない。シティ・センターの周囲を、いくつかのパブ兼ホテルが取り囲んでいるだけだ。

少し離れると、町には小さな港があり、小型のヨットが停泊していた。

ハンスは町に唯一のスーパーマーケットで、食料品を買い込んできた。

「今晩、どうなるかわからないから」

「あなたの予定では、どこに泊まるの?」

カレンが聞いた。

「ダンヴェガン城の近くにB&Bが一軒ある。後でそこに予約を入れよう。でも何かのアクシデントが起こるかもしれないし、この先まったく店はないので念のために食料を買っておいた。まだ九月だから、宿がとれなくても遭難するようなことはないと思うけど、日本と違ってコンビニなんて一軒もない」

ぼくらはシティ・センターにあるパブで、ランチをさっさと食べた。その後疲れたと言って車に残ったカレンにサンドイッチを持っていった。青ざめた表情のカレンは少し口をつけたが、あまり食欲はない様子だった。

「カレン、大丈夫か」

ハンスが言った。

「うん、でも少し寒気がする」

カレンにとっては、辛いことばかりが起こったこの数日だった。実の両親が殺人事件の被害者であることがわかっただけでもショックだったのに、育ての親のスマイリー博士までもが変死をとげてしまったのだ。

「あと二時間位で、目的地だ。それまでがまんしてくれ」

ハンスはそう言うと、車を発車させた。


やがて美しい緑の庭園に囲まれた、ダンヴェガン城が見えてきた。ここは妖精の旗があるという由緒ある城だ。そこを通りすぎ、ハンスはこぢんまりとしたB＆Bにチェックインした。憔悴した様子のカレンを宿に残し、ハンスはぼくらに言った。

「ディーダラス館まで、行ってみよう」

日暮れまで少し時間は残っていた。ぼくらは森の中を歩いて行った。森とはいっても、それほど高い木があるわけではない。木がまばらな所からは、近くに広がる牧草地が望める。羊たちがゆったりとした動作で、草を食べていた。

「ここからどれ位かかるの？」

「十分もあれば着く」

ハンスは緊張した様子だった。

「もしカレンが過去のことを思い出せば、あの忌まわしい事件の真相が明らかになるかもしれない」

「しかし、それは恐ろしい内容のものかもしれません」

涼が言った。

「恐ろしいとは、何を意味しているんだ？」

「あるいは、知らなければよかったということになるかもしれません。たとえば、カレンさん自身が事件に関係していたのかもしれない」

「そんなことは考えられない。君はカレンが犯人だとでもいうのか？」

激しい調子でハンスが言った。

「そういう可能性がまったくないわけではありません」

「そんなことは考えられない。彼女が家族を殺すはずはないし、当時はまだ六歳だった」

「六歳の子供に犯行が絶対に不可能だと言いきれるのでしょうか。それならどうして、彼女だけ現場にいた人たちの中で、助かったのでしょう？」

「君はカレンが犯人だと思っているのか」

「そうは言っていません。しかし彼女は犯人と何かの関連があったので、殺されなかったのかもしれません」

「そうは思えない」

「もっと別の可能性もあります。たとえば、ハンス、あなたにアリバイがあることは聞きました。しかし、あなた自身が何らかの意味で事件と関係していたかもしれない」

ハンスは無言で涼をにらんだ。

「もちろんぼくは、そんなことが起きたとは思っていません。けれど、ハンスさん、重要な点をあなたは忘れています。カレンさんは六歳でしたが、あなたも十四歳でした。ですからカレンさんがすべての記憶を失ったように、あなたも記憶の一部を忘却しているかもしれません。思春期の記憶に歪曲が起こることは、珍しくありません」

「そんなはずはない。おれはすべてのことをはっきり記憶している」

ハンスはそう言うと、顔を背けた。


森を通り抜け、ぼくらはある古い屋敷の前に立っていた。個人のものとは思えないほど、大きな屋敷だった。ぼくらは屋敷の石の門をくぐり、玄関に向かう石畳を歩いて行った。

庭は荒れ放題で手入れされた様子はなく、枯れた人工の池の底には落ち葉がたまっていた。あたりに、人の気配はなかった。

「ここがディーダラス館だ」

ハンスはそう言うと、古いドアのノブを回した。ドアに鍵はかかっていなかった。

「入ってみよう」

彼はそう言うと、中に入って行った。ぼくと涼はその後に続いた。中は薄暗かった。古い家の臭いが漂っている。玄関を入ると、そこは大広間になっていた。広さは高級ホテルのロビーと言ってもおかしくなかった。ただそこには家具や調度品はいっさい置かれておらず、がらんとした空間だけがあった。

「この部屋に、カレンの両親が折り重なるように倒れていた」

ハンスが言った。

「そしてその隣には、エレンの血まみれの死体があった。おれの父さんはもう一つ向こうの部屋で死んでいた。カレンはこの部屋の中央で呆然と突っ立っていたそうだ」

「被害者の死亡推定時刻は？」

涼が聞いた。

「午前六時から八時だ。夜明け直後か早朝だ」

「ジルベールが現場を発見したのは、何時ですか？」

「兄の証言では、屋敷に着いたのは午前七時だった。自宅を出たのが六時半という話だから、時間的には問題はない」

「しかし、彼はすぐに警察に通報しなかったのですね」

「そうだ。ジルベールはしばらく呆然として、どうしていいかわからない状態だったと言っていた。だがそのために、彼は警察から犯人ではないかと疑われることになった。ジルベールが警察に連絡したのが午前八時過ぎ、警官が到着したのは九時近くだった。確かに一時間以上のタイムラグがあった。警察はこの間にジルベールが証拠を隠蔽しようとしたと考えた」

「被害者の殺害された順番はわかっているのですか」

「遺体に付着した血痕の血液型からすると、まずカレンの両親、次がエレン、最後に父が殺されたらしい」

「すべて同一犯による犯行と考えてよいのでしょうか」

「傷口の鑑定からは、少なくとも凶器は一種類だった。したがって、犯人は一人だったと考えられている。凶器は、カレンが握りしめていたナイフだった」

「傷口の状態は、どのようなものだったのですか」

「カレンの両親は、胸部から腹部にかけて何回も斬り付けられていた。特に、カレンの母親には、多数の傷が付けられていた。エレンは頸部の太い動脈を刺され、ほとんど即死だった。父は犯人と争った後があり、胸部を刺されていた」

「そうすると犯人は、成人の男性と争える力があったということですね」

ハンスはうなずいた。

「いったい、犯人はだれを狙ったのでしょうか。あるいははじめから、全員を殺害しようと計画していたのでしょうか？」

「傷の具合から、マクロード夫妻が標的であったことは確かだろう。エレンとおれの父は、その巻き添えにあったのだと思う。特に父は、元々あの晩ディーダラス館に泊まると決めていなかったはずだ」

「マクロード夫妻を恨んでいる人物はいたのでしょうか」

「その点は何とも言えない。おれには心当たりはないが、おれの知らない事実があったかもしれない。少なくとも、金銭目当の犯罪でないことは確かだ」

その時、ぼくらの後ろから声が響いてきた。

「無断侵入は困るわ。この家はわたしの所有物よ」

振り返るとそこにいたのは、ミステリ作家のアンナ・ヘイヴンだった。

「アンナさん、どうしてここに？」

ぼくはびっくりして言った。アンナはただ微笑《ほほえ》んでいる。

「インヴァネスのミステリ・ナイト以来ですね。スリーパーの件では、お世話になりました。おかげで、赤松さんのストーカーは、撃退できたようです」

小波涼が言った。

「それはよかったわね。君たちはここで何をしてるの？」

「ここはカレンさんが以前住んでいた家なのです。アンナさんこそ、どうしてここにいらっしゃったのですか？」

「今言った通りよ。ここはわたしの家なの。だからいつ来ようと、わたしの自由よ。この館は、わたしがマクロード家から買い取ったの」

彼女はそう言うと、優雅な足取りで、部屋の中央に進んできた。アンナは幅の広い帽子をかぶり、黒いフォーマルなスーツを着こなしていた。その様子はヴィクトリア朝の貴族の夫人のように堂々としていた。

「君たち、理由を知りたそうな顔をしているわね。どうしてわたしがこんな殺人事件が起こった家を買い取ったのか。わたしがミステリ作家で、司法精神医学者だから物珍しさのためにに購入したというわけではないわ。ここはわたしにも、思い出深い場所なの」

「どういう理由ですか？」

　涼の問いに、彼女はためらう様子を見せた。

「君たちに話す必要があるのかしら。それがごく個人的なことだとしたら」

「アンナさん、あなたは十二年前の事件について何か重要なことをご存じなのですね」

「さあ、どうかしら。日本の名探偵君。君のことは、わたしも調べさせてもらったわ。君は日本でドクター・ナグモの片腕となって研究をしているそうね」

「そんなたいしたものではありません。ぼくはただの雑用係りです」

「いったい君はどうして、探偵のようなまねをしているの？　おとなしく日本で、ドクター・ナグモの手伝いをしていればいいでしょう。わたしには理解できないわ。君にとって、この事件はどういう意味があるというの。事件を解決できたとして、何か利益があるのかしら。君は警察でもない、依頼人がいる私立探偵でもない。それとも昔の事件の真相を明らかにして、それを赤新聞にでも売りつけようというつもりなのかしら。単なる好奇心で君は行動しているとでもいうの？　そんなことをしたら、多くの人が傷つくだけよ」

「アンナさん、あなたには、暴かれたくない秘密があるということですか」

「そんなことは言ってない。君の目的を聞いているのよ」

「ぼくは南雲先生の助手ですが、探偵でもあるのです。今回の件は、カレンさんの事務所から正式に依頼されています。ですから、この事件の謎を解くことは、ぼくにとって仕事なのです」

アンナは小ばかにしたように笑った。

「そういうことにしておきましょう。それで、君には何か意見はあるの？」

「まだわからないことばかりです。もし無実なら、なぜジルベールは自殺したのでしょうか。それに今回、どうしてスマイリー博士は殺されたのでしょうか？」

アンナは首を小さく振っただけだった。

「ところで、アンナさん、あなたもスマイリー博士とともに、十二年前この屋敷で行われたパーティーに出席していましたね」

アンナは一瞬険しい表情をした。

「どうして君がそのことを知っているの？」

「ぼくらは、パーティーの出席者のリストを持っています」

アンナが口を開くまで、少し時間がかかった。

「君たちがおかしなことを考えだすと困るから、わたしの知っていることをお話しするわ。ただ、これから話すことは、ここだけの話にしてもらえないかしら。君の言う通り、確かにわたしも十二年前のパーティーの出席者だった。秘密にしていたけれど、その頃わたしは結婚していたの。その結婚は、幸福なものではなかったけれどね。しかしわたしには、愛する子供がいた。けれども、あの殺人事件が起こったために、わたしは夫も子供も失うことになった。この屋敷はわたしにとって思い出深いとともに、いまわしい場所でもあるのよ」

「アンナさん、あなたのお話はどういうことか理解できません」

ハンスが言った。

「事件の被害者は、カレンの家族とぼくの父親です。どうしてあなたが関係してくるのですか」

「そんなことはわかっているわ。事件で殺されたのは、シオンの家族とダンフリーズ卿。シオンはカレンの本当の名前。ただわたしの子供も、この部屋で殺人事件の惨劇の現場を目撃してしまった。あの誕生パーティーには、何人かの子供たちが出席していた。シオンとエレンの姉妹。ハンス、わたしはあなたのことも覚えている。あなたはパーティーの始めにだけいて、すぐに学校があるといって出て行った。そして翌朝、ジルベールが現場を発見した。その時、わたしの息子のウォルターも一緒にいた」

「あなたが結婚していて子供がいたとは、知りませんでした」

ハンスがぽつんと言った。

「あの事件の起こった時、わたしたちはこの近くのコテッジに泊まっていたの。パーティーの時は、息子のウォルターは連れていかなかった。コテッジの管理人に預かってもらったの。次の日の朝、一人でコテッジを抜け出したウォルターは、このディーダラス館の中に入ろうとしたけれども、ドアには鍵がかかっていた。その時、ジルベールが来て鍵を開けた。そして二人はあの惨劇を発見した」

「しかし、よくわかりません。それならどうして、警察はウォルターの尋問をしなかったのですか？」

「それは、警察はウォルターの存在を知らなかったから。わたしはウォルターがいないことに気がついて、すぐに連れ戻した。彼は呆然とした様子でディーダラス館の近くを歩いていた。ジルベールが警察に通報したけれど、彼がウォルターのことを話す前に、ジルベールは自殺してしまった」

「それなら、ウォルターはジルベールの無罪を証明する有力な証人になる。兄の無罪を示すために、ウォルターに会わせてほしい」

ハンスが言った。

「そうね。彼がまともだったらね」

「どういうことですか？」

「事件の現場を目撃してから、ウォルターは人が変わってしまったようになった。あの子は、元々知的な面で問題があった。正確に言うと知能はほぼ正常だったが、さまざまな認知能力に障害があり、医学的には多動を伴う広汎性発達障害だった。それでも、わたしはあの子がいとおしかった。

しかし、子供の父親はそう考えなかった。彼は子供をうとんじたわ。肉体的な暴力もあった。そのため、わたしたちの結婚はほとんど駄目になりかけていた。さらに彼は恐ろしいことを考えた。ウォルターは、別に病気を持っていた。おかしな話に聞こえるかもしれないけど、父親はその病気を直すのではなく病気の症状を悪化させることが、彼の隠れた能力を目覚めさせることになると信じていた。それが誤りの元だった。

ウォルターの脆い心には、事件の衝撃は大きすぎた。彼にはそれを十分に受け止める余裕はなかった。その日からしばらくして、彼は自分の衝動性をコントロールできないようになったの。とうとう最後には、施設で預かってもらう以外どうしようもないほどひどい状態にまでなった。彼は突然些細なきっかけで激しく暴れだし、手当たり次第にあらゆるものを壊したり、壁に頭や拳を打ち付けた。興奮していないときも、ほとんど会話が成立しなくなってしまった。だから、ハンス、残念だけど、彼から事件の話を聞くことはできないのよ。多少は落ち着いたけど、今もウォルターの状態に変わりはないから」

「アンナさん、あなたは十二年前の事件のことを詳しく知っているのですね」

涼が言った。

「そう、ウォルターのことがあったので、わたしも警察に事情は問い合わせた。彼らもジルベールを本気で犯人だと信じたわけではないと思う。村の人たちも同じよ」

「だったら、なぜぼくと母は、執拗な嫌がらせを受けたのですか」

「村人たちは、ジルベールにダーク・ドルイッドが乗り移ったと信じた。そのためにあなたたちを迫害した」

「ダーク・ドルイッド……」

「事件の状況については、わたしは警察から詳しく聞くことができたわ。なぜならわたしは、司法精神医学の部門に勤務していたから、警察とは強いコネがあったのよ。確かに奇妙な事件だった。不可能犯罪といってもよかった。魔性のもの以外には、犯行は不可能のように思えた。だから村の人が、ダーク・ドルイッドが乗り移ったジルベールの犯行だと信じたのも不思議なことではない」

「不可能犯罪とはどういうことです？」

涼がたずねた。

「ディーダラス館はある種の密室だったの。鍵を持っていたのは、家のものとジルベールだけだった」

「合鍵などいくらでも、作れたのではないでしょうか」

「それは違う。この屋敷の鍵は古いケルト様式で、簡単に合鍵を作ることはできないの。鍵は二本しかなく、犯行時一つは屋敷の内部で発見され、もう一本はジルベールが持っていた。彼はその朝早く屋敷を訪問するので、前の晩に鍵を借りていたの」

「あなたの息子のウォルターは、どうしてジルベールと一緒にいたのですか」

「それはよくわからない。朝目覚めた時、彼の姿はすでに消えていた」

「どうしてです?」

「自分で出て行ったのか、それともだれかに連れていかれたのか、わたしには何とも言えないわ」

「あたし、その子を見たような気がする」

振り向くと、そこにカレンが立っていた。

三

「カレン!」

ぼくは思わず叫んだ。

「大丈夫なのか」

「心配かけて、ごめん。でももう平気よ。熱もないわ。ここは今、アンナさんの家なのですね」

独り言のように彼女は言った。

「でももし許されるなら、アンナさん、中に入ってもいいでしょうか。ここは懐かしいあたしの家でもあるのです。あたしの記憶には、何も残ってないですが」

「もちろん、いいわ。お入りなさい」

　アンナは言った。

「でも、あなたの記憶はまったく戻っていないというのは、本当なの？　ウォルターのことを何か思い出したの？」

「その子の名前はウォルターというのですね。でもきちんと思い出したわけではありません。どこかこの近くで、ジルベールではない少年を見たような気がします」

「それはいつの話？」

「パーティーのとき、ジルベールやハンスとあたしは会いました。そのことはかすかに記憶を取り戻しました。でもウォルターと会ったのは、別のときのような気がします」

「ウォルターはわたしがパーティーに連れて行っていない。だからその時、あなたは会っていないはずよ」

　彼女は優しい言葉でそう言った。

「向こうに座りましょう」

　ぼくらは大広間を通り抜け、応接セットがある居間に入った。そして、居間にあるソファに腰を下ろした。

「お茶も何も用意できないわ」

アンナが申し訳なさそうに言った。

「アンナさん、この屋敷を購入されたのはいつですか？」

涼が聞いた。

「どうして？　最近よ」

「随分、タイミングがいい話ですね。まるでぼくらがここを訪問するのを知っていたかのようにも思えます」

「単なる偶然でしょう」

ぼくらは家の中を案内された。屋敷は二階建ての瀟洒な建物だった。一階には大広間の他に、家族用の居間と寝室が三部屋あった。二階には図書室の他に寝室が二部屋あるということだった。

十二年前、この大広間で、カレンの誕生パーティーは催されたという。そしてまたこの同じ場所で、カレンの両親と姉、ハンスの父親が殺害されたのだ。

「二階に行ってもかまわないでしょうか？」

ハンスが聞いた。

「申し訳ないけど、それはお断りするわ。二階にはわたしの私物が置いてあるの」

アンナがそう言うと、だれもそれには反論しなかった。

その後、ぼくらは居間に戻った。

「カレン、屋敷の中を見て何か思い出したことはある？」

ハンスが問いかけた。だが、カレンは首を振った。

「何も思い出せない。あたしは本当にこの家の娘だったのかしら？」

「スマイリー博士から、事件のことは聞いていないの？」

アンナの問に、カレンは首を振った。

「無理に思い出そうとしなくてもいい」

ハンスはそう言うと、優しく彼女の肩を抱いた。


それから三十分余り後、ぼくらはB＆Bの一階にあるパブ「セイント・コロンバ」に来ていた。カレンは無理がたたったのかまた発熱した様子だったため、部屋に戻った。アンナはぼくらに同行していた。

「ハンス、君はあの事件の真相を明らかにして、兄のジルベールの無実を証明したい、そう思っているわけね」

アンナが言った。

「その通りです。ぼくはずっとそのことばかり考えてきました」

「しかし、君の思惑通りには行かなかったわけね。カレンをようやくこの家に連れてきたにもかかわらず、何も新しい事実はでてきはしなかった」

「そうではありません。ぼくはできれば、カレンをこの場所に連れてきたくはなかったのです。リンや涼も知っている通り、日本にいたときから、ぼくはそれを阻止しようと考えていました。しかし、結局カレン本人がこの場所に来てみたい、事件について本当のことを知りたいと望んだのです」

「たぶん、カレンもあなたたちも、スコットランドに来るべきではなかった。そうすれば、スマイリー博士も死ぬことはなかったかもしれない」

アンナは独り言のように言った。

「スマイリー博士の事件で、その後明らかになったことはあるの？」

「今日もインヴァネス警察の知人に連絡してみましたが、捜査は進展していないようです。彼らは目撃者である元俳優のチャールズ・キングの再尋問をしたらしいですが、新しい証言は出てこなかったそうです。アンナさんはご存知ないと思いますが、チャールズは犯人と直接接触したようなのです」

「チャールズ・キング！」

アンナは驚いたように言った。

「あの飲んだくれの名優、アル中のチャーリーね」

「アンナさん、彼をご存知なのですか」

「彼のことはよく知っているわ。昔はいい役者だったのに、落ちぶれたものね。彼の演技は何回か劇場で見たことがある」

「チャールズさんはインヴァネスの路上で、謎の女性と会ったと言っています」

「謎の女性？」

「その後彼は車でアーカート城まで連れて行かれ、そこで奇妙な体験をしたと主張しています」

「酔っ払いのたわ言じゃないの？」

「さあ、どうでしょうか。ぼくには嘘を言っているようには思えませんでした」

しばらくだれも何も言わなかった。パブの中は時間が早いこともあり、他に客はいなかった。薄暗い照明の下で、パブの親父は、黙々とグラスを磨いている。

「アンナさんは、スマイリー先生のこともよくご存知だったのですね？」

涼の言葉に、アンナはうなずいた。

「実を言えば、彼はずっとあたしのあこがれだった。あたしは彼を目標として、司法精神医学の研究者になったの。でも、実態を知ってがっかりしたこともあったけど。それでも、彼の知性にはいつも敬服していた」

「なぜ、スマイリー博士が殺されたのでしょうか？　もちろん、殺人ではないという可能性もありますが。彼が末期の癌だったことはご存知でしたか」

「病気をしているという噂は聞いたことがあった。今回、あたしは短時間だけど彼に会いに行った。でも病気のことは聞けなかった。確かに顔色は冴えないし、随分やせていた。あれが最後になったのね」

アンナはそう言うと感傷的になったせいか、涙声になった。

「アンナさんが博士と会ったのはいつですか？」

「一昨日の昼すぎよ」

「その日の夕方から、博士は行方不明になっています。個人的な話になってしまいますが、アンナさんはスマイリー先生を愛していたのではないですか？」

アンナは涼の顔を凝視した。

「そういう時期もあったかもしれない。でもそれは過去の話。今はただの研究者仲間に過ぎない」

「どうして、博士は殺害されたのでしょう？」

「わたしには、わからない」

「しかしあまりにも、タイミングが良すぎるような気がします」

「タイミングって、あなた、何を言っているの？」

「カレンさんの十八歳の誕生日、彼女の養父であったスマイリー博士がカレンさんを日本から呼び寄せた。これがことの発端でした。昔の惨劇を知っているハンスさんは、カレンさんの記憶を回復させないために、カレンさんがスコットランドに向かうことを阻止しようとしましたが、それは失敗に終わりました。いずれにしろ、カレンさんの記憶は、いつかは回復するでしょう。

カレンさんとぼくらがインヴァネスに着いた直後、スマイリー博士は殺害されました。しかし、それは単純な事件ではありませんでした。ある種の見立て殺人にも見えます。犯人はなぜあのような殺害方法をとったのでしょうか。殺人だけが目的なら、あれほど残酷で奇妙な方法は必要なかったはずです。そして蛇足かもしれませんが、チャールズさんがアーカート城まで犯人に連れて行かれています。この理由もよくわかりません」

「涼、お前は何を言いたいんだ？」

ぼくは彼に聞いた。

「犯行方法のどこかに、犯人の偽装があるはずだからです。なぜ犯人は博士の左手を切断したのか、腹部を切り裂いて内臓の一部を持ち去ったのか、ちぎれるほどに首を切ったのか、そしてなぜ塔の上から吊り下げたのか？」

「確かにその理由はよくわからない」

「まだあります。チャールズさんのことです。本当は犯人はチャールズを殺してしまおうと考えていたのだと思います。彼を殺して自殺か事故にみせかけて、スマイリー先生殺しの罪をなすりつけようと思っていたはずです。そうすれば、ことは簡単だったはずです。しかし、犯人はそれをしなかった。時間的な余裕は十分にあったはずです。これはどうしてでしょうか？」

「見当もつかない」

「たとえば、犯人はチャールズの顔見知りだったのではないでしょうか。知らない酔っ払いかと思って声をかけたのが、よく知っているチャールズだった。そのため犯人は彼を殺すことをためらった。その結果、犯人は急いで猿芝居を演じることにした」

「猿芝居？」

「ネス湖のモンスターのことです」

「モンスター？　チャールズが見たというモンスター？」

「そうです。あれは始めは筋書きに無かったことだと思います。最初は酔っ払いを一人、事故にでもみせかけて殺し、そこにスマイリー博士の腕を置いておくつもりだったのでしょう。そうすれば、チャールズが犯人ということで話はすんでしまう可能性が大きかった。しかし、犯人はそれができなかった」

「つまり、犯人には、チャールズを殺すほど冷酷になれなかったということか」

「おそらくは。犯人は彼を車に乗せアーカート城まで連れてきた。そこでチャールズは子供だましの芝居を見せられたのです。ただ泥酔した彼には、それでも十分でした」

「あのモンスターは実在のものではなかったの？」

ぼくは涼に聞いた。

「ある種の偶然の産物だったのかもしれません」

「偶然というと？」

「犯人はチャールズを脅すつもりだったが、それ以上の考えはなかったと思います。何か不思議な事態が自分の身に起こった。そう思わせるつもりだったのでしょう」

「チャールズの見たモンスターは何だったんだ？」

「一つ考えていることはあるのですが、まだ確信は持っていません。もう少しはっきりしたら、話せると思います」

「本物のネッシーだったということはないのかい？」

ぼくは涼に聞いた。

「さあ、そうかもしれません」

「面白いお話ね、名探偵君」

ぼくらの話を聞いていたアンナが言った。

「君の結論を聞かせてほしいわ。スマイリー博士はなぜ殺されたのか。君には、その理由がわかっているの？」

問いつめるように彼女は言った。

「スマイリー先生は十二年前の事件の真相を知っていたのです。博士自身も、事件と何らかの関わりがあったのかもしれません。彼はそのことをカレンさんに話そうとしていました。しかしそうされては困る人物が、博士を殺した。あるいは直接手を下さないまでも死に追い込んだ」

「そこまでの話なら、だれでもわかるわ。真相って何？　君に昔の事件の謎が解けたとでもいうの？　ディーダラス館は完全な密室だった。そこにはだれも入り込めなかった。だから犯行の可能性があるのは、魔性のものだけ。村の人が言うように、ダーク・ドルイッドが犯人だった」

「医学者であるあなたは、そういう話を本当に信じているのですか」

「魔性のものは実在するわ。少なくともこのスコットランドの土地においては。わたしはそう信じている」

アンナは、とりつく島のない調子でそう言うと立ち上がり、店から出て行った。

四

翌朝、ぼくらはその後どうするか考えあぐねていた。宿泊したB&Bの朝食は素晴らしいものだったが、みなどこか放心状態だった。

十二年前、ディーダラス館で起きた惨劇の謎は解かれることもなく、またカレンにとって養父であったスマイリー博士の事件も解決していない。うつろな表情をしたカレンはほとんど食べ物に手をつけず、すぐに部屋に戻ってしまった。

「君たちの予定は、これからどうなっている」

太った宿のおばさんが、紅茶のおかわりを運んできたとき、ハンスが言った。

「今のところ、予定はないですよ」

「少し気になる点があるんです」

涼が言った。

「アンナさんの現在の勤務先はわかりますか？」

「彼女は、ロンドンの近郊にある精神病院の付属施設に勤めている。そこは犯罪を犯した精神障害者のための特殊な施設だ。地域保安病棟という。彼女が勤務しているのは週に二、三回で、他にはデューティーはないらしい」

「もう一度、アンナさんに会いに行こうと思います。その病院は何という名前ですか？」

「ベスレム王立病院、世界最古の精神病院と言われている所だ」

「ぼくは帝国大学では南雲先生の助手をしているので、病院を見学に行く資格はあると思います。これから南雲先生にお願いして、つてがあるか聞いてみます」

「どうして、アンナに会う必要があるんだ？」

「彼女は明らかに何かを隠しています。アンナさんは、十二年前の事件のことで、もっと詳しいことを知っているはずです。今日はこれから事件のことと、彼女について少し資料を集めるようにしましょう。当時の新聞を読めるとしたら、まず図書館でしょうか」

「そうなるとポートリーまで戻る必要があるな」

「もう一点知りたい点は、アンナさんがだれと結婚していたかということです。正式な結婚だったのでしょうか。彼女の子供の父親はだれだったのでしょうか？　これまでマスコミでも、アンナさんは独身ということになっていたはずです。インターネットがあれば、詳しいことを調べることができるのですが」

「それはこの宿の主人に頼んでみよう」

ハンスが言った。

「あと、事件当時の状況について聞ける人はいないでしょうか」

「警官がいいだろうか」

「当時の捜査官に話を聞ければ一番いいですね」

「それなら、インヴァネス警察の知人に尋ねてみよう。ポートリーの警官を紹介してもらえるかもしれない」

幸いなことに、インターネットは宿のおばさんが自分のパソコンを貸してくれた。アンナの過去を探ることは、ぼくの役割になった。まあこれは仕方がない。英語については、喋るよりは、読む方がいくらかましだ。ハンスと涼はハンスの知人から紹介してもらったポートリーの元警官に会うために、近くの村まで出かけて行った。

さて正直なところ、ぼくの英語力などたかが知れている。それに手元には薄い辞書があるだけだ。

宿のおばさんのパソコンは、残念ながら日本語の表示はできなかった。仕方がない。やれるだけ、やってみよう。ぼくはまず英語のヤフーのサイトを見つけ、アンナ・ヘイヴンのスペルを入力して検索を行った。

ヒット数があまりに多いことにびっくりした。二六万五一四五件。これはアンナが作家であるため、その作品がヒットしているためらしい。それから彼女の学術論文だ。これも件数を増やしている。

ぼくはアンナ自身のホームページを検索してみた。それは存在しないようだった。さて、どうしよう。アンナの作品の批評を読んでも仕方がない。次にぼくは新聞をあたってみることにした。それもゴシップ関係なら、タブロイド紙がいいはずだ。

若者から年寄りまで、猫も杓子も同じような新聞を読んでいる日本人と違って、英国人は階級によって読む新聞が異なっている。典型的な保守主義者の金持ちが読むものは、ロンドン・タイムズ、少し進歩的だとインデペンデンス、ガーディアンはその中間あたりらしい。

労働者階級となると、読む新聞は、派手な表紙のタブロイド紙と決まっている。いわゆる赤新聞だ。イギリスのタブロイド新聞は、かなりの部数を誇っているという。ロンドン・タイムズなど高級紙の四倍あまりの部数があるらしい。表紙は毒々しい赤い見出しが目立ち、タイトルも、だじゃれみたいな、言葉をひっかけたものが多い。中身は、ショッキングな犯罪と、パパラッチによるゴシップ記事が大半である。

このようなタブロイド紙は、古くからイギリスにはあった。十九世紀の切り裂きジャックの事件においても、イラストレイテッド・ポリスニューズというタブロイド紙が、被害者の死体や現場の様子を多数のイラスト入りで事細かく報じている。

ぼくはデイリー・ミラーとサンのホームページを探し当て、アンナ・ヘイヴンの記事を検索した。その結果、両紙合わせても彼女の記事は数件のみだった。「著作のミステリが爆発的に売れた美人精神科医」、彼女のことはそんな風に紹介されていた。しかしその程度は、ぼくも知っている。

気になる記事は一つだけあった。「アンナ・ヘイヴンは未婚の母？」というセンセーショナルなタイトルだった。記事は次のようなものだった。

高名な精神科医であるとともに、ベストセラー作家であるアンナ・ヘイヴンが未婚の母であることが判明した。子供の父親は不明である。彼女の息子はサリー州にある児童保護施設に入所している。われわれのインタビューに対してアンナはこう答えた。「私に子供がいることは事実であり、そのことを特に隠すつもりはありません。子供は障害児であるために、施設に預かってもらっています。わたしが母親としての義務を放棄したわけではありません」彼女は子供の父親については、「尊敬にたる人物」というだけで、それ以上の言及を避けている。

紙面では、彼女の交友関係から同僚の医師が父親である可能性が大きいことを示唆していたが、確定的なことは述べていなかった。また彼女が「年上好み」であることを、ゴシップ的に述べていた。

さて、これでどういうことになるのだろうか。この記事はアンナの話と矛盾はしていない。ぼくが思案していると、涼とハンスが帰ってきた。

「さて、収穫はありましたか」

涼の質問に対し、ぼくはインターネットの記事について彼らに説明した。

「君たちはどうだった？」

「ぼくは図書館で調べものをしてきました。新聞記事のコピーはこれからじっくり見る予定です。引退した警察官の人には、ハンスが会ってきてくれました。その話は彼にしてもらいましょう」

ハンスが話を続けた。

「その元警察官はリチャード・マークスという名前の人のいい親父さんだった。現役時代は、ポートリーの警察署に勤務していた。今はウィッグのそばの小屋に一人で住んでいて、羊飼いをやっている。彼は幸運なことに十二年前事件の起きた時、最初に現場に到着した警官の一人だった。リチャードはおれのことを覚えていてくれた。おれは知らなかったが、おれと母親がジルベールの遺体を引き取りに警察署に行ったとき、彼と会っていたらしい」

「何か、新しい発見はありましたか？」

ぼくは彼に尋ねた。

「新しい事実ではないが、アンナの話が裏付けられた。マスコミには公表されていなかったが、この事件はやはりある種の不可能犯罪だった。リチャードが話してくれたことによると、アンナの話は間違っていない。犯行現場は密室だった」

「密室？」

「リチャードの話では、屋敷の鍵は確かに二つしかなかった。警察はこの点について、徹底的な捜査を行ったそうだ。スカイ島だけでなく、スコットランド中、ケルト細工の鍵が作れる店のチェックを行ったという。その結果、ディーダラス館の鍵が複製された事実はなかった」

「ジルベールが持っていた鍵とは別の、もう一つの鍵はどこにあったの？」

ぼくが聞いた。

「当時ディーダラス館は、通常日中は施錠されていなかったそうだ。夜だけは念のため鍵を閉めていたが、実際に使用されていた鍵は一つだけだった。それが、ジルベールが持っていたものだ。もう一つは、二階の書庫の引き出しにしまわれていた」

「そうすると犯行を終えた後で犯人が鍵を外から投げ込んだりすることは、不可能なわけですね」

「そういうことになる。実際窓は閉じられていたし、書庫の引き出しは施錠されていた。それは複雑な仕組みのものではなかったが、家の外から開けることはできない。そうなると第二の鍵を元あった場所に戻すことが可能なのは、ジルベールが屋敷の中に入ってから後のことになってしまう。わざわざそんなことをする意味があったとは思えないし、実際事件が発見されてから、屋敷の中に入ることは可能だったのだろうか？」

「その可能性があるとすれば、ジルベールが屋敷の中に入って事件を発見し、その後警察が到着するまでの間だけだと思います」

涼が言った。

「それ以降は警察が屋敷の中の捜索をしていたので、警官の目に触れないで入り込むのは困難だったでしょう」

「実際、二階の書庫にあった鍵はその際に発見されている」

「ジルベールが到着した直後に、屋敷の中に入れる可能性はあったのだろうか？」

ぼくはハンスに聞いた。

「それははっきりしない。その時ジルベールは呆然とドアのところに立ち尽くしていたと証言している。それに、部屋の中にはカレンもいた。またアンナの話では、さらに彼女の息子であるウォルターも近くにいたはずだ。いくら彼らが惨劇の現場を見て呆然とした状態だったとしても、三人もの人間がいる場所を気がつかれずに通って二階に上がることができたとは考えられないし、そのような危険を冒す必要もない。また、ジルベールはだれかの姿を見たとは証言していない」

「そうなると、第三の鍵が使用されたとはまず考えられないですね。したがって犯行のため、あるいは屋敷の中に入るために使用されたのは、ジルベールが持っていた第一の鍵ということになります」

涼は立ち上がり、部屋の中を歩き始めた。

「あるいは一応検討しておく必要があるのは、屋敷に侵入するために鍵は使用されなかったという可能性です。第一の鍵が使用されたのであれば、ジルベールが最も怪しいということになります。彼はそれを一晩中持っていたのですから。しかし鍵が使用されなかったのなら、犯人は屋敷の中にいたカレンかあるいはぼくらの知らない人物が、前の晩から屋敷に潜んでいたことになります。それともアンナさんが言うように、魔性のものの犯行ということになってしまいます」

「君もそんなことを本気で思っているわけではないだろう？」

ぼくは涼に言った。

「当時の警察はどう考えていたんだ？」

「リチャードさんの話では、本当は警察では犯人については見当もついていなかったそうだ。五里霧中であったときに、突然ジルベールが事情聴取中に自殺してしまった。そのため、警察は事件をうやむやにすることができた」

「そうすると、警察はジルベールを犯人と考えていたわけではないんだね」

「そういうことになる」

「それならなぜジルベールが犯人とされ、その後ハンスやハンスの母が迫害されなければならなかったんだ？」

「その点はぼくが話そう」

　ハンスが言った。

「だれかが根も葉もない噂を話し始めた。今回のことは、四十年あまり前の事件の呪いだという。その呪いがジルベールにふりかかり、彼が一家を惨殺したのだと」

「四十年前の事件とは何なんです？」

「スコットランドの歴史上有名な悲劇として、グレンコーの虐殺という事件がある。これはイングランド王に忠誠を誓わなかったとされたマクドナルド一族が対立するキャンベル一族によって虐殺された事件だ。数十人の犠牲者が出たと伝えられている。それは十七世紀末のことになる。このグレンコーの虐殺よりも小規模であるが、もっと陰惨な事件が四十年あまり前にスカイ島で起きた。

　スカイ島のスリガハンの谷に、ある特殊な宗教を信じている村があった。彼らは自分たちは東方キリスト教の信者であると称していたが、信仰の内容は黒魔術に近いものがあった。ある時マクロード家の女性がこの宗教に入信した。彼女は自分の子供を連れて、その村に住みついた。それに対して家族はその女性を取り戻そうとしたが、彼女は決してその村から出ようとはしなかった。彼女には、年下の恋人がいた。彼はダンフリーズ家の若者だった。恋に盲目だった彼は、乱暴な手段をとった。彼は一人武装して村に乗り込み、村の家々にガソリンをかけて焼き払うとともに、抵抗する村人たちを狙撃したのだ。

時期はちょうど米ソの冷戦の緊張が高まっている時期だった。キューバ危機が勃発し、不穏な空気が満ちていた。時代が異なれば、この事件は大きく報道されたはずだが、当時はそれほど注目されなかった。

事件の時、村の働き手の多くは仕事に出かけており、幸いなことに残っている村人はわずかだった。それでも六人の村人が死亡し、十五名あまりが重軽傷を負った。マクロード家の女性は恋人の若者を撃ち殺し、自らも自殺して果てた。ただ殺害された被害者のうち三名は、射殺ではなく、村の教会の中でナイフによって滅多刺しにされて惨殺されていた。彼らもダンフリーズ家の若者によって殺害されたと思われたが、なぜそのような殺され方をしたのかわからなかった。死体の側には、ダーク・ドルイッドの紋章が置かれていたという」

「その事件の呪いが、十二年前の事件と関係しているというのですか?」

疑わしそうに涼は言った。

「村人たちが真に崇拝していたのは、キリストではなかった。彼らは黒の貴公子と言われるダーク・

ドルイッドの信者だった。彼らの教会の地下の礼拝堂でダーク・ドルイッドの五角形の紋章が発見されたのだ。教会の奥の部屋には、ダーク・ドルイッドの紋章に描かれているドラゴンのような動物とその他の幻獣の彫像が飾られていた。その部屋では黒ミサのような儀式も行われていたらしい」

「ダーク・ドルイッド！」

「ディーダラス館の惨劇の後、次のような噂を無責任な人々はささやいた。四十年前、マクロード家とダンフリーズ家によってダーク・ドルイッドの村は滅ぼされた。その時の復讐を、十二年前にダーク・ドルイッドが遂げたというのだ」

「そんなことは、信じられない」

「しかし、村人は信じた。少なくとも信じるふりをして、ぼくら家族を排斥した」

「ダーク・ドルイッドに関する伝説について、少し話してもらえるでしょうか」

涼はハンスに言った。

「おれもそれほど詳しいことを知っているわけじゃないが、スカイ島を中心にして、古くから禍々しい魔性の存在として、ダーク・ドルイッドは恐れられている。時には黒魔術におけるルシファーと同一視されたこともあるが、ダーク・ドルイッドは恐らく『悪魔』より遥かに古くからある存在だ」

「ドルイッドが魔性のものであるのはいいとしても、邪悪な存在であるというのはどういう理由なのでしょうか。古くからある伝説やファンタジーでは、ドルイッドは善良な心を持つものとして描かれています」

「そう、君の言う通りだ。ドルイッドは古の神々と人間の中間的な存在であり、不死ではないが、不死に近い性質を持っている。ドルイッドは邪悪な性質とは無縁だ。ダーク・ドルイッドはドルイッドという名前がついているが、本来はドルイッドではない。彼はフェアリーであり、神々が卑小になったものだ。元来の名前は、『黒のフェアリー』という。言い伝えによれば、黒のフェアリーは長い長い旅の後、砂漠の国で邪悪な力を与えられたと伝えられている。その力を持って、彼はエルフの国を征服しに戻ってきた。しかし、エルフの秘宝の力によって、それは果たすことができなかった」

「ダーク・ドルイッドの呪いとはどういうことなのですか」

「時をへて、エルフの霊力は人間の王の娘に封印されたという。それがシオン姫だった。ダーク・ドルイッドはそれに対して、黒魔術の力によってシオン姫に呪いをかけた。だからシオン姫は、聖なる力と闇の呪いを同時に示す存在ということになる。このシオン姫は緑色の瞳を持つと言われてきた。このためダーク・ドルイッドの呪いとは、本来シオンに対して言われるべきことだ。スリガハンの悲劇についても、ジルベールのことについても、オリジナルの意味とはかけ離れている。だれかが話を勝手に大きくしてしまったのだ」

「それは、トニイパンディですよ」

涼が唐突に言った。

「いったい何のことだい?」

「トニイパンディとは、南ウェールズにある地名です。ミステリ作家のジョセフィン・テイさんが、名作『時の娘』の中で書いていることですが、南ウェールズで起こった事件です。一九一〇年に、南ウェールズで鉱夫たちがストライキを行いました。政府は軍隊を使ってそれに発砲しました。このことは当時の内務大臣だったウィンストン・チャーチルの責任だとされました。南ウェールズは決してトニイパンディを忘れないぞ、というわけです」

「真相は違うわけ？」

「事実はこうでした。鉱山のあるロンダ渓谷の中で、気の荒い連中が手に負えなくなりました。商店が略奪されたり、器物が破壊されたりもしました。そのため、警察署長が軍隊を出動させて住民を保護するように、内務省に依頼したのです。しかしチャーチルは軍隊が発砲するような事態を恐れて、非武装の首都警察の一隊を派遣しました。したがって、暴徒との対決においても、まったく流血沙汰はありませんでした。これが、トニイパンディの真相なのです。チャーチルは非難されるようなことは、まったくしていないのです」

「だれかが話を針小棒大にしたわけか」

「そして問題は、人々はみなこの話は作り話であると知っていたということです。ですから、ダーク・ドルイッドの話も、トニイパンディと同じかもしれない。テイ女史が語るように、歴史の真実は人々が語る物語の中にはなく、些細な物事の中にあるのです。新聞の広告、家屋の売買書、召使のメモ」

　ハンスは納得したようにうなずいた。

「まあこの話は置いておくとして、ディーダラス館の話を現実的に考えてみましょう。今のところ、もしアンナさんの話が正確なら、唯一辻褄の合う解決はこういうことになります。殺人事件は、ジルベールがドアの鍵を開けた後で起こった。その時までは事件は起きていなかった。ドアを開けた直後、殺人者は殺戮を繰り返した。かろうじてジルベールは自分の身とカレンを守ることができただけだった。

したがって通報の遅れはジルベールのせいではなく、まさに犯人が殺人を行っていたためでしょう。そしてこれらのことが可能なのは、現在の情報からすれば、アンナさんが話していた彼女の息子であるウォルターただ一人です」

「君の言うようなことが起きたのならば、ジルベールは犯行を目撃していたはずだ。どうしてジルベールはそのことを警察で話さなかったのか？」

「彼はショックのため、ろくに話もできないような状態になっていたのだと思います。医学的には、解離状態にあったのでしょう。目の前で、自分の家族を含む四人もの人間が惨殺されたのですから。そして正確な証言をする前に、彼は絶望感にかられて自殺してしまった。さらにもう一つ恐ろしい可能性があります。ジルベールが目撃者であることを知った犯人によって、彼は殺されたという可能性はないでしょうか。もっともこれには、根拠はありません」

「犯人がウォルター？　なぜウォルターなんだ？　どうして彼が殺人を犯さなければならないんだ。どういう動機があるというんだ。それにまだ子供だったんじゃないか」

ハンスはつぶやくように言った。

「理由はぼくにもわかりません。ですから、ぼくらはぜひとも、アンナさんにもう一度会う必要があるわけです」

「他の可能性はないのだろうか」

「一応検討しておく必要はあるでしょう。まずカレンです。彼女は当時六歳でした。六歳の少女が、成人の男性を含む大人四人を殺害することは恐らく不可能です。被害者は睡眠薬を飲まされた形跡はなく、犯行時みな覚醒していました。そして動機もありません。カレンには、家族を殺す理由はまったく存在していませんし、みなさんも知っている通り、彼女に精神異常の兆候はありません。

もう一つ別の可能性があります。屋敷の鍵は何らかの理由で閉められていなかったという場合です。そうなると、容疑者の範囲は広がります。ハンスさん、この可能性は考えられるでしょうか」

「ジルベールが帰るとき、カレンの父親はジルベールに鍵を渡した。彼は、これでお客さんはみなお帰りだ。だから鍵を閉めて悪いフェアリーがやってこないようにするよ。あしたの朝、君が来るのを待っている、そう言ったのだという。これは母から聞いた話だ」

「その後だれかが訪ねてきた可能性はないの？」

ぼくが口をはさんだ。

「これはリチャードさんからの情報だ。その晩は九月にしては冷え込んだ夜だった。気温が低くひょうが降った。そのため屋敷の前の道はぬかるんでいた。警官が来たとき、その道には、三筋の足跡だけがあった。どれも子供用のサイズのスニーカーのものだった。二つは屋敷に向かうもの、一つは屋敷から離れるものだった」

「その足跡がジルベールとウォルターのものとすれば、矛盾しないわけだね」

「そう、ジルベールは行きだけ、ウォルターは往復した。しかし警察はこれらの足跡はすべてジルベールのものと考えた。彼が自殺してしまわなければ、もう少し詳しい検討も行われたかもしれない。しかし、すべての証拠は消えてしまった。足跡については、写真も残っていないそうだ」

第7章
ロンドン
London

一

スカイ島からロンドンまでの道のりは簡単ではなかった。なぜかといえば、スカイ島には飛行場がないため、陸路を行くしか方法がないからだ。

一番近い飛行場は、ルイス島のストーノウェイである。

しかし、ルイス島に行くためには、スカイ島のウィッグからルイス島のターバート港までのフェリーが二時間あまり、さらにターバートから飛行場のあるストーノウェイまでバスに長時間揺られる必要がある。ルイス島にはカラニッシュという古代人が残した巨大なストーンサークルがあるので、時間があればぜひ訪問したかったが、今回はあきらめることにした。

他に近い空港といえばインヴァネスだ。インヴァネスに行くにはスカイ島に来たときとは、逆の経路をたどればよい。しかしこの経路もカレンの気持ちを考えてとらないことにした。

結局ぼくらはハンスの運転でスカイ島を縦断し、西回りの陸路を選んだ。ぼくらはポートリーからブロードフォードを経由し、スカイ島の南の岬アマデールに行き、そこからフェリーに乗ってマレイグという港に着いた。これでようやくブリテン本島に戻ったことになる。

マレイグからは鉄道のローカル線に乗り換えフォート・ウィリアムを経由し、スコットランド一の大都市グラスゴーにたどり着いた。ここからはローカル線ではなく、ロンドンまでインターシティーに乗ることができた。

ロンドンにたどり着いた時、ぼくらはへとへとになっていた。ハンスが予約したキングス・クロス駅の近くのホテルにチェックインすると、ようやく疲れた身体を休めることができた。

「明日は一日オフにして、明後日アンナさんの病院を訪問しましょう。南雲先生からロンドン精神医学研究所を介して、ベスレム病院にアポイントをとってもらうことができました。明後日はアンナさんが出勤しているということです」

夕食の席で涼が言った。

「ぼくたちの訪問は、公式の施設見学ということになりました。ぼくは帝国大学の助手、リン君は研究生、ハンスさんは通訳ということになっています。その間カレンさんは、ホテルで休んでいてくれますか」

涼の提案にだれも異議を唱えなかった。

「明日はどうしようか」

ぼくは涼に言った。

「リン君、どこか行きたいところはありますか？」

「たくさんあるよ。ロンドン塔にニューゲート、切り裂きジャックのイーストエンドに、絞首人のイルミネーション街、これはディクスン・カーの創作だからフィクションだけど、大英博物館の裏あたりになる。それに松嶋さんは、チェルシーに行ってみたらと話していたね」

「それじゃ、明日はぼくがロンドンを案内しよう。ロンドンミステリーツアーということにしようか」

ハンスは楽しそうに言った。

二

だが翌日カレンが再び発熱したため、ハンスはその看病をすることになった。予期しない事件が立て続けに起きたため、カレンは精神的にかなり参っていた。そのため、ぼくは小波涼と二人でロンドンの町に出かけた。

ホテルは、地下鉄のラッセル・スクエアの駅まで歩いて十分くらいの場所だった。空はどんより曇っている。時々、小雨がぱらぱらと降ってきた。

「これがロンドンの天気です」

涼が言った。

「一年中かなりの日は、空は灰色の雲におおわれているんです。以前はスモッグもひどかったそうです。ただ気温はそれほど下がりません。まず、二階建てのバスに乗ってみましょうか」

ぼくらはニュー・オックスフォード・ストリートまで歩いて、バス停でバスを待った。

「まず行くのは、ロンドン塔がいいですかね。その前にロンドン橋を回って行きましょうか」

涼は目的のバスを見つけて、器用にそれに飛び乗った。ぼくも慌てて彼に従った。ロンドンの赤い二階建てのバスの便利な点は、バス停でなくても交差点などで車が止まっていればいつでも乗りこめることだ。

二階から見るロンドンの町は素晴らしかった。ネス湖のほとりのインヴァネスも、最果ての土地のスカイ島も忘れられない場所だけれど、やはり「世界の首都」であったロンドンは別格だ。ぼくは果てしなく続く古い石造りの街並みを見るだけで、気持ちが高ぶってきた。

レスター・スクエアから、トラファルガー広場を過ぎ、車はストランドを東に走って行く。ロンドン橋の交差点までは二十分あまりだった。

「ロンドン・ダンジャンに行ってみましょう」

涼が言った。

「どういうところ？」

「イギリス流のお化け屋敷ですね」

ロンドン・ダンジャンは、ロンドン橋の駅のすぐ近くにあった。ぼくらは入場券を買うと、暗い通路の中に入って行った。英語が十分に理解できなかったが、ダンジャンの中はおどろおどろしい展示物であふれていた。絞首刑にされた王族の首、拷問にあっている囚人たち、そして無残に殺された殺人事件の被害者たち。

数多くの犯罪者の中で、一番のスターはやはり切り裂きジャックだった。突然ホールが暗くなると、観客は十九世紀末のロンドンに連れて行かれる。そこに黒マントの怪人が現われ、彼は情け容赦なく美女たちを切り裂き、命を奪うのだ。ただし実際の切り裂きジャックがどんな人物であったかは不明であるし、被害者たちも薄幸の美女というわけではなく、年配の娼婦が大部分であったという。

ぼくらはロンドン・ダンジャンを出てから、再び赤いバスに乗ってロンドン塔に向かった。バッキンガム宮殿も、ウェストミンスター寺院も、そして大英博物館も魅力的な場所だけれど、ロンドンと言えばなんと言っても、やはりロンドン塔だろう。

ロンドン塔はロンドンの町の中では、東部に位置している。かつて「見捨てられたロンドン」とか「もう一つのロンドン」と呼ばれ、貧困や犯罪の巣窟であったイーストエンドもそう遠くない。

ロンドン塔の入場料は高い。日本円に直すと大人の料金は二千円近くする。学生料金も千五百円以上だ。これはロンドン塔が王室によって直接管理されているためらしい。

悪名高いリチャード三世によって、エドワード三世の二人の王子が虐殺されたというブラッド・タワーや、処刑台の跡を見物した後、ぼくらは外に出て、「逆賊門」を見に行った。ここはディクスン・カーが、「帽子収集狂事件」の舞台にした場所だ。その門の前には、中世の騎士の格好をした人物がテムズ川をバックにして、一人芝居のパフォーマンスを演じていた。

ロンドンの街角でパフォーマーは珍しくない。しばしば見かけるのは、全身を金箔で塗りたくったり、アニメのモンスターの格好をしたりして、じっと彫像のように動かないパフォーマンスだ。だがこのパフォーマーの様子は違っていた。

「俺は今までどこにいたのだ？　ここはどこか？　美しい日差しではないか？　俺は途方もないたぶらかしにおうているらしい。他人がこんな目にあわされるのを見たら、その哀れさに、見ている俺まで死にたくなるだろう」

中世の老騎士が、舞台の台詞のような調子でぼくらに話しかけてきた。

「大丈夫、あなたはリア王のように、死んだりしませんよ。チャールズさん」

涼がそう言うと、パフォーマーは騎士の仮面を取った。そこに現われたのは、インヴァネスで会った俳優チャールズ・キングだった。

「チャールズさん、飲んでいないんですね」

「そうおれは役者に復帰することに決めた。だから、酒はやめだ」

チャールズは真剣な表情をしていた。しかし、アル中は信用できない。

三

英国、そしておそらく欧州最古の精神病院であるベスレム王立病院は、一二四七年にロンドンの中心部、ビショップゲートに修道院として建設されたと伝えられている。その場所は、シティとイーストエンドの境界付近に位置し、現在のリバプール・ストリート駅あたりに相当する。

古い文献によると一四〇〇年代はじめには、〈魂を奪われた男女〉を収容しているという記載がみられる。

その後ベスレムは数回の移転の後、二十世紀の初頭、ロンドン南東部の郊外にある閑静な田園地帯に移った。移転先の周囲は人気のない荒地であったというが、現在病院の建物は、首都のベッドタウンである閑静な住宅地の中にたたずんでいた。

ベスレムのあるモンクス・オーチャードは、ロンドンの庭園と呼ばれるケント州にあり、セントラル・ロンドンから車で一時間あまりの距離に位置していた。

ロンドンの街中にあった頃、ベスレム病院はベドラムと呼ばれていた。そこに入院していた精神科患者たちは、公衆にとって一種の見世物となっていた。ベドラムにおいて患者の奇妙な様子を見物することと、ニューゲートでの囚人たちの公開処刑を見ることが、かつてのロンドンの民衆にとって最高の娯楽であったという。

当時は、犯罪の犯行現場も見世物になっていた。公衆は残酷な殺人事件の被害者の死体を、入場料を支払うことで見ることができた。P・D・ジェイムズ女史の「ラトクリフ街道の殺人」には、その様子が克明に描写されている。

英国内務省および特殊病院行政管理局が管轄する「保安病棟」は、ベスレム王立病院の敷地の中で最も奥まった場所に位置していた。保安病棟とは地域保健局が運営する特殊病棟で、重大な犯罪を犯した精神病患者と精神病質者を収容、治療するための専門施設の一つだが、比較的最近設置されたものである。

英国では危険な精神障害者、あるいは重大な犯罪を犯した精神障害者を収容するための施設として、すでに十九世紀にブロードモア特殊病院が設立されていた。ここは病院という名称はついているが、ある種の刑務所で、ほとんどの患者にとって刑期は無期限であった。ディクスン・カーは、作品の中でしばしばこのブロードモア特殊病院に言及している。たとえば、「赤後家の殺人」では、探偵役のメリヴェール卿は犯人について、刑務所よりもブロードモアに送るのが適当だと語っている。

その後辺境の地に特殊病院が増設されたにもかかわらず、これらの病院が過剰収容となった上、さまざまな不祥事が頻発した。このため特殊病院の機能を地域に分散する目的で、小規模の治療施設である保安病棟が各地に設立されたらしい。

現在では一施設あたり二十から五十病床程度の小規模の保安病棟が、イングランドとウェールズに約千床あまり運営されている。保安病棟は特殊病院および刑務所から犯罪性の精神障害者を受け入れ、その治療と社会復帰にあたるのが主要な業務である。

ベスレム王立病院の保安病棟には、デニス・ヒル・ユニットという名がつけられていた。デニス・ヒルとは、英国の過去の高名な精神医学者の名前である。

この病棟は二十五床の小規模な施設で、他のユニットと同様に特殊病院や刑務所の拘置所などから患者を受け入れていた。患者の大半は、殺人、傷害、強姦などの重罪を犯した精神病患者、それも主として統合失調症患者であったが、一部には性犯罪を犯した精神病質者も含まれていた。

デニス・ヒルの患者の多くは二十代から三十代の若者で、また人種的には黒人が多かった。彼らの大部分はかつて英国領であった西インド諸島からの移民やその子孫で、アフロ・キャリビアンと呼ばれていた。

四

サウス・ロンドン大学およびロンドン精神医学研究所の教授であり、内務省特殊病院行政管理局の顧問でもあるアンナ・ヘイヴン医師のつてにより、ぼくらがベスレム王立病院を訪れたのは、肌寒い初秋の一日だった。ドイツ在住の科学者、梶ヶ谷秀行もぼくらに同行していた。梶ヶ谷は神経病理学の研究者で、南雲先生の旧友だった。梶ヶ谷がロンドンで開催されている国際学会に出席していることを知り、南雲先生は彼にぼくたち一行に同行することを依頼したのだった。デニス・ヒルには、やはり南雲先生の旧友であるマッギース医師が勤務していた。長期間ヨーロッパに滞在している梶ヶ谷の英語は達者で、ハンスともすぐにうち解けた。デニス・ヒルを訪問する経緯について梶ヶ谷は、すでに聞いているようだった。

一行を出迎えたアンナの様子は、スコットランドで会った時とは随分異なっていた。あらためて彼女を見ると、理知的な風貌の美しい小柄な女性で、やせた身体を高級品らしいスーツで包んでいた。アンナはすでに五十歳近い年齢のはずだったが、せいぜい三十代後半にしか見えなかった。

ぼくたちは、セントラル・ロンドンの南東部カンバウェルにある精神医学研究所のアンナの研究室で彼女と落ち合い、アンナ自らが運転する車でベスレム病院まで一緒にやって来た。

「日本人の見学の依頼というから、こんなことかもと思っていたけど、あなたたちがスコットランドの事件の話がしたいのなら、後にしてよ」

アンナは涼に小声で言った。

「まず病院を見学してください。その後、時間をつくるわ」

「心配しないでください。病院で事件の話をしたりはしません」

涼はそう答えた。

涼の話では、アンナは英国の司法精神医学界における期待されている研究者だということだった。多くの医師が富裕な階級の出身であるのに対して、女性でありまた労働者階級から身を起こしたアンナは異色の存在らしかった。


豊かな緑の樹木に包まれた広い敷地の中に、ベスレム王立病院の赤い錬瓦の病棟が点在していた。ぼくらは病院の正面玄関で車を降りた。保安病棟であるデニス・ヒル・ユニットは、病院の敷地の一番奥まった場所に位置していた。

それは、一見山小屋風の二階建ての瀟洒な建物だった。一階の明るいガラス張りのドアを抜け、ぼくらは二階にある会議室に通された。

「この建物は一階が病棟で、二階が管理部門となっています。今日これから、入院患者のカンファレンスが二階であります。病棟を一回りしたら、それにぜひ出席してください。わたしの代わりに、別の人がみなさんを案内します」

アンナはそう言って姿を消した。案内してくれたのは、背の高い三十代前半と思われる精悍な黒人青年だった。彼は自らを、デニス・ヒルのサービス・マネージャー、モリス・ギルと名乗った。

ギルはぼくらを連れて、軽快な足取りで階下に降りた。

病棟の入口には、間を狭い渡り廊下で仕切られている二重ドアがもうけられていた。それは一方のドアが開いている時は、他方のドアは開けられない仕組みになっていた。

病棟の内部は、一見快適なように見えた。

そこは、病室というよりも、ロンドン郊外でよく見かけるこぎれいなフラットのようだった。しかし、建物の周囲に張り巡らされた金属のフェンスは、嫌でもそこが単なる住居ではなく、収容施設であることを思い起こさせた。

「現在、ここには二十五名の患者が入院しています」

歩きながら、ギルが言った。

「入院期間は一年半までとされています。多くが、特殊病院や刑務所から入院してきた患者で、大部分は統合失調症です。年齢はさまざまで、十代から六十代までの患者がいます。入院当初は診断と今後の方針をたてるために、患者の行動は厳しく制限されますが、安定した状態になると、病院内にある作業施設や外部のデイ・センターに通所することも認められます」

「ぜいたくなものですね」

梶ヶ谷医師が、独り言のように言った。

「えっ、なんですか」

「この病棟には、職員はどれほどいるのですか?」

「医師は五名います。看護職員の定員は、患者の倍、約五十名ほどいます。もっともその半数あまりは、無資格のアシスタント・ナースです。その他にケースワーカー、心理士などが数名ずつ配置されています」

「うらやましいもんだ。日本だったら、一番スタッフの多い病院でもこの三分の一以下ですからね」

「確かにこの病棟は恵まれていると思います。しかし、われわれはそれにふさわしい仕事は十分にしていると思います」

梶ヶ谷の言葉に気分を害したのか、ギルは鋭い目つきをして答えた。

ぼくらは、狭いが機能的な患者の個室、広く明るいダイニング・ルームや作業施設などを見学して回った。その後、病棟の見学を終え、二階のカンファレンス・ルームに移動しようとした時だった。突然、鋭い警報音が鳴り響いた。

「ダイニング・ルームだ！」

看護スタッフのだれかのそう言う叫び声が聞こえると、病棟に散らばっていた数名のスタッフたちは、みな一方向に向けて駆け出し始めた。

「だれかが、緊急事態を告げる非常ベルを押しました。誤報かもしれませんが、わたしも、すぐそこに行きます」

ギルがそう言って駆け出したので、ぼくたちもその後に従った。

病棟の食堂では、数名の看護士が若い白人の男性を床に組み敷いていた。一人の職員が、彼に馬乗りになり、他の数人が四肢を抑制していた。倒れた白人患者の右手には柄の細いナイフが握られ、ナイフの刃は赤く染まっていた。看護士の一人が、そのナイフを取り上げた。

「何があったんだ！」

鋭い目つきをしてギルが叫んだ。数名の職員が顔を見合わせたが、比較的年長の看護婦が話し始めた。

「この患者は一昨日ブロードモア病院から入院したニック・カークウォールですが、隠して持っていたナイフでビルに襲いかかろうとしたんです」

「ビル、怪我は？」

ギルは、患者を組み敷いている看護士の一人に向かって言った。

「自分は大丈夫です。かすり傷程度でした。近くにいた数人で取り押さえたので、ニックの野郎もそれ以上の暴力には及びませんでした」

大柄の男性職員が言った。

「いったいどうして、この男はナイフなんかを持ち込めたんだ？　入院の際、所持品の検査は慎重にしたはずだ」

ギルは顔をしかめた。看護士たちは無言だった。

「こいつ、どうしましょうか」

ニックを押さえ付けている看護士の一人が言った。ニック・カークウォールは、床の上で組み敷かれながらうすら笑いを浮かべていた。

ニックは二十代前半の整った顔だちの白人青年で、金髪の髪を長く伸ばしていた。しかし、その表情の中に、どこか不自然で不気味なものが隠されているようにも思えた。

「注射を用意してください。アチバンを二アンプル、生食に溶いてください」

声のした先を見ると、そこにいたのはアンナだった。彼女は患者に近づいて言った。

「彼には、少し眠っていてもらいましょう。注射をして隔離室に入ってもらうのがいいでしょう」

「ちょっと、冗談言うなよ」

突然、ニックが怒鳴り声を上げたので、ぼくは思わずぎょっとした。ニックは看護士たちのいましめから逃れようとしたが、それは不可能だった。

「おれが何をしたっていうんだ。おれが悪いんじゃない。頼むから独房だけは、勘弁してくれよ。お願いだから、やめてくれよ」

アンナはしゃがみこみ、喚いているニックの顔を覗き込んだ。

「ちくしょう、助けてくれよ。助けてくれたら、あんたには悪いようにはしないよ」

ニックは今度は猫なで声を出したが、アンナはとりあわなかった。

太った看護婦が注射器とアルコール綿を持ってきた。ニックは注射をされるまで、手足をばたつかせ騒いでいたが、やがてクスリの効果のためかおとなしくなり、ストレッチャーに乗せられ隔離室に移された。隔離室の中で看護職員は数人でニックの所持品をあらためると、慣れた手つきで薄茶色の病棟衣に着替えさせた。ニックは入眠したままで、騒ぎ立てることはなかった。

「あの患者はだれなの？」

病棟から出がけにアンナがギルに尋ねた。

「ヘイヴン先生はまだご存知ないかもしれませんね。名前は、ニック・カークウォール、一昨日の新入院です。ブロードモア特殊病院からの転院患者です。まだ入院時のカンファレンスもしていません。ブロードモアがいっぱいになったので、こちらに押し付けてきたのでしょう。向こうの病院からの情報では、非常に安定した状態で暴力的になることはまったくないはずでしたが、転院はまだ早すぎましたね」

アンナは早口で質問を続けた。

「カークウォールは、これまで何をしたんですか？」

「最初は傷害事件、これは十六歳の時です。路上で面識のない男性を激しく殴打して、重症を負わせています。その後彼は少年院に入りましたが、出所後しばらくは外国で女性のヒモのような生活をしていたようです。その後ロンドンにもどり、ブリクストンに住んでいた時、強姦と強盗殺人を犯し逮捕されています。ニックはその他にも数件、性犯罪を犯していることが明らかにされています。刑務所の医師の診断で、彼は精神病質と診断されブロードモアに収容されました。今回改善がみられたということで、デニス・ヒルに移送されてきましたが、この様子では元に戻すべきでしょう」

「クソ野郎！」

アンナは吐き捨てるように小声で似合わない言葉を言うと、早足で病棟を後にした。

その後ぼくらは、見学者らしく一時間あまり入院患者に関するカンファレンスにつきあい、さらに保安病棟の現状について、マッギースおよび途中から加わったアンナと議論を交わした。

「わたしは、さっき騒ぎを起こした患者を少し診ておこうと思いますが、あなたたちはどうしますか」

彼女は、立ち上がりながら言った。

「そろそろ薬の効果が切れる頃なので、目を覚ましているかもしれません」

「ヘイヴン教授、あなたがそこまでしなくてもいいでしょう。わたしか、それともレジストラーのテイラー君の手があいているはずです」

マッギースが、驚いた顔をしてアンナを見た。

「この保安病棟に凶器を持ち込むという、重大なアクシデントがありました。上に立つものがしっかり仕事をしないと、下のものも仕事に身が入らないし、安心できないでしょう。それにわたしはあの患者を見ていると、またトラブルを起こしそうで不安になるのです」

彼女はそう言うと、先に部屋を出ていった。時刻はちょうど午後三時をさしていた。

階下で、看護士の一人を伴い、アンナと一行は保安病棟の隔離室に向かった。彼女は先頭に立ち、重い鉄の扉の鍵を開けた。

そこは、何もない部屋だった。

広さは四畳半位であろうか、部屋は床も壁も白いペンキで塗られていた。部屋の片側には背の低い鉄の寝台が置かれていて、ニックはその上に毛布をかぶって横たわっていた。彼はまだ眠っているようだった。

入口近くの片隅には、小さなしきりの裏に便器が置かれていたが、他に調度品はなかった。鉄格子の入った狭い窓の外には、背の高い金網のフェンスが広がっていた。

アンナは寝台の方に近づいて行って、ニックがかぶった毛布を機械的な手つきで取り払った。

「ニック、目が覚めましたか？」

彼は返事をしなかった。そして、薬物が幾分残っているらしいとろんとした目つきでアンナを見た。

「ニック、いくつか質問に答えてもらうわ。あなたはどうしてこの病棟に入ることになったのですか？」

「知らねえよ。そんなこと」

呂律のまわらない口調で、ニックが答えた。

「今日のような暴力事件をまた起こしたら、刑務所に行くか、再度ブロードモア送りにしなければならなくなる」

「待ってくれよ。今日のことは、おれが悪いんじゃないんだ。あの看護士がおれにひでえことを言いやがったんだ」

「いい加減なことを言うな。お前はナイフをどこで手に入れた？」

ギルが厳しい口調で尋ねた。

「あれは、おれのものじゃない。きっとだれかがおれを陥れようとして、おれの荷物の中につっこんどいたのさ。おれはおかしなことはしていない」

「ニック、嘘をつくのはやめろ」

ギルにそう言われても、ニックはただにやにやするだけだった。

「ニック・カークウォール、あなたはこれから、自分の行動を変えるつもりはあるのですか？　それとも、今までと同じように生きていくつもりですか」

アンナが尋ねた。

「おれは、おれのままさ。おれがこんな風になったのも、別におれが悪いわけじゃない。悪いのは、おれの親父とお袋のせいだ。ばかでアルコールづけの父親が、おれをこんな風に育てたわけだし、そんな親父を見捨てたお袋がそもそもの原因さ」

「いい加減なことを言うな！」

ギルが怒鳴りつけた。

「お前には、元々父親なんてものはいなかった。ニック、お前は私生児だ。父親なしで生まれたお前を母親はもてあまし、子供の頃から施設に預けたとお前の記録には書いてあった」

ニックはギルの言葉に顔をそむけた。

「家庭環境に問題があったからといって、あなたがしたことが許されるわけはない。このままでは、一生病院暮らしになるわ。それでもいいの？」

優しい口調でアンナが言った。

「何、あんたは、わからねえこと言っているんだよ。おれをどうかしたかったら、好きにしろよ。おれがどうなろうと、だれも知ったことじゃない。親父がいないのは酒とクスリでくたばっちまったからだろうし、お袋の野郎は、親父が死んだ後別な男とくっついていい暮らしをしているに決まってるんだ。このおれをとんでもない施設に入れてな。ろくでなしのおかま野郎ばかりで、おれは参っちまったぜ。おれがあそこでどんなめに遭わされたか、お前らにはわかるはずがない。あんたたち、これ以上おれをひどいめに遭わせたら、おれは手前らのことを絶対忘れないからな。いつか必ずぶっ殺してやる」

そう言うと、ニックはふらふらとベッドから立ち上がった。アンナは目でぼくたちに、隔離室から出ていくように指示した。ぼくらはそれに従い、ドアの外の通路で待った。

アンナはニックのすぐそばまで近づいた。そのまま彼女はニックと小声でごく短時間立ち話をしていたが、やがて部屋から出てきた。ギルが鉄の扉を閉じる時、まだ鎮静薬が身体に残っているらしいニックが、ふらふらとベッドに倒れ込む姿が見えた。

アンナはため息をついた。

「彼は、難しいケースだと思います。やはりデニス・ヒルに来るのが早かったのでしょう。たぶん、もう少しブロードモアで様子を見ていた方がよかったのかもしれない」

うんざりした口調で彼女が言った。

「診断は精神病というより、精神病質ですね？」

梶ヶ谷が尋ねた。

「わたしも今日初めて会ったばかりなので詳しい病歴は知りませんが、今の面接の様子からすると恐らくそうだと思います」

「私見になりますが、精神病質者を他の精神病患者と同じ病棟で治療するのは好ましいこととは思いません」

「それについては議論が分れる所です。わたし自身も、まだはっきり結論が言える段階ではありません。ただ英国の精神保健法では、精神病と精神病質を同様に扱っています」

五

その後、ぼくたちはマッギース医師に案内されて、デニス・ヒルの親病院であるベスレム王立病院の中を見学した。病院の敷地は広々としていて、まるで公園の中にでもいるようだった。一時間あまりして、デニス・ヒルに戻って午後のお茶を飲んでいた時のことだった。時刻はちょうど四時をさしていた。

階段を登ってくる慌しい足音が聞こえてきた。年配のナースが、カンファレンス・ルームに駆け込んできた。

「マッギース先生、大変なことが起こりました。ニックが隔離室の中で血まみれになって死んでいるんです！」

「何だって」

マッギースはそう言うやいなや、部屋を飛び出して行った。

「先生、ぼくらも行ってみましょう」

涼は梶ヶ谷にそう言うと、ぼくらを促して病棟に向かった。

隔離室の金属製の床の上に、ニック・カークウォールは仰向けに横たわっていた。その右腹部には、細く長いナイフが突き刺さり、傷口から流れ出た血液が赤黒く床を染めていた。死体の横には、ギルが呆然と立っていた。マッギースはニックの身体をあらためた。

「これは、刺されてからまだあまり時間はたっていない。脈拍は停止しているが、まだ身体は温かい」

マッギースは死体の側にいたギルを見て言った。

「バイタルサインはとったかね」

「われわれが発見したとき、すでに脈拍は触知できませんでした。今院内にいる内科医に往診を依頼していますす。死亡を確認するだけになるでしょうが」

「このナイフはだれのものだ？」

「たぶん、それは病棟の作業療法室にあったものだと思います。どうしてここにあるかは不明です。彼が室内に持ち込めたとは思えません」

ギルがそう答えた時、長身の若い医師が息を切らして入ってきた。彼は自己紹介をすると、すぐにニックの身体の診察を始めた。

「残念ながら、もう駄目ですね。すでに失血性ショックで亡くなっています。蘇生をしても無意味です。あとは警察の仕事です」

慣れた様子で、内科医が言った。

「死んでからあまり時間はたっていないようだが」

マッギースが尋ねた。

「ええ、わたしもそう思います。体表の温度からすると、まだせいぜい十分程度ではないでしょうか」

「そうなると、彼が殺されたのは、スタッフがここでニックを発見した直前ということになる。ギル、発見者はだれかね」

マッギースがギルの方を向いて言った。

「十六時の見回りを、わたしともう一人別の看護婦で行っていたときでした。隔離室のドアをいくら叩いても返事がないので、中に入ったところ、ニックがこのように倒れて死んでいたのです。付け加えることがあるかね、ジェーン？」

ジェーンと呼ばれた若い看護婦は、興奮気味の口調で答えた。

「ギルのおっしゃる通りです。わたしたちが発見したとき、ニックは今そうしているように倒れていました。そして、ギルの指示で、わたしはすぐ看護室に行ってみなに知らせたんです」

「いったい、これは何ですか？」

涼がまだ温かみの残る遺体に近づきながら言った。ニックの右手は横に投げ出されていたが、その血まみれの指は床に何かの文字を描いていた。

「これはVの文字ですか？」

瀕死の状態の中で、ニックが自らの血液で描いたのは、確かにアルファベットの「V」という文字のように思えた。

「ダイイング・メッセージでしょうか」

マッギースは首を振りながら涼を制した。

「小波君、その話は、後に回そう。まず、時間的な関係を明らかにしておこう。一時間ほど前、ヘイヴン教授とわたしたちが隔離室でニックを面会した時、彼は確実に生きていた。その後、ここに近づいたものはだれかいるのかね？」

「マッギース先生、担当医であるあなたが、この病棟のシステムを忘れたわけではありませんよね」

いらいらした調子でギルが答えた。

「この隔離室のある区域は、他の場所からは完全に独立しています。病棟の他の区域との間には、施錠された頑丈なドアがありますから、患者はもちろん入ることはできませんし、職員も看護室にある鍵を利用しなければなりません。鍵を使用したものは、記録簿にサインする必要がありますし、ドアの出入りはビデオカメラでモニターされています」

ギルは後ろの方にいた年配の職員に向かって言葉を続けた。

「ポール、君は今日のリーダーだから看護室にずっといたはずだね」

「そうです。おれはずっとナース・ステーションに詰めていました」

「隔離室の鍵を持ち出したものは、だれかいたかね」

「いいや、神様でも、妖精の王にでも何にでも誓いますが、さっきあんたとジェーンが隔離室に入るまで、あの鍵に近づいたものはありませんや」

「それじゃ、どういうことになるんだ？　いったいニックを殺した犯人は、どうやって隔離室の中に入ったというんだ？」

マッギースが声を張り上げて言ったが、みなお互いの顔を見合わせるだけだった。

しばらくして警官が訪れ、ぼくたちは現場を後にして二階に引き上げた。その晩、簡単な事情聴取を終えて涼たちがベスレム病院を後にした時、事件の真相はまったくわかっていないようだった。

六

「明日の朝の出発は早いのかね？」

マッギースが、斜め前に座った梶ヶ谷に聞いた。ニック・カークウォールの殺害事件から二日後の夜だった。

「予約してあるフライトは昼前だから、九時過ぎにはホテルを出る必要があると思う。ヒースローまでは渋滞しているかもしれない」

梶ヶ谷が答えた。彼は明日勤務先のあるドイツに戻る予定になっていた。

「本当なら、昨日はみなさんをどこかに案内する予定で空けておいたのだが。あのような事件があったので、それができなくなってしまった」

マッギースは申し訳なさそうに言った。

「それよりも、事件はどうなったのだ。犯人の見当はついたのですか?」

前菜のオイスターをほおばりながら、梶ヶ谷が尋ねた。

明日の梶ヶ谷の帰国を前にして、ぼくたちはマッギース医師に招待され、彼の行きつけであるという、フリート・ストリートにあるニュー・ブリティッシュ・レストランで食事を始めたところだった。イギリスのレストランの評判はおおむね良くないが、最近開店しているニュー・ブリティッシュの店は、コンラン卿の店を筆頭に評価が高いものが多いのだという。このレストランもそうしたものの一つだった。

テーブルには、疲労を隠せないアンナも同席していた。

「さあ、まるで見当はついていない。どうも、捜査陣は自殺説に傾いているようだ」

マッギースが答えた。

「自殺だって？　そんなことは、ありえないことは君にもわかっているだろう」

梶ヶ谷が言った。

「そこまで、はっきり断言できるものでしょうか？」

先ほどまで沈黙を守っていたアンナが、やんわりと水をさすように言った。

「梶ヶ谷先生、自殺説を否定される根拠を教えてもらいましょう」

「まず傷口の位置が問題です。被害者の腹部の傷は、右側腹部、それもどちらかというと背部に近い位置にありました。被害者は右ききであったわけですから、きき手側の側腹部を自ら刺すことは、自殺としたら非常に不自然です。さらに被害者の人格的な面から考えても、あのような状況における自殺は不可解です。まったく自殺の動機が存在していません。彼のような精神病質者が自殺することが絶対にないとは言いませんが、極めて考えにくい」

「それらは、いずれも状況証拠です。それでも、自殺である可能性は残ります。精神病質者の攻撃性が突然自らに向くことは、珍しい例ではありません」

アンナが断定するように言った。

「指紋はどうだったのでしょうか」

涼が尋ねると、マッギースは首を横に振った。

「実は、指紋の件が自殺説にとっては、具合の悪い事態になっているらしい」

「というと？」

「凶器のナイフには、指紋は一つも残っていなかった。何かで指紋をぬぐったような跡があったそうだ」

「アンナさん、そうなると、自殺説はまず考えられないでしょう。ニックが自殺したのなら、ナイフに彼の指紋がついているはずです」

涼がアンナに言った。

「さあ、でもニックのような患者なら、常人では考えられないような事態もありうるかもしれない。自殺でないように細工をして、自殺をすることも起こるかもしれません」

「どうして、そんなことをするというのですか」

「職員を陥れようとしたのかもしれない」

メイン・デッシュが運ばれ、テーブルの周囲の五人は黙々と料理に集中した。やがて、マッギースが沈痛な表情で口を開いた。

「今回の事件は、デニス・ヒル開設以来の不祥事です。保安病棟の中に、凶器のナイフが持ち込まれただけでも許し難いのに、そのナイフで患者の一人が死んだのだ。事件の真相が明らかになったら、病棟の責任者であるわたしは、今の職から身を引こうと思っている」

マッギースの言葉にアンナが答えた。

「あなたの責任は、最終的には司法精神医学教授であるわたしの責任でもあります。あなたは今後も現在の職にとどまってほしい。むしろ、わたしが後進に道を譲るべきなのかもしれません」

「責任をどうするかというより、まず、事実を明らかにする方が先でしょう」

涼が独り言のように口を開いた。

「しかし、そのことは現状より悪い事態を招くかもしれません」

涼はそう言うと、マッギースとアンナを見つめた。

「何を言いたいの？　君は、真相を知っているとでもいうのですか？」

アンナが幾分あざけるような調子で言った。

「そうです。たぶんぼくは事件の犯人を知っていると思います。ただし、犯行の動機までは理解していません」

「面白い。そこまで言うなら話してもらいましょう。東洋からきた少年探偵に期待しているわ。日本は名探偵の宝庫だという話を聞いたことがある」

皮肉な調子でアンナが言ったが、涼はそれを無視した。

「まず、始めに密室の謎から考えてみましょう。午後三時の時点から四時の時点まで、現場の隔離室は固く施錠されており、人の出入りがなかったことは一応確実らしくみえます」

「あらためて言うまでもないわ」

アンナがはき捨てるように言った。

「そう断言できるでしょうか。たとえば、看護スタッフ全員か、あるいは少なくともあそこにいたスタッフの大部分が共犯であれば、口裏を合わせて隔離室に入り込むことは容易なことだったでしょう」

「確かにそういう見方もあるかもしれない。しかし、何のために彼らはそんなことをしたというのかね？」

マッギースの問に涼が答えた。

「ぼくは共犯説を支持しているわけではないですが、完全には否定できません。しかし、犯行時間からすると、おかしなことになります。スタッフ全員はサービス・マネージャーであるギルが四時に病棟の見回りをすることを知っていたはずです。それならどうして、犯行時間が四時ぎりぎりだったのでしょうか。もっと早く犯行を行うことも可能だったはずです。これは、共犯説の最も不自然な点です。

それに、ニックを確実に殺す方法をとらなかったことも不思議です。時間的には、十分余裕はあったはずです。あの時の遺体の状態を考えると、もし発見がもう少し早ければ、命を助けられないまでも、ニックの口から犯人の名前を聞くこと位は可能だったかもしれません。さらにダイイング・メッセージのことを考えても、彼は即死ではありませんでした。腹部の刺創では即死が少ないことは、医療関係者にとっては常識でしょう。この二点が、ぼくが共犯説を否定する根拠です。もっとも、スタッフ十名余りが全員共謀して一人の患者を殺すということは、動機の面から考えても常識的にはありえないと思いますが」

「それでは、どういうことになるのかね？」

「つまり、スタッフの潔白を認めるということは、隔離室が密室であったことを認めることになります」

「密室とは、懐かしい言葉ね。もう時代遅れなのでしょうけど、わたしはその言葉が好きだわ」

アンナが言った。

「わたしがまだ若い頃は、そうした作り話の殺人物語が人気があった。バークリーやセイヤーズのペーパーバックを、わたしも読んだ記憶がある。亡くなったスマイリー先生は、大のカー・ファンだった。カーが英国からアメリカに行ってしまったのを、いつも嘆いていたわ」

「ヘイヴン教授は、その方面の専門家でしたな。有名な著作もある」

　マッギースが言った。

「ぼくは、ロースンの名前も、それに付け加えてほしいですね」

「君はクラシックなミステリのファンなのね」

　涼はアンナの言葉にうなずいた。

「そうです。そして作家アンナ・ヘイヴンのファンでもあります。事件の話を続けましょう。それでは、犯行はいつ起こったのでしょうか。問題の時間帯には隔離室の中に侵入できなかったわけですから、重要なのは密室ができる直前か、あるいはそれが開放された直後です」

「しかし、それはおかしい。三時過ぎにはわたしたちがニックと話をしていたし、四時に発見された時に彼はすでに死んでいたはずだ」

　マッギースが口をはさんだ。

「本当にそうなんでしょうか」

「というと？」

「何か見落としがあるとすれば、その点しかありません。まず、密室が開放された後について考えてみましょう。倒れていたニックを発見したのは、マネージャーのギルともう一人別の看護婦でしたね」

　涼がアンナの方を見て言った。アンナがうなずいて賛意を示した。

「ニックが発見された時、まだ彼の身体に温かみがあったということをすなおに考えるなら、彼が刺されたのは四時前後ということです。そうすると、ニックを殺す最も大きな機会のあったのは、発見者の二人ということになります。中でも容疑の濃いのは、同行した看護婦を使いに出し、ニックと二人きりになったギルなのです。彼は短時間ながら、隔離室に一人でいる時間がありました。その時、彼は犯行を犯すことが可能だったはずです」

「しかし、それはおかしい。君の話には間違いがある」

マッギースが言った。

「同行した看護婦の証言でも、彼らが部屋に入った時、ニックはすでにニックは血を流して倒れていたと言っている。君の仮説とは、矛盾しないかね」

「おっしゃる通り、彼ら二人が部屋に入った時、ニックはすでに床に倒れていたのは事実でしょう。二人が共犯でないことが確認できれば、看護婦の証言は信じてもいいと思います。しかしその時、彼はまだ息絶えてはいなかったのです。ニックは血まみれだったかもしれませんが、死んではいなかった。その瀕死のニックにとどめの一撃を加えたのが、ギルだったのではないでしょうか。あるいは、ニックは軽傷であった可能性もあると思います。これで死亡時間の件は、解決されます」

「よく、わからない。もう少し説明してくれないか」

「つまり、四時の段階でニックはすでに傷つき瀕死の状態だった、あるいはそこまでいかなくても腹部から出血し意識を失って倒れていました。そこをギルたちが発見し、看護婦を使いに出した短い時間を利用して、ギルがニックを殺害したのです」

「君の説では、犯行は偶然に起こったというの？」

「この流れを考えれば、計画的な犯行は不可能です」

「しかし、どうしてニックは、その時に血まみれで倒れていたの？」

アンナが言った。

「では、いったん時間を戻してみましょう。ぼくたちが隔離室から出る時、最後までニックと一緒にいたのは、だれだったでしょうか」

涼は一同を見渡した。

「わたしよ。それはみな知っているわ」

アンナが答えた。

「でも、それがどうしたっていうの？　あの時、わたしが部屋から出る時は、ニックは生きていたし、自分の足でベッドまで歩いていったわ。あなたたちも、見ていたでしょう。何か変事が起こったとしたとしても、その後のことだわ」

「そうでしょうか。あの時部屋を出る前、あなたはごく短時間ニックと接近して何かを話していました。変事はその時起きた可能性はないでしょうか」

「いったい、何を言いたいの？　わたしは、自分の仕事をしていただけよ」

「ところで、ニックが自らの血液で記したダイイング・メッセージは何を表わしているのか考えてみましょう」

涼はアンナをじっと見つめた。

「あの文字は一見Ｖにも見えますが、アルファベットのＭを書きかけたものとは考えられないでしょうか。Ｍで始まる文字として最後のメッセージにふさわしいものとしては、たとえば、Ｍで始まる名前が考えられます」

「MadかMurderだったのかもしれん」

　マッギースが言った。

「ギルのファーストネームはMorrisでしたね」

　涼はそう言ってアンナの方を見たが、彼女はじっと目を伏せて自分のてのひらを見つめていた。テーブルの上のロウソクの炎が揺れて、アンナの顔を照らし出した。揺らめく灯りに映った彼女の表情は、幼い少女のようにも年老いたドルイッドのようにも見えた。

「わたしから話をしてもいいかしら。まずは汚れた血の話よ。あなたたちには、つまらない話かもしれない。でも、聞いてもらえるかしら」

　独り言のように彼女は話し始めた。

「ある時、家柄も財産も、なに一つ誇るべきものはない若い女がいた。それだけではなかった、彼女の父親は重罪を犯した犯罪者で、しかも精神障害者と診断されてスコットランドの田舎にある古い精神病院の保安病棟で一生を終えた。今わたしが勤めているデニス・ヒル・ユニットのような場所よ。

　でも彼女は弱い人間ではなかった。世界を相手に戦おうと決めていた。苦労して奨学金を得た彼女は大学に進んで、希望通り医者になった。そうしなければ、周囲の人々に認めてもらえないと思ったから。そこには今までと違う何かがあるはずだった。しばらくして孤独な彼女は恋に落ち、そして子供を産んだ。でもその相手がよくなかった。不幸な関係だった。詳しいことは話したくない。どこにでもあるつまらない男と女の話よ。わたしのプライバシーを詳しく聞いても、仕方ないでしょう。

　結婚生活を続けることもできたけれど、彼女は自分のキャリアのために男と子供を捨て、イギリスを離れ大陸で研究を続けた。そして、人の何十倍もの努力をしたのよ。それから時がたち、彼女は母国で賞賛される地位と名誉を得ることができた。しかしその時彼女は、成長し犯罪者となった自分の子供に突然出会うことになった。

皮肉なものね。わたしは息子のウォルターが、ブロードモアからデニス・ヒルに来るとは思ってもみなかった。記録には残っていないけど、彼は十代前半で凶悪犯罪を起こしていたため、出所するとき名前を変更し、以後わたしとの接触も一切断った。これは法律で定められていることなの。デニス・ヒル・ユニットで死んだニック・カークウォールは、わたしの息子のウォルターなのよ」

アンナはそう言うと、ワインのグラスに口をつけた。

「わたしの血は汚れている。犯罪者であり心に病いを持つ父親と息子と同じ血が、わたしの中にも流れている。あの子は病棟でわたしと会ったとき、一瞬のうちにわたしのことをわかったようだった。

隔離室の中で二人になったとき、あの子にわたしがあなたの母親なのよと小さな声でつぶやいた。でもあの子はそれに答えずに、薄ら笑いを浮かべながらみなに見えない角度からいきなりあたしにナイフを突きつけてきた。おれをここから外に出さなきゃ、お袋だろうとあんたを殺してやるって脅してきた。わたしがナイフを持ったあの子の手首をつかもうとしたわ。その時ナイフの先があの子の洋服に引っかかり、そのまま彼の腹部に突き刺さった。

わたしは、何が起こったのか、すぐ話すこともできた。そうするべきだったのかもしれない。単純な事故だった。すぐ処置をすれば、彼は助かったかもしれない。しかし、わたしは、そうしなかった。わたしは、あの子がこのまま死んでしまう方がいいと思った。それが、ああした人殺しを産んだ母親としての責任だと感じたの。でも本当は、わたしは無意識のうちに、自分の今の地位を守ろうとしていたのかもしれない」

「どうしてギルは、ニックに止めを刺して殺害したのですか？」

静かな声で涼が聞いた。

「今日の午後、ギルが話にきたわ」

「なぜなんだ。なぜ、ギルは患者を殺すようなまねをした？」

マッギースが叫ぶように言った。

「ギルはあの子とは初対面だった。しかし、彼はニックを知っていた。知っているどころか、ギルはニックを憎んでいた。なぜなら、ギルのただ一人の妹はウォルターにレイプされた被害者の一人だった。彼女はその事件の後自殺した」


黒い礼服を着た給仕がうやうやしく一礼すると、テーブルの上の皿をかたづけ始めた。中年の白人女性が、若いアジア人らしい男性の肩にもたれながら、店に入ってくるのが見えた。彼らは長いキスを交わすと、ぼくらの隣のテーブルに腰を下ろした。薄暗い店の灯りの下で、ロウソクの影が揺らめいた。

「さて、わたしは明日早いから、そろそろ失礼しよう」

梶ヶ谷が立ち上がりながら言った。マッギースは給仕を呼び、支払いをすませた。

レストランを出ると、黒いオースティンのタクシーに梶ヶ谷とマッギースは無言のまま乗り込んだが、涼はアンナと少し話がしたいからと言って後に残った。

「わたしに、まだ何か用があるの？　もう話すことはない。事件の謎も解決したでしょう？　後は警察の仕事よ」

「ぼくは昨日、被害者のニック・カークウォールの記録をこっそり読ませてもらったのです」

アンナは、涼に背を向け歩き始めた。

「わたしは少し散歩をしていこうと思うの。しばらく歩いてオールドゲイトか、ホワイトチャペルの駅で地下鉄に乗ろうと思う。もし君たちが一緒に来たかったら、来てもいいのよ」

裏通りに入ると表の喧騒はあっという間に遠のいてしまい、疲れた老人のような石造りの建物が周囲を包んだ。

「あなたたちのような外国人には、ここはどういう街なのかしら？」

後ろを振り返らずに、先を歩くアンナは言った。

「一世紀も前の世界の中心地、そして今は落ちぶれた王国の首都。古い教会があり博物館があり、そしてあなたのようなミステリファンには、ジャック・ザ・リパーや気狂いバーバーが徘徊し、架空の名探偵たちが活躍した素晴らしい舞台に見えるのかしら？　でも、ここは寂しい街よ。石の壁に取り囲まれた一人きりの部屋で、じっと孤独を辛抱しなければいけない所よ。でもあたしはその孤独に堪えてきた」

急にアンナが振り返った。

「どこかパブに寄っていかない？　お酒、飲めるでしょ？　わたしがおごるわ」

彼らは混雑するリバプール・ストリート駅を通り過ぎ、スピータルフィールドの市場跡まで歩いて行った。ここはもうイーストエンドだ。

ぼくらは、ホワイトチャペルの隣にある、パブ「テン・ベルズ」に腰を落ち着けた。

「このまま、この事件は終わりにする方がいいのかもしれません。そうすれば、ヘイヴン教授、あなたにとっては単なる不幸な事故だったということになるでしょうし、ギルにしても罪に問われることはないでしょう。彼がニックに最後の一撃を加えたという直接的な証拠はありませんし、実際彼は、事件とは無関係だとぼくは考えています」

「待ってよ。あなたは何を言っているの？　どういうことなの？　ギルがニックに止めを刺した犯人だと言い出したのは、あなたじゃないの」

「あれは単なる机上のロジックによる仮説の一つに過ぎません。ところがあなたは、ぼくの仮説を元にして、素晴らしいストーリーを作り出しました。ぼくも一瞬それを信じてしまいそうになりました。アンナさん、あなたは、頭のいい人です。あれだけこみいったフィクションをあっという間にまとめてしまうわけですからね。しかし、あなたの話したことには、一かけらの真実もなかった。そしてあなたは自分の身を守るために、ギルも始末してしまうつもりでいるのかもしれない」

「なるほど、君によれば、わたしは大変な悪人なわけね」

「事件はこれだけではないですからね」

「どうしてわたしの話を嘘だと決めつけるの？」

アンナは、そう言うと、ハンドバッグから細長いタバコを取り出して火をつけた。

「今回の事件がどのように起こったのか、ぼくに断定できる材料は十分にはありません。しかし、あなたの語った物語が偽りであることは、はっきり断言できます。ヘイヴン教授、あなたはまるでインチキ精神分析家のように母と子のみごとな悲劇を作り上げました。それはまったく虚構のストーリーでしたが、つい納得してしまうものでした。しかし、調子に乗りすぎたあなたは、つまらないミスを犯したのです。犯行時の状況について、あなたは話しすぎました。話の中の隔離室でニックがあなたを隠し持っていたナイフで刺そうとしたという部分は、事実であるわけがありません。あの時、ニックがナイフを身につけていることはできなかったのです。なぜなら、ホールで注射をされ隔離室に入った時、彼は看護スタッフに身体中チェックを受け、衣服もすべて着替えさせられていたからです。ニックがあなたをナイフで刺そうとしたという話が事実でないとすると、あなたの話はすべて根底からくずれてしまいます」

アンナは口元で小さく笑った。

「君の妄想に従うと、それからどういう結論になるの？」

「では、いったいだれが隔離室にナイフを持ち込めたのでしょうか。密室ができる直前、ニックと二人きりになったのは、ヘイヴン教授あなただけでした。そしてニックが発見された時、生きていたか死んでいたかは別にして、すでに彼は凶器のナイフを身体に受けた後でした。したがって、あなた以外にナイフを持ち込み、ニックを刺すことのできた人はいなかった」

涼の話にアンナは小さくほほえんだ。

「君はどうしてもわたしを犯人にしたてたいようね。仮に君の説を認めてわたしがナイフを持ち込んだとしましょう。そうだとしても、わたしとニックの間に何かが起こったことにはならないわ。ニックは単に、わたしが持っていたナイフを盗んだだけかもしれない。それにニックの死亡時間は午後四時よ。その時間には、わたしには確実なアリバイがある」

「しかし、こう考えることもできます。ニックが午後四時前後に死亡したのは、単なる偶然にすぎなかった。隔離室が閉じられる直前にあなたによって傷つけられた彼は、加害者の意図に反してしばらくは生命を保っていた。つまり犯人には致命傷を与える余裕がなかったということです。あなたは大胆にも、ぼくらがごく近くにいたにもかかわらず、ニックをナイフで刺したのです。彼が四時前後に死亡したことは、偶然のいたずらでした。

一昨日のことを思い出してみれば、あなたの行動には不自然な点が多かった。ニックの姿を見るや、初対面の患者であるにもかかわらず、あなたは彼に鎮静剤を注射し彼の口封じをしました。ニックが自分との関係を口外することを怖れたせいでしょう。そして病棟が騒然としている間を利用して作業療法室からナイフを持ち出し、ぼくたちの目の前で彼を刺しました。あなたは自分で行く必要もないのに、ぼくらを伴いニックの隔離室まで出向きました。この時点しか、あなたは彼を殺害できる瞬間はありませんでした。

ニックはその時鎮静剤が身体に残っていたため、あなたに抵抗できなかったのでしょう。おそらくあなたは、無抵抗のニックの口を片手でおおい、もう一方の手でナイフを突き刺した。彼は何が起こったのかさえよく理解していなかったのかもしれません。ニックはあなたの影になり、外にいるぼくらからは見えなかったのです。そしてあなたにとって幸運なことには、彼はしばらく生きていました。

そのために、あなたのアリバイができたのです。

記録によれば、被害者のニック・カークウォールは十代の終わりの頃、一時ロンドンを離れてヨーロッパ大陸で暮らしていました。あなたが言ったように、十代の始めに彼は英国内で殺人事件を起こしていますが、若年のため、名前を変更して釈放されています。彼の本名は、ウォルター・ヘイヴンでした。ダイイング・メッセージはこのヘイヴンのHを書きかけたものだったのでしょう」

「あなたは、それがわたしを指していると言いたいわけね」

アンナはそう言って立ち上がると、カウンターで酒のグラスを受け取り戻ってきた。

「ビールはドイツのものの方が好きだけど、ウィスキーはスコッチが一番だわ。わたしが育ったのはグラスゴーだけど、キースというスコットランドの小さな街で生まれたの。カレンと同じように、わたしも子供の頃のことは、ほとんど覚えていない。わたしにも、何か嫌な出来事があったのかもしれないわね。

あなたたちにした話は、すべて嘘だったわけじゃないわ。グラスゴーでの生活に、楽しい思い出はない。わたしの父親は元はウィスキーのディスレラリに勤める職人だったけど、わたしがまだ幼い頃発病し働けなくなり、後に傷害事件を起こしてハイランドの精神病院の保安病棟で一生を送った。それはさっき話した通り、本当のことよ。わたしには父親の記憶はほとんどないわ。間もなく母も病死し、わたしは親戚の家に引き取られた。わたしは疎んじられ蔑まれ、何もかも自分でやっていく必要があった。

わたしがロンドンにいたとき、子供を産んだことも事実よ。正式な結婚はしていなかったけれどね。

でもウォルターは、障害児だった。彼は今でいう注意欠陥多動性障害で、子供の頃から常に暴力事件を起こしていた。ジュダス・スマイリーのことは、ウォルターが生まれる前から知っていた。ジュダスはわたしがスコットランドで勤めていた病院の指導医で、わたしに研究の手ほどきもしてくれた。だから彼はわたしのことも、ウォルターのこともよく理解していた。そして十二年前の事件が起きた。その頃には、ウォルターの父親との縁は切れていた。

わたしは、ウォルターを愛したことは一度もなかった。それどころか、わたしがどんなにウォルターを憎んだことか！　この子は私の人生を台無しにしてしまう、わたしから何もかも奪ってしまう、わたしはそう感じていた。

だから、わたしは十二年前の事件の後、子供を捨てた。施設に預けて、一度も面会にも行かなかった。そのことに悔いがないとは言わないし、ウォルターがさらに犯罪を重ねたことも知っていたけれど、わたしは自分のことで精一杯だった。

だから今になってわたしは、ウォルターとの関係を知られるわけにはいかなかった。保安病棟に入院した犯罪性の精神病質者が、司法精神医学教授であるわたしの実の子供であることが知れたら、わたしのキャリアはすべて無になるし、それどころか英国の医学界で働く場所さえなくなるでしょう。わたしは、みなにみやぶられる前に、一瞬でも早くウォルターを葬り去る必要があった。だから彼がわたしに気がつく前に、彼に注射をして眠らせこの手で殺したのよ。

犯行は短時間ですませる必要があった。保護室の中で、幸いウォルターは薬が残ってふらふらしていた。彼の腹部を突き刺して背中を押すと、うまい具合に彼はベッドに倒れ込んでくれた。今晩は余計なことを喋ってしまったけれど、わたしの力でウォルターの死は自殺として扱うように持っていくことはできるわ。警察はわたしの味方だし、スキャンダルは好まない。だから、真相を知っているのはあなたたちだけよ」

恋に落ちた若い女性のように頰を輝かせてアンナは語った。

七

「しかしアンナさん、今のあなたの話が真実であるかどうかは別として、事件はこれだけではないはずです。あなたにはまだ話すべきことが残っています」

小波涼がそう言うと、急にアンナは厳しい目つきで彼をにらんだ。

「もちろん、君にすべての話をしたわけではないわ。でもこれ以上、君に話す必要はあるのかしら。このまますべてを闇に葬ることはできる。証拠は何もないのよ。わたしが口をつぐんでいれば、多くの人々は不幸から免れるし、死者の名誉も保たれる」

「死者の名誉とは、あなたはスマイリー博士のことを言っているのですか？」

アンナは無言だった。

「ぼくがロンドンまであなたに会いに来た目的の一つは、スマイリー博士のことを聞くためでした。あなたの夫はスマイリー博士であり、今回の事件で保安病棟の中で亡くなったニックことウォルターは、あなたとスマイリー博士の子供なのではないでしょうか？」

「どうして、君はそう思うの？」

「それは非常に単純なことからです。ニックことウォルターには、スマイリー博士の面影がありました」

「君は昔、日本でスマイリー博士に会ったことがあるのね」

涼はうなずいた。

「証拠は他にも存在します。リン君が調べたタブロイド紙の記事では、あなたの夫は医師である可能性が大きいと述べられていました。まあ出典はデイリー・ミラーですから、あまり信頼できないですが。しかし、もう一点、これを裏付ける事実があります。末期の膵臓癌であったスマイリー博士は、病気のことをカレンさんとあなたにだけ伝えようとしました。そして博士が死病の床に呼んだのは、この二人だけだったのです」

「それは単に、わたしが最も信頼されている弟子だからということでしょう」

「あなたは否定するつもりですか。しかしこの件については、もし事実であるなら、ぼくはむしろアンナさん、あなたに同情します。どうしてスマイリー博士があなたと正式に結婚しなかったのか、生まれた子供を自分の子供として育てなかったのか」

アンナはしばらく黙り込んだ後、語り始めた。

「わかったわ。ジュダスのことも話しましょう。ウォルターのことに関しては、彼にも同情すべき点はあった。ジュダスは彼の妻と長く別居状態だったけど、結婚していた。彼に別れられない妻がいることを知りながら近づいたのは、わたしの方だった。それに子供をどうしても欲しいと望んだのもわたしだった。もし生まれた子供が普通の子供なら、彼の気持ちも変わっていたかもしれない。けれども、ウォルターは、普通の子供ではなかった。知能は正常以上のものがあったが、彼は病気でくり返して発作もあった」

「発作？」

「彼には特殊な発作があった。正確な診断はついていないけど、おそらくてんかんの一種よ。てんかんはありふれた病気で、この国だけでも何十万人もの患者が存在している。ただウォルターの場合は、ある特定の刺激がきっかけとなって発作が誘発されることが特徴的だった」

「つまり反射てんかんということですね。その刺激とはどういうものなのですか？」

「ある図形のパターンによって、彼の発作は誘発された。それは昔からスコットランドに伝わっているダーク・ドルイッドの五角形の紋章だった。ウォルターはダーク・ドルイッドの紋章を見ると発作を起こし、精神運動興奮状態になった。彼の発作は、けいれんなどの運動面での症状は出現せず、著しく衝動性が高まるのが特徴だった。発作の時には、意識レベルは多少低下している様子だった。したがって、発作のパターンは側頭葉てんかんに類似していた」

アンナは一瞬間をおいたが、再び語り始めた。

「ウォルターの父親は、あなたの言うように、ジュダス・スマイリーよ。彼は自分の子供のこの病気に興味を持った。しかし彼は、病気を治療して直そうと考えるより、障害を持つ自分の子供をサンプルとして使用しようと考えた。彼は昔から、自分の専門分野に関してある突飛な仮説を持っていた。彼は、シリアル・キラーなどの凶悪な犯罪者は、一種の『発作』の症状として犯罪を犯すと考えていた。ジュダスによれば、彼らの脳は、それぞれの個人に対して特異的な刺激によって犯罪を誘発するようにプログラムされているという。自分の息子であるウォルターは、この仮説の貴重な実例ではないか、そうジュダスは考えた。

ウォルターの発作が発見されたのは、偶然によるものだった。ジュダスが古い文献を整理していたとき、ウォルターが近くで遊んでいた。ウォルターは古い本に描かれていたダーク・ドルイッドの紋章を見たとたん発作を起こし、手がつけられないほどの興奮状態になった。部屋じゅうウォルターは、早足で駆け回った。壁にかけてあった絵やカレンダー、ちらしの類はすべてはぎとった。それから部屋の中にあったあらゆるもの、書籍、文献、写真立て、グラスや花瓶も床に叩きつけて破壊した。いくら止めようとしても、彼を制止するのはまったく不可能だった」

「その時、彼は何歳だったのですか？」

「まだ七歳だったわ。それにもかかわらず、大人二人で押さえつけようとしてもかなわない位激しい力だった。ジュダスは、この現象に非常に興味を覚えた。ジュダスは、本人の意思とかかわりなく発動される暴力に、研究者として強い関心を持っていたから。ウォルターの発作は、『反射てんかん』の症状に類似していた。そのためジュダスは、その後もウォルターの脳波検査を繰り返し行ったけれども、異常は発見できなかった。ＭＲＩによる脳の形態も、正常だった」

「ということは、彼はてんかんではなかったということですか？」

「異常所見がなかったからといって、必ずしもてんかんではないとは言えない。脳波の異常が発見されないてんかんも存在している。研究者によれば、てんかん患者でも、非発作時の脳波の三分の一は正常だと言われている。

ジュダスは通常の検査でウォルターに異常がないことがわかると、次は発作を誘発することを行った。これは危険な実験だった。いくら実の子供とはいえ、破壊的な行動を誘発するような刺激を与えることは、倫理的には許されない。ジュダスはウォルターに薬物を与えて半入眠状態とし、脳波記録中に発作の誘発を試みた。しかしこの実験は成功しなかった。ウォルターはベッドに抑制されていたが、発作状態になると手に負えない状態になり、記録どころではなかった。彼は激しい叫び声をあげて、抑制から逃れようと身体を動かした。かといって、薬物を与えすぎると眠気が強くなり、刺激の認知ができないため、発作は誘発されなかった。

「結局、スマイリー博士の研究は失敗したということですね」

「そう。そのため、ジュダスの考えはおかしな方向に向いた。ウォルターの症状はてんかんによるものではなく、『心理遺伝』なのではないか、彼はそう考えた」

「心理遺伝？　そのような現象が実在するのでしょうか」

「わたしは信じてはいない。でもジュダスはその概念にとりつかれたようになった。彼は元々神秘的な事柄には関心が深かったから」

「ヒトの記憶が遺伝するというテーゼ自体は、新しいものではないと思います。どこまでさかのぼれるかはわからないですが、これは『死と再生』のテーマのバリエーションの一つでしょう。すなわち、記憶を共有することによって、過去のすでに死んだ人物が再生してくるわけです。

妖術によって動物の姿に変えられた王族が、再生して恋人と結ばれるというストーリーはギリシア神話にも、ケルト神話にも見ることができます。この場合、再生した人物の記憶は元来のものを保っていることもありますが、すべてを忘却していることも少なくありません」

「わたしはジュダスがウォルターを実験に用いていることを知って、彼から引き離そうとした。しかしあのスカイ島での事件のあったパーティーの日、ジュダスは突然わたしたちの泊まっていたコテッジにやって来て、強引にウォルターを連れ出した。時間は早朝だった。ジュダスはコテッジの入口の近くで、ウォルターにダーク・ドルイッドの紋章を見せた。その瞬間、ウォルターは一瞬魂を無くしたように静かになったが、その後彼は人が変わったような状態になった。彼はその紋章が描かれた紙片を奪い取ると、ジュダスを殴り倒して昏倒させ、わたしを突き飛ばしてディーダラス館の方向に向かって走って行った。しばらくの間、わたしは震えが止まらなかった。ウォルターがジュダスを殺したかと思ったの。けれど、ジュダスは死んではいなかった。ただ意識はなかなか取り戻さなかった。

　わたしはぶるぶる震えながら、ウォルターの後を追った。足ががくがくして、まともに走れなかった。遠くから、ウォルターがディーダラス館の中に入るのが見えた。彼の側にいたのは、ジルベールだった。人々の争う声と悲鳴が聞こえた。随分時間がたったような気がする。しばらくすると、血まみれになったウォルターがドアから夢遊病者のような足取りで出てきた。彼はふらつきながら、今にも倒れそうだった。ウォルターが恐ろしい事件を起こしたことがわかった」

「なぜカレンさんは助かったのですか？」

「わたしは現場を見ているわけではないので、正確なことはわからない。カレンはジルベールが助けたのではないかしら。全身血まみれのウォルターはわたしの近くに来て、そのまま倒れてしまった。

名前を呼んでも、彼の意識は戻らなかった。ウォルターを助けなければと、わたしはそのことしか考えられなかった。わたしは彼を背負って、コテッジまで戻った。その時ジュダスは、もうそこにはいなかった。

わたしは急ぐ必要があった。ウォルターをバスルームまで運ぶと服を脱がせて、血を洗い流した。ウォルターは幼児のようになり、まったく逆らわなかった。発作後のもうろう状態にある様子だった。わたしは急いで荷物をまとめて車に乗せると、ダンヴェガンを後にした。途中でポートリーから来たらしい警察の車とすれ違った。

遅かれ早かれ、わたしは警察の尋問があることを覚悟していた。その時は、すべてを話すつもりだった。ウォルターの姿はジルベールに見られている。彼は警察の取り調べを受けるだろう。いずれ、ウォルターの犯行は明らかになるはずだった。しかしジルベールが自殺したために、事件はうやむやになった」

「カレンさんはどうして凶器のナイフとダーク・ドルイッドの紋章を手にしていたのですか」

「理由はよくわからない。でもそれは、ウォルターが彼女に持たせたのかもしれな

八

「アンナさん、これがあなたのやり方なのですね」

小波涼の鋭い言葉に、アンナは一瞬はっとしたような表情を見せた。

「どういうこと？　君はなにを言いたいのかしら。スカイ島の事件について、わたしは知っていることを、すべて話したわ。もうこれで十分でしょう」

彼女はそう言うと、立ち上がった。そして壁のフックにかけてあったコートを手に取った。その一つ一つの動作は、とても優雅だった。

「あなたは本当のことを話していると、自分でも思っているのでしょうか。それとも、嘘だとわかってぼくらに話しているのでしょうか？」

アンナは一瞬涼をにらんだ。

「外に出ましょう」

アンナはそう言うと、店の外に出た。

秋の寒気がさっと、忍び寄ってきた。アンナの足どりはアルコールのためか、危なっかしかった。

彼女は急に立ち止まり、涼の方を向いた。石畳の歩道に人通りはなく、静寂に包まれている。

「言いたいことがあるなら、言ってごらんなさい。聞いてあげるわ」

「いくつか質問があります。まず第一に、ウォルターあるいはニック・カークウォールのことです。彼の母親は確かにあなたでしょう。しかし、父親がスマイリー先生というのは、本当のことではありませんね？」

「今になって、どうしてそんなことを言うの。スマイリー博士が父親だとは、君が言い出したことでしょう？」

「ウォルターの誕生日はいつですか？」

「二月十二日よ」

「ウォルターは二十五歳でしたね。ハンスの一つ年下ということになる」

「そうよ。それがどうしたの？」

「だとしたなら、スマイリー先生はウォルターの父親ではありえません」

「どうしてそんなことが言えるの？」

「ウォルターの誕生日から逆算するとあなたが彼をみごもったのは、二十六年前の五月頃になります。当時あなたはハイランドにある病院の司法精神医学部門で勤務をしていた。その頃、スマイリー博士はどうしていましたか？」

「ちょっと待ってね。今思い出すから。その頃、彼はロンドンの研究所で働いていたわ」

「それでは、あなた方はどこで会っていたのですか？」

「それこそ余計なお世話だけど、それはいろいろよ。ロンドンのこともあったし、彼がスコットランドに来ることもあった」

「あなた方は、国外に旅行したりはしなかったのですか」

「何が聞きたいのかわからないけれど、当時わたしは病院の仕事が忙しく長い休暇をとったりはできなかった。研究にかける時間も必要だった。他のドクターたちのように、スペインのマヨルカ島あたりにしばらくバカンスに行きたかったけど、とても時間的な余裕はなかったわ」

「わかりました。そうすると、あなたが妊娠した場所はロンドンかスコットランドのどちらかになる。

昨日の夜、ぼくはある事実を思い出しました。南雲先生から聞いていた話ですが、スマイリー博士は以前、帝国大学の招待という形で一年ほど日本に滞在したことがありました。ぼくはその日付を日本に確認しました。それは問題の年の一月から、十月にかけてのことでした。ぼくは、スマイリー先生の受け入れの担当教官だった南雲先生に詳しい話を聞いてみました。日本での滞在中、彼は一度も日本から離れたことはなかったということです。その期間、アンナさんも海外には出かけていないということですから、スマイリー博士がウォルターの父親ということは、ありえないのです」

アンナは蒼白な表情になった。

「これをあなたはどう説明するつもりですか？」

「さあ、それは単なる日付の間違いかもしれないし、もし君の話が事実としても、わたしが彼に会いに遠くまで行ったことがあったのかもしれない」

「まあ、いいでしょう。あなたが日本に入国しているかどうかは、正式な捜査となれば、入管の資料から調べることはできるでしょう。もう一点、ウォルターが犯人でないという確実な証拠があるのです。彼にはアリバイがありました」

「アリバイって？」

「あなたはだれにも知らせずにウォルターをスカイ島に連れて行ったと言いました。しかし、彼はスカイ島には行っていないのです」

「どうしてそんなことが言えるの？」

「ファウンテン・ハウスです」

涼の言葉にはっとしたように、アンナは無言だった。

「あなたがよくご存知のように、ファウンテン・ハウスとは、ウォルターが預けられていた施設の名前です。スカイ島とは離れたサリー州にあります。ぼくはマッギース先生に仲介してもらい、十二年前ディーダラス館の事件があった当時の彼の記録を調べてきたのです」

「君は、ファウンテン・ハウスまで行ってきたというの？」

涼はうなずいた。

「ウォルターは、問題の年の二月十八日、カレンさんの誕生日、施設の中にいたことが記録されています。食事の量、朝は少量、昼と夜は普通、日中は機嫌が良かったが、夕方他の多動児に反応して軽い興奮状態になったと記載されています。テイ女史の言うように、真実はこうした些細な文書の中にあるものです。したがって、ウォルターが事件の犯人ではありえません。少し話を戻しましょう。もしスマイリー博士がウォルターの父親でないとしたら、本当の父はだれでしょうか。なぜ、あなたはその事実を隠そうとしたのでしょうか？　それが事件の真実に関連するからではないでしょうか」

涼は独り言のように言った。


いつの間にかぼくらは長い時間歩いていた。オレンジ色の街灯が、一世紀前と変わらぬ光であたりを照らしている。

シティの町並みを越えて、トッテナムコート・ロードの交差点近くに来ていた。このあたりは昼間なら、コンピューターショップと古本屋が数多く店を開けている所だ。近くには、ミュージカルの劇場や大規模書店であるフォイルズもあり、人の流れが絶えない。さらにオックスフォード・ストリートを西に行けば、マーブル・アーチまでにぎやかな商店街が広がっている。

「もしウォルターとスマイリー博士の話があなたがこしらえた作り話なら、ウォルターの病気の話も心理遺伝の話も真実とは思えません。スマイリー博士を自らの子供を実験台にするマッド・サイエンティストに仕立て上げたのも、あなたが考え出したフェイクでしょう。さらに重要な点は、十二年前のディーダラス館の事件について、もう一度考え直す必要がでてくることです。ウォルターが犯人ではないとしたら、だれが真犯人なのでしょうか。

アンナさん、ディーダラス館で会ったとき、あなたはどういう理由か、ぼくらにあなたの息子であるウォルターの話をわざわざ聞かせてくれました。その理由はぼくにはよくわからなかったのですが、これはあなたにとって重要な偽装だったのです。ぼくらはその時点で、ウォルターの存在をまったく知りませんでした。したがってあの時あなたが彼のことに言及しなければ、彼について知ることもなかったわけです。あなたは、自身の秘密ともいうべき出来事を進んで明らかにしました。なぜでしょうか。一時の感情に押し流されたからでしょうか？　ぼくにはそうとは思えません。

おそらくあの時、ウォルターが十二年前の事件の犯人であるという疑いをぼくたちに持たせようと、あなたは誘導しようとしていたのです。ウォルターが真犯人ならディーダラス館の事件に関して、明確な動機は必要ない。事件は、彼の病気の暴発による一種の事故として処理をすることができます。しかしウォルターが犯人でなかったら、どうでしょうか。あなたはカレンさんがスコットランドに来たことに、危機感を抱いていました。真相が明らかにされることを恐れていました」

「なぜわたしが、恐れる必要があるの？」

「あなたと事件の関連が、ぼくにはよくわかりませんでした。しかし、あなたはシオンさんのパーティーに招待されていました。つまりシオンさんの家族と親しい関係にあったわけです。ディーダラス館の事件にはこれまで言われているものと違う動機が別にあるのではないか。ぼくはそういう観点で、事件を考え直しました。

ジルベールがシオンの姉と交際していたことは事実です。しかしこのことが犯行に結びつくとは思えません。アンナさんは、事件とどう関係しているのか。事件の関係者の中にウォルターの本当の父親がいるのではないか、ぼくはそう思い至りました。あるいは、あなたの恋人といってもいいでしょう。その対象となりうるのは二人だけです。シオンさんの父であるティモシー・マクロードと、ジルベールとハンスの父親であるダンフリーズ伯爵です。証拠はありませんが、自宅で妻子もろとも殺害されたカレンの父親が、より該当する可能性が大きいように思えました。なぜなら、ダンフリーズ伯爵は、あの晩ディーダラス館に泊まる予定にはなっていなかったからです。

これからは、ぼくの仮説になります。シオンさんの父親であるティモシーと交際していた女性は、ウォルターを産んで未婚の母となりました。彼女はティモシー・マクロードに結婚を迫っていました。しかし妻子のある彼は、女性の要求をはねつけました。逆上した彼女は一家皆殺しを計画しました。この犯行が百パーセント計画的なものだったのか、あるいは成り行きによる部分が多かったのか、それはよくわかりません。あるいは彼女が本当に殺そうと思っていたのは、ティモシー一人だけだったのかもしれません」

「あなたは、わたしを殺人者として告発しているのね」

アンナはそう言うと歩道の中央で立ち止まり、長い煙草に火をつけた。

「何か証拠はあるの？」

「残念ですが、直接的なものはありません。しかしハンスの友人であるポートリー警察の元警官に、ぼくは次のことを尋ねて調べてもらいました。事件の当時、アンナさんが住んでいたフラットの保証人には誰がなっていたか、そしてハイランドの病院に勤務する際の推薦人はだれだったか。どちらの書類にも、ティモシー・マクロードの署名がありました。真実を知りたければ、人々の物語に耳を傾けてはいけない、真実は些細な記録の中に存在しているというわけです」

「そう、それだけ」

アンナはばかにするように言った。

「単なる友人かもしれない」

「しかしアンナさんがティモシー・マクロードと交際していたことは、もう少し調べればきっと明白な証拠が残っていることでしょう。あるいはこれはゴシップ好きの新聞記者にでも、頼むと早いかもしれません。

スマイリー博士の事件のことについて話しましょう。数日前、ぼくらが彼の住居に入った時、博士の私物の大部分は犯人が持ち去った後でした。犯人が隠そうとしたものは、何だったのでしょうか。スマイリー博士は、アンナさんとカレンさんのお父さんの関係を知っていたのかもしれません。そして何か証拠となるものを持っていた。犯人はそれを隠そうとしたことが最も考えられます」

「ジュダスは、何を隠したというの？」

「大部分はあなたが処分してしまったのでしょう。しかしすべての証拠は失われてはいませんでした。博士の蔵書を整理しているとき、たまたまこの写真を発見しました」

涼はそう言うと一枚の写真を示した。そこには、まだ若い男女が手を取り合って写っていた。女性はアンナだった。

「男性は、カレンの父であるティモシー・マクロードです。それはティモシーの顔を知っているハンスに確認してもらいました」

「こんなもの何の証拠にもならない。一緒に写真に写っているから、それがどうしたっていうの。それにあなたはわたしを十二年前の事件の犯人にしたてあげたいようだけど、どうやってあたしは犯行現場に入ったというの。現場は密室だったのでしょう？」

「まず、最初の疑問に答えましょう。この写真のアンナさんは身体の線がふっくらとしています。そして非常にゆったりとした服を着ています。これは恐らく当時、あなたが妊娠していたためでしょう。妊娠中の女性が親しく手を取り合う男性といえば、やはり子供の父親が考えられます。

十二年前の事件に話を移します。なぜアンナさんは現場に入れたのでしょうか。それは実は簡単な問題です。ジルベールとともに、現場にいたのはウォルターではなくあなた自身だった。そう考えればいいわけです。事件の際、ディーダラス館の周囲には、三組の足跡がありました。そのいずれも、子供用のサイズのスニーカー靴の跡でした。あなたは足のサイズは小さいので、子供用の靴をはくことができました。つまりあなたは、息子の靴をはいて現場まで行ったのです。あなたは故意か偶然かわかりませんが、ウォルターの靴を持っていました。したがって現場の足跡は、ジルベールとあなたのものでした。

ジルベールが屋敷の鍵を開けた後、あなたも屋敷の中に入りました。この点は推測になりますが、おそらく前日の晩、あなたはティモシーさんと会う約束をしていました。場所はおそらくあなたの宿泊していたコテッジでしょう。しかし、彼は何かの事情でやって来ませんでした。あなたは、一晩中寝ないで待っていた。怒ったあなたは翌日の早朝、ディーダラス館に乗り込んだのです」

アンナは無言だった。

「ジルベールが近くにいることはわかっていたにもかかわらず、あなたが犯行に及んだことは、この犯行が計画的なものではなく、むしろ激情による偶発的な犯罪であることを示しています。あの朝、あなたとマクロード夫妻の間には、激しいやり取りがあったのではないでしょうか。そして、あなたは恋人でありウォルターの父親であるティモシー・マクロードとその夫人、それに彼らの娘のエレンを殺害しました。カレンさんだけ、なぜ無事だったのでしょうか。彼女はジルベールが守ったのでしょうか」

「それは違うわ」

アンナが言った。

「いいわ、何が起こったのか、君に教えてあげる。君の言う通り、夜中に来ると約束したのに、ティモシーは来なかった。彼は電話一本よこさなかった。わたしは一睡もせずに、夜明けを迎えた。まったく、眠けは感じなかった。わたしが屋敷に着いたとき、ちょうどジルベールがドアの鍵を開けようとしている時だった。わたしがウォルターの靴をはいたのは偶然よ。始めわたしは、ウォルターをスカイ島に同行させる予定にしていた。だから、彼の履き替え用の靴を持っていた。しかしウォルターの施設に行ってみると、彼の調子が悪く外には出せる状態ではなかったの。

あの朝わたしは、混乱した頭で急いで家を出たので、ウォルターの靴をはいてしまったらしい。ディーダラス館に入った時、大広間にはティモシーが一人でいた。彼はまるでわたしが来るのを待っていたように思えたけど、実際はジルベールを待っていただけだった。わたしはその場で大声を上げて、彼に詰め寄った。ティモシーは、黙ったままだった。卑怯だ、そうわたしは言った。

そこにあの女が来た。あの女はあたしにこう言った。あたしはこの人の妻で、あたしたちはここで幸福に暮らしている。あなたとのことは、彼のただの気まぐれに過ぎない。あなたに子供ができたのは不幸なことだったけど、それはお金で解決すればすむこと。あの女は高慢な調子で、勝ち誇ったように言った。

ティモシーは十年待ってくれ、いつもわたしにそう言っていた。十年たったら自分の財産が自由に使えるので、妻と離婚もできる。その言葉を愚かなわたしは信じた。そして十年以上、わたしは待った。しかし、それはティモシーのその場限りの嘘だった。何年待っても、彼が妻と離婚する様子はなかった。

ティモシーの妻に罵倒されたわたしは、何もかもわからなくなっていた。わたしは彼女に飛びかかり、持っていたナイフで彼女の身体を滅多刺しにした。彼女には悲鳴を上げる暇もなかった。振り返ると、後ろにはティモシーと娘のエレンが、呆然とした様子でわたしの行為を見ていた。

エレンが先に動いた。彼女は倒れた母親の身体にすがりつこうとした。わたしはそれを止めようとして、彼女の身体にナイフを突き刺すことになった。ティモシーがわたしとエレンの間に入ってきた。彼はわたしからナイフを取り上げようとしてもみあった。

わたしは、彼を殺すつもりはなかった。しかし、もみあっているうちにナイフは彼の身体の奥深くに突き刺さった。ティモシーの身体から血液がほとばしり出た。気がつくとわたしは、泣きながら何度も何度もティモシーの身体にナイフを刺していた。そうするのが、愛情の証のような気がしたからよ。そのときは、エレンも息絶えていた」

「なぜ、あなたはダンフリーズ伯爵まで殺すことになったのですか?」

「わたしはダンフリーズが来ていることは知らなかった。わたしは彼を憎んでいた。なぜなら、彼はわたしがティモシーと付き合う邪魔ばかりしていたから。三人を殺した後、わたしは全身血まみれのまま、玄関ホールで呆然としていた。ジルベールも玄関付近で、立ちすくんでいた。カレンは騒ぎを聞いて出てきたが、奥の部屋の入口あたりで何もできずに動けずにいた。

そこにダンフリーズが二日酔いの様子で、階段を下りてきた。わたしの姿を見つけると、咎めるような口調で何か言って、彼は近づいてきた。急にわたしは彼に対する憎しみがわいてきた。わたしは彼に走りより、手に持ったナイフを彼の腹部に突き刺した。ダンフリーズは何が起こったのかわからないという表情で隣の部屋まで逃げ、そこで倒れて間もなく息絶えた」

「どうしてあなたは、ジルベールとカレンさんをそのままにしておいたのですか」

「ダンフリーズを殺した時、ジルベールの姿は見えなかった。警察を呼びに行ったのかもしれないが、その時はもうどうでもいいように思えたので、わたしは探しもしなかった。ジルベールには、可哀想なことをしたと思う。彼の目の前で、わたしは残酷な殺人を犯したのだから。

カレンは言葉もなく、部屋の中央で呆然と佇んだままだった。彼女を殺すのは簡単だったが、カレンを生かしておいたのは、それがわたしの復讐だったから。わたしは、あの女の娘に両親が殺される瞬間を見せつけてやった。カレンはあの瞬間のことを生涯、思い出して苦しむことだろう。そしてわたしのことを憎み続けるに違いない。わたしはそう思って、カレンには手を出さなかった。自分の指紋をふき取ってから、彼女の手に血まみれのナイフを握らせた」

「凶器のナイフのことはわかりました。しかしカレンさんはもう片方の手に、ダーク・ドルイッドの紋章が描かれた紙片を持っていました。それもあなたがしたことでしょうか」

「ダーク・ドルイッド？　それはわたしのしたことではないわ。作り話か、だれかが後でしくんだことでしょう。

いずれにしろ、わたしはカレンかジルベールの口から、事実が伝わることは覚悟していた。ただその時は、少しでも早くその場を離れたいという気持ちだけがあった。自分の犯行を隠そうとは、思ってもいなかった。

わたしは急いで屋敷を後にして、コテッジに戻り帰り支度をした。ティモシーも彼の妻と娘も、わたしがこの手で殺した。だから、わたしは絞首刑になるか、牢獄の中で死ぬ。それですべてが終わり、そう考えていた。しかし、その後ジルベールは警察署で自殺し、すべてを見ていたカレンは何も話せなくなった。それはわたしにとって、奇跡のようなことだった。

だれ一人として、わたしのことを疑わなかった。おそらく、ティモシーがわたしとの関係を慎重に隠していたのが幸いしたのかもしれない。わたしは何事もなかったかのように、元の生活に戻った。警察もそれ以上の捜査をしなかった。わたしは騙されたような気分だった。

そして事件から、十年以上の歳月が流れた。カレンはわたしの先輩の医師であり、研究上の恩師であるジュダス・スマイリーが引き取って育てた。彼は始めから事件の真相を見抜いていたのかもしれなかったが、本当のところはわからない。ジュダスは、カレンから事件のことを聞いていた可能性もある。あるいは彼は、わたしの知らない別の証拠を発見していたかもしれない。

この間にわたしはミステリ作家となり、医学の分野でも業績を認められた。しかし、個人的にわたしは不遇だった。理由はよくわからないが、ウォルターの精神は本格的におかしくなった。ダーク・ドルイッドとは無関係だろうけど、彼は発作的に激しい凶暴性を示すようになった。そしてそれは、現実の犯罪行為にまでエスカレートした。

十一歳の時、彼は初めての殺人を犯した。ウォルターは、残酷な方法で幼女を殺害したのだ。彼は被害者をレイプした後、死体を切り刻み彼女の自宅に送りつけた。その少女はウォルターと一面識もなかった。彼は犯罪を楽しんでやっているとしか思えなかった。

当時彼はすでにある施設に入所していたので、母親がわたしであることは、マスコミには知られなかった。わたしはその事件の後、ウォルターの親権を放棄した。彼は低年齢のため、一般の刑事裁判にはかけられなかった。ウォルターは特殊施設に収容され数年そこで過ごしてから、名前を変えて釈放された。わたしは一度も彼に面会には行かなかった。わたしは彼を捨てたのだ。

しかし、ウォルターの病んだ精神は、施設での生活で変化したわけではなかった。施設内でも数々の問題を彼は起こした。そしてそれは社会に出てからも変わりなかった。彼は無意味で残酷な犯罪を繰り返し起こして、警察に拘束され精神病質と診断を受けた。そして、皮肉な偶然が起こった。わたしは自分の勤務する精神病院の保安病棟で、凶悪な犯罪を犯した自分の息子と対面することになったわけだ。それがデニス・ヒル・ユニットの殺人事件につながった」

「あなたは、ウォルターがデニス・ヒルに入院することを知らなかったのですね」

「おかしな話ね。ウォルターは名前を変えられ、過去の経過についても資料には伏せられていた。わたしはニック・カークウォールという患者が転院してくることは知っていたが、ニックがウォルターだとは、考えもしなかった」

「スマイリー博士もあなたが殺したのですか？」

「それは違う。あれは彼のわたしに対する復讐だった」

「復讐？」

「わたしが言うのもおかしいけれど、ジュダスは、普通の学者とは言えなかった。彼は難しい人間だった。カレドニアン・スリーパーでの騒ぎが収まった後、スターリングでわたしはジュダスに電話をして、どうしてカレンを日本から呼んだのか尋ねた。カレンが日本から来ることは、ジュダス自身が手紙でわたしに教えてくれていた。手紙には、彼が死病に罹っていることを述べたあとで、カレンを呼んだことが書かれてあった。ジュダスはわたしの反応を楽しんでいたのかもしれない。

彼と直接話すのは、久しぶりだった。わたしの問に対するジュダスの返事は、曖昧だった。カレンに昔の事件のことを話すつもりなのか、わたしは聞いた。自分はすべてのことを知っている、カレンが来たら彼女に知っているすべてのことを話そうと思っている、そうすれば彼女も昔の記憶を取り戻すかもしれない、ジュダスはそう答えた。わたしのためにそれはやめてほしい、わたしはジュダスに懇願した。カレンが事件の記憶を取り戻せば、やがて過去の事件の真相は明らかになり、わたしはお終いだ。しかし彼はわたしのことなど、どうでもいいという口ぶりだった。

自分はもうわずかしか生きられないから真実を伝える義務がある、しかし何か途方もない出来事が起これば、それを神の啓示として考え直してもいい、そう彼は答えた。ケルトの神の啓示があれば、お前の言うことを聞くかもしれない、ジュダスはそう言った。わたしは彼が何を言いたいのか、よくわからなかった。それは何を意味しているのかとわたしは聞いた。

たとえば自分の目の前にネス湖の怪物が出現したり、自分の手にエルフの秘宝が手に入るのなら、考え直してもいい、そう彼は答えた。冗談のように言っていたが、ジュダスは本気らしかった。彼は昔から神秘主義的なところがあった。あるいは死に至る重い病気のため、彼のそうした部分がより強く出ていたのかもしれないし、病気のため精神的に参っていたのかもしれない。ただ根底にあるのは、わたしへの憎しみだった」

「事件のあった日、スマイリー博士をアーカート城に連れ出したのは、あなたですね？」

「あの日の夕方から夜にかけて、わたしたちはアーカート城の塔の上で話をしていた。末期の癌だというジュダスの身体は衰弱しきっていた。自分の命はもう長くはない、だからカレンに自分の知っていることを教えてやりたい、彼は再びそう言った。

正直に言うわ。わたしはある時期、ジュダスの愛人だった。それはディーダラス館での事件があってからしばらくたってからのこと。以前からジュダスはわたしに夢中だった。それをわたしは知っていた。彼から誘いがあったとき、わたしは受け入れたけれど、その理由は彼を愛していたからではなかった。

わたしには別の思惑があった。わたしはカレンの様子を探りたかった。自分の仕事と名声を守りたかった。もしカレンが記憶を取り戻し、本当に起きたことを話せば、わたしは告発されるかもしれない。わたしはジュダスと親しく付き合い、少しずつカレンの様子を聞いた。

彼にはわたしの意図は、始めからわかっていたのかもしれない。わたしは直接カレンと話す機会もあった。カレンは、ほとんどまったく事件の記憶を取り戻していなかった。それだけでなく、スカイ島での出来事を、彼女は記憶していなかった。彼女の中から、シオン・マクロードは消えていた。そしてジュダスは、彼女を別の人間に作り直そうとしていたのだった。

わたしとジュダスの愛人関係は長続きしなかった。わたしは彼に親しみは持っていたが、愛情は感じていなかった。数年してわたしの職場がロンドンに移ってからは、わたしたちの関係は遠のいた。ジュダスには、わたしを追いかけてくるほどの情熱はないようだった。しかし、それはわたしの勘違いだった。彼はわたしを愛していたが、わたしが彼に対して愛情を持っていないことを見抜いていた。たぶんその頃から、彼はわたしに対する憎しみを感じていたのだろう」

「スマイリー博士は知っていたのでしょうか。あなたが、十二年前の惨劇の犯人であることを」

「ネス湖での最後の晩、彼の様子はおかしかった。それは死期が迫っていたからかもしれないけれども、それだけとは思えない。彼は現実の話ではないことをわたしに話し始めた。彼が語りだしたのは、インヴァネスやスカイ島の昔話や伝説だった。わたしが聞いたこともない妖精のことを彼は語った。ひとしきり昔話をした後、彼はわたしに言った。ねえ、アンナ、君はケルトの伝説にある常春の国というものを信じているかい。わたしは、自分はケルト人ではないし、その話はとても信じられないと彼に答えた。

君は常春の国には行けない、君が行くのは永遠の地獄だ。ジュダスは突然わたしにそう言った。アンナ、君はわたしに対して決して心を開こうとはしなかった。わたしに身を任せても、君の気持ちは中空を漂っていた。だからこれは、そんな君に対するささやかな復讐だ。ぼくは君をずっと愛していた。君が他の男のものであるときも、君だけを見ていた。君がティモシー・マクロードと恋に落ち彼の子供を生んでも、そして嫉妬に狂った君が彼ら一家を惨殺しても、さらに君が息子のウォルターを見捨てても、ぼくの心は君に向けられていた。

そして、君がぼくの元に来てくれたとき、ぼくはどんなにうれしかったことだろう。しかし、それは一瞬のことだった。君は抜け殻だった。君はまったくぼくの方を見ていなかった。そこにはひとかけらの愛情もなかった。君が来たのは、カレンの様子を探るだけのためだった。単なる保身のために、君はぼくに愛情のある素振りをしていたのだ。

だから、これは君に対する復讐だ。そう彼はわたしに言うと、ポケットから小さなスティック・メモリーを取り出した。これは小さいけれど、何十時間もの話が記憶できる、彼はそう言った。この中には十二年前の事件について、わたしが知っていることがすべて録音してある。この中の内容が明るみに出たら、たとえ事実と証明されなくても、君は医学の仕事をしていくことはできなくなるだろう、作家としての名声も地に落ちるだろう。アンナ、君は社会から抹殺されるのだ。

彼はそう言うと、突然そのスティック・メモリーを飲み込んだ。ぼくの命はもう数週間ほどで尽きる。そこまで持たないかもしれない。ぼくの消化管は悪性の腫瘍のために通過障害を起こしている。だからこのスティックが排泄されることはおそらくない。だから君は、あとは運を天に任せるしかない、彼はそう言った。ぼくが死んで医者がぼくの身体を解剖すれば、このスティックを発見するかもしれない。しかし発見しても、壊れているかもしれないし、わざわざ内容を確認しようとはしないかもしれない。

そう言うと、彼は勝ち誇ったように笑い始めた。夕闇があたりを包んでいた。それは血の色のように鮮やかだった。急に突風が吹き、ジュダスは身体のバランスを崩した。それはあっという間のことだった。彼の身体はアーカート城から転落し、ネス湖に飲み込まれてしまったのだった。

その後わたしは一時間あまり水浸しになりながら、ジュダスの姿を求めてネス湖の岸壁をさ迷った。わたしの身体は、冷たい水と風のために冷え切った。そしてようやく岸に打ち上げられたジュダスを発見したが、その時彼はすでに事切れていた。彼の左腕と頸部は岩に打ち付けられたため、激しく損傷していた。わたしは苦労して、彼の遺体を引き上げた。

スティック・メモリー。

その時わたしの頭の中には、そのことしかなかった。彼の命など、どうでもよかった。長い時間をかけてわたしは彼を自分の車に運ぶと、腹部の解剖を行った。それはたいへんな作業だったけど、わたしも医者の端くれなので、解剖程度であれば多少の経験はあった。幸い車のトランクには、救急カートを入れてあった。

わたしは、彼の胃の中からスティック・メモリーを発見した。ただその時わたしは思った。このまま胃の内容物を取り出しただけでは、遺体が不自然なことになる。真相に気がつくものも出てくるかもしれない。

わたしは、彼の遺体に偽装を加えることを考えた。まずわたしは、ジュダスの胃を切り出した。さらにち切れかかっていた左腕を切断した。そして彼の身体を、アーカート城のタワーハウスの上まで運びあげた。それはたいへんな作業だった。わたしの身体じゅう、ジュダスの身体から流れ出た血液で染まった。老人の身体とは思えないほどの量の血液があった。

彼の復讐はみごとに成功している、わたしはその時そう思った。塔の上で、わたしはケルトの古い儀式に従って、ジュダスの身体をドルイッド僧による生け贄にみせかけようとした。幸いなことに、城の修復作業の現場に、太い縄が置いてあった。それを使って、わたしは彼の片足だけを塔の上から吊り下げた」

「チャールズのことを説明してください」

「ああ、チャールズ、名優チャールズ・キング。わが愛しのアル中のチャールズ殿。彼に関しては、おそらく君の推測通りでしょう。ジュダスの事件は実際は殺人ではなかったが、わたしは自分の身代わりとしてチャールズをジュダス殺しの犯人にしたてようとした。

ジュダスの死体を吊り下げた後、インヴァネスの路上でわたしは適当な浮浪者を物色していた。ジユダスの左腕を浮浪者の側に置き、血痕を身体にこすりつけておく。それからアルコールを注射して中毒死させてしまう。警察は不審に思うかもしれないが、ジュダスの事件については、その浮浪者が犯人ということでかたをつけるだろう。わたしはそう思っていた。だがインヴァネスの路上で、わたしが偶然拾い上げた浮浪者は、古い友人であるチャールズ・キングだった」

「彼とは以前からの知り合いだったのですね」

「それは、もう何年も前の話。わたしが作家としてデビューして間もない頃、ある劇団からクリスティの『ねずみとり』のような推理劇を書いてみないかという依頼があった。わたしは張り切って戯曲を書き上げた。それが上演されたのがエジンバラの劇場で、主演がチャールズ・キングだった。彼が演じたのは狂気にかられた天才画家。わたしと彼は不思議なほど気があって、恋愛的な感情はなかったけれど、毎日のようにエジンバラのグラスマーケットあたりのパブを飲み歩いた。わたしは、その彼を手にかけることはできなかった。わたしは泥酔したチャールズを車に乗せ、仕方なくアーカート城に戻った。城に行ったのは、ほかに適当な場所を思いつかなかったから。その時は、チャールズをどうしたらいいのか、まだ迷っていた。しかし、異変が起きたの」

「異変？」

「わたしにも信じられないことだけど、ネス湖に異形のモンスターが出現したのよ。あれこそ、ケルトの悪霊、ダーク・ドルイッドの真実の姿だったのかもしれない。驚いたわたしはチャールズを車に乗せて、再びインヴァネスに戻った。ジュダスのちぎれた左腕は、チャールズの所に置いてきた。これでわたしの長い告白は終わり。細かい点は省略したけど。君はあたしを警察に突き出すつもりでしょう？」

アンナが涼に聞いた。

「これを君にあげるわ。おそらく唯一の物証よ」

アンナはそう言うと、バッグの中から小さな金属片を取り出して涼に渡した。

「スマイリー先生のスティック・メモリーですね」

「これは、ジュダスの胃の中からわたしが取り出したもの。これをどうするかは、君に任せるわ。警察に渡すかどうかも、君次第よ」

「カレンとハンスには今あなたから聞いたことを話す必要があるでしょう。しかしあなた自身のことは自分で決めるべきです。しかしモンスターのことは本当の話なのですか。あなたが仕組んだことではないのですか？」

それに対して何も答えることなく、アンナは姿を消した。

九

翌日の午後、ホテルのティールームで、ぼくらはカレンとハンスに事件のことについて話した。

「よくわからないけど、ネッシーは本当にいたの？」

カレンの問に、涼が答えた。

「ネッシー騒動の初期の頃、一九三三年にある医師が撮影したという『首が水面から出ている』白黒写真がありました。しかしこれについては後になって、その医師の知人の映画製作会社社長が、おもちゃの潜水艦を改造したものであると、フェイクであることを告白しています。

その後一九七五年、ボストン応用科学アカデミー調査団がネッシーの顔と胴体、そしてヒレの部分を撮影することに成功したと述べ、その写真が公表されました。それによると、ネッシーの頭部には、麒麟のような角が二本あり、顔は丸く、首長竜のようなヒレを持っていることがわかりました。この写真は権威のある機関が撮影した写真として信頼度が高いものとして知られている一方、やはりフェイクであるという疑いも消えていません。

ネッシーは湖の中だけでなく、陸上での目撃証言もあります。たとえば博物学者であり、熱心なネッシー・ハンターであるトークイル・マクロード氏は、一九六〇年代に次のような報告をしています。『ネッシーは半分水からあがっていた。頭と首は象の鼻に似ていて、左右上下に絶えず動いていた。体を曲げたとき、灰色でスペード型の左の前びれをはっきりと見た。尾は見えなかった。双眼鏡には計測用の仕切りがあり、それをもとに大きさを換算すると、約十二〜十八メートルはあったに違いない』。このような目撃証言は他にもあります。

ネッシーの正体としては、通常首長竜と呼ばれるプレシオサウルス説が有力です。しかし科学的な面から、恐竜説には以下のような問題があると言われています。たとえば爬虫類は肺で呼吸をするため、もっと湖面に出てくるはずだという意見、あるいは陸上に上がる回数が少なすぎるということを指摘されています。ネッシーの死骸が発見されたことがないことも、大きなマイナスになっています。

爬虫類説に代わって、ネッシーの正体は巨大な無脊椎動物ではないかという説も有力です。ある目撃者は、ネッシーを『長い首がついた巨大カタツムリ』のようだったと形容しています。これは聖コロンバの逸話に出てくる怪物と似ていると言えるかもしれません。別の学者は、タリモンストラム・グレガリウムという無脊椎動物がネッシーの正体であると断言しています。ぼくが注目するのは、これらの巨大無脊椎生物です。事実としたらこれは百万に一つの偶然かもしれないですが、チャールズがアーカート城に連れて行かれた時、その巨大な無脊椎動物が出現したのかもしれません」

「それじゃ、チャールズは本物のネッシーを目撃したのですか？」

「しかし、別の可能性もあります。あの問題の晩は、冷え込みが厳しい夜でした。湖面には深い霧がかかっていました。城をライトアップする灯りが、霧をスクリーンとして、人かあるいは建物の巨大な影を出現させたのかもしれません。酩酊中であったチャールズが、その影をネッシーと思い込んでも不思議ではありません。さらに、チャールズは重症のアルコール依存症患者です。ですから、彼が幻覚を見たという可能性も否定はできません。そしてもう一つ、すべてが作り話であるという可能性もあります。証言したのは、あの名優チャールズですからね。彼はぼくらを面白がらせるために、あんな話をしたのかもしれません。そして最後に、もう一つ考えられることがあります」

「涼君のネッシーの話、どの話ももっともらしいけど、みな間違っているんだよね。本当のことは、あたしが知っているんだ」

ハスキーな声が響いた。聞き覚えのある声だ。

だれかと思って振り返ると、そこには赤松パトラの姿が見えた。彼女はあいかわらず奇抜なファッションに身を包んでいる。髪の毛はパンク・ミュージシャンのように尖がらせ青く染めていた。でも、どうして彼女がここにいるのだろう?

「アンナさんに言われて、ここに来てあげた。昨日電話があって、君たちの泊まっているホテルを教えてくれた」

「それじゃ、あなたがエジンバラで友人と会うと言っていたのは、アンナさんだったのですね?」

涼が聞いた。確かにパトラは、カローデン・ムーアとコーダ城までぼくらに同行したけれど、その後インヴァネスで別れている。その時、エジンバラで友達に会うと彼女は言っていた。

「その通り。さすが名探偵君」

「つまりパトラさん、アーカート城のネッシーの件は、あなたが仕組んだことだったわけですね」

ぼくには、涼が何を言っているのかわからない。パトラは一瞬、にやりとした。

「どういうことか説明してよ」

ぼくは涼に言った。

「残念ですが、やはりネッシーはフェイクだったのです。そして深町さん、あなたもネッシーを見ているのです」

「え、どういうこと?　ぼくも見ているって」

「赤松さんはスリーパーの中で使用したカレンさんの死体のフェイクを、見事に作成しました。同様に彼女はネス湖でも、ネッシーのフェイクを作ったのです」

パトラは涼の言葉にうなずいた。

「まあ、そういうこと。ぼくは、始めは芝居か何かに使うのかと思っていた。アンナさんに何に使うつもりか聞いても、はっきりとは言ってくれなかった。でも彼女にはインヴァネスのミステリ・ナイトでお世話になったし、スリーパーの事件でもあのストーカーの近藤を撃退するのを手伝ってくれたので、できるだけのことをやってみた」

「実際はどうやって、ネッシーを作ったのですか？」

「使うのは夜だから、あまりリアルなものは必要ないとアンナさんは言っていたけれども、ぼくにもプロとしてのプライドがあるし、できるだけいいものを作りたかった。ただ移動のことを考えると、重いものは難しかった。アンナさんが一人で、動かす必要があるという話だった。そこで思いついたのが、ミステリ・ナイトで作った大道具だった」

ぼくもようやく思い出した。

「ガニメデの怪人！」

「その通り。ミステリ・ナイトの芝居の背景に使用した大道具というわけ。ガニメデの怪人は不定形のモンスターで、体長が十メートルになることもあります。体は青紫色ですが、興奮すると赤みを帯びてきます。まれに人を襲うこともあります。ミステリ・ナイトの時は薄い布で原型を作り、それにぼくが特殊な画材で着色した。そして舞台の背景に吊り下げた。なかなかよくできていたでしょ」

ぼくはうなずいた。

「それを一つ借りて手直しをしてネッシーらしく見えるように彩色してから、ぼくはアーカート城に持っていった。当日の夕方城門が閉まった後、ぼくとアンナさんは城に入りリハーサルをした。モンスターの周囲を黒い布でおおい、夜目には見えない状態として、塔の上から吊り下げた。遠隔操作でおおいの黒い布は一瞬ではずれるようにし、モンスターに青いライトがあたるように設定した。そうするとモンスターが急に出現したように見えるんだ。なかなかいい出来だったよ。ネス湖からの風が吹くと、モンスターはまるで生きているような動きを見せた。

　モンスターは、やはりワンタッチで下に落とせるようにしておいた。そして固定用のひもを回収してしまえば、細工をした痕跡は残らない。布以外の材料は使用していないので、大きな袋を用意すれば、持ち運びもそれほど難しくはない。ただ実際の操作はアンナさんがやったので、すべてうまくいったかどうかまではわからない」

「アンナさんはスマイリー博士の言葉に従い彼に奇跡を見せようと、フェイクのネッシーを用意したのです。奇跡を起こし博士の気持ちを変えようとしたのですが、博士は不慮の事故で亡くなってしまいました。そこで、チャールズさんにそれを使用したのです」

　涼がそう言うと、パトラは関心なさそうに立ち上がった。

「じゃあ、ぼくは行くよ。いつか日本で会えるといいね」

　そう言うと、彼女は本当の妖精のように軽快な足取りで姿を消したのだった。

エピローグ

一

小波涼から真相を聞いた後、カレンとハンスは長い時間話し合った。その結果、ハンスはインヴァネスの知人の警察官に、これまでの経緯を説明することになった。そのため、アンナは警察から事情聴取を受けることになった。しかし彼女の逃走は素早かった。

涼はアンナから話を聞いた後すぐに警察に通報することもできた。しかし、彼はそれをしなかった。ぼくにはよくわからないが、涼は殺人者であるアンナを裁こうという気持ちがなかったように思える。それは単なる同情というよりも、彼女の犯罪を必然的な出来事と感じていたからかもしれない。

アンナは涼と会った翌日、すぐに勤務先の病院を退職し財産も処分して、姿をくらましていた。彼女はこういう事態をすでに想定していたようだった。後にわかったことであるが、彼女はかなり早い時期から逃走先を確保していたらしい。そこは地中海にある小国で、国際法規上、英国警察の力が及ぶ場所ではなかった。風のたよりでは、彼女はアメリカの大手出版社の依頼で、「アンナ・ヘイヴン殺人事件」という自伝を執筆中であるという。

英国のタブロイド紙の反応はすさまじかった。連日のように、「美人ミステリ作家、十二年前の殺人事件を告白！」というような、扇情的な見出しが並んだが、内容を読んでみると、ほとんどぼくらが知っている内容だった。新聞記者も直接アンナとのコンタクトはとれていないようだった。

涼は事件の後、しばらくロンドンに滞在していた。どうしても調べておきたいことがあるというので、彼を残してぼくは先に日本に帰った。大学の授業もバイトもいつまでも休んでいるわけにはいかなかったからだ。

その後間もなくカレンも、日本に戻ってきた。ハンスも一緒だった。

日本にもどってからぼくは直接彼女に会っていないが、テレビで見るカレンは相変わらずキュートで可憐だ。彼女は以前のように、山のような仕事をこなしている。カレンはイギリスで暮らすという選択肢もあったが、辛い思い出のあるイギリスより日本を選んだということらしい。

カレンの記憶は戻った様子はない。涼の話では、心因性の健忘は必ず回復するものだという。回復しない場合は、本人がそれを望んでいないからだということだった。ということは、カレンは無意識的に、カレン・スマイリーであることを望んでいるのだ。彼女がシオン・マクロードとなるには、まだかなり時間がかかることだろう。カレンが記憶を取り戻せば、マクロード家に伝わるというエルフの秘法に関する伝説も、明らかになるかもしれない。

俳優チャールズ・キングは、奇跡的に断酒に成功した。彼は予告通りロンドンに戻り、昔の劇場仲間相手と交渉し、ロンドンのオフ・ウェストエンドの小劇場で、「インヴァネスの悲劇」という芝居に出演した。

これは彼が脚本を書き下ろした今回の事件を題材とした作品だったが、大方の予想に反して大ヒットを記録し、大劇場へ進出する話もきているそうだ。最後にこれはチャールズの言葉。

「やっぱり酒はやめられない」

だから酒飲みは信用できない。

二

日本に戻って二週間ほどして、ぼくは小波涼の研究室を訪ねた。彼はいつものようにパソコンに向かって何かの作業をしていた。ぼくにはどうしても、納得できない点があった。

この事件は涼の事件だった。彼が事件のからくりを見抜き、真犯人を追い詰めた。しかし、彼はあのままアンナを逃がしてしまうようなことを、どうして許したのだろうか。

「涼、君に聞いておきたいことがある」

ぼくは彼に言った。

「なぜ君はアンナに、時間的な余裕を与えたんだ。もし迅速に処理をしていたら、彼女は今ごろ法の裁きを受けていた。それなのに、君はわざわざそうならないように事を運んだように見える」

「深町さんの言う通りです。ぼくは彼女に選択する時間を与えました。なぜならぼくは、カレンさんのためにこの事件を解決したのであり、警察のために働いたわけではないからです」

「しかしアンナは、十二年前の事件の犯人だ。そしてさらに彼女は今回、デニス・ヒル・ユニットで息子のウォルターも殺害している。彼女の罪は問われなくていいのだろうか？」

「殺人犯として逮捕される方が、おそらくアンナさんにとって幸福だったかもしれません」

ぼくには、涼の言葉の真意がわからなかった。

「どういうこと？」

「おそらく彼女は現在、混乱した心の闇の中、さまざまな矛盾した考えと記憶によって苦しんでいると思います。彼女には、何が真実であるのか、何が本当に起きたことなのかわかっていない点があるのです。ぼくがこれまでみんなに話してきたことは、事件の一つの解釈です。アンナさんも、それを正しいと思っています。しかし、それは一つの真実に過ぎず、別の真実もありえるのです」

ぼくは彼の話を理解できなかった。

「よくわからない。ぼくにもわかるように言ってほしい」

「まずデニス・ヒル・ユニットの事件です。ウォルターをデニス・ヒルで刺したのは、確かにアンナさんでしょう。彼女以外に病棟にナイフを持ち込み、さらにウォルターに近づけた人物は存在していません。しかし事件の起きた状況を考えると、あの事件は必ずしも殺人とは断定できません。確実な物証もありません。事故とも言えなくもない。そうなると、彼女を告発できるとは言えません」

「彼女は自分でウォルターを殺したと言ったんじゃないのか？」

「そうです。しかし、彼女がその自白をくつがえしたらどうでしょうか。アンナさんの手によってナイフが持ち込まれ、それによってニックことウォルターが刺されたことは確かです。しかし彼女が殺意を持って刺したという証拠はありません」

「それだったら、なぜ彼女は自分に不利な内容を、君に自白したんだ？」

「おそらく、それはアンナさんが物語を作ることが好きな人だからです。些細な出来事から、彼女はすぐその後ろに隠されているかもしれない長いストーリーを作ってしまうのです。それは必ずしも真実ではありません。その話は、自分にとって不利な内容であっても、後に事実と矛盾することが明らかになってもいいわけです。なぜかというと、それは物語に過ぎないからです。彼女はいつでも、それを覆すことが可能です。

ウォルターの事件について確実なことは、ナイフがアンナさんによって持ち込まれたことと、そのナイフによってウォルターが刺されたことの二点です。しかし、少なくとも、現場にいたぼくらは、アンナさんが殺意を持って彼を刺したとは断言できないことを知っています」

それは確かに涼の言う通りだった。

「結局、どういうことになるんだ？」

「アンナさんに関して少なくとも殺人という容疑で、ウォルターの事件を立件することは難しいと思います。そして、十二年前の事件です。こちらの方は、遥かに大きな問題を含んでいます。アンナさんは事件の直接的な加害者であるのは確かでしょう。すべての証拠は彼女が犯人であることを示しています。しかしぼくは、アンナさんは犯人というよりも、むしろ犠牲者かもしれないと思うのです。問題は記憶です」

アンナが犠牲者？　涼は何を言っているのだろうか。

「それは、カレンが記憶を取り戻していないということ？」

「いえ、そうではありません。ぼくが言っているのは、アンナさんの記憶です。彼女は自分で話していましたが、カレンさんと同じように、小児期の正確な記憶を持っていないのです。そこには偽の記憶が入り込んでいます。ぼくが事件全体に疑問を感じたのは、そのことがきっかけでした」

「彼女は君に嘘を告白していたというわけ？　でもそれだからといって、アンナさんが四人を殺害したことにはかかわりがない」

「いえ、そうは思いません。アンナさんは事件に関すること以外は、積極的には嘘をついていませんでした。少なくとも、自覚的にはそういう意識はなかったと思います。しかし、彼女の発言には、些細な点かもしれないですが、いくつかの明らかな誤りが含まれていました。たとえばロンドンのレストランで、アンナさんはぼくにこう言いました。自分の父はハイランドの精神病院の『保安病棟』で一生を終えた、そこは今自分が勤務しているデニス・ヒルと同じような場所だったと。しかし、これは事実とは異なっています。アンナさんの父親は、精神病院で亡くなったかもしれません。

しかし、ハイランドには、デニス・ヒルのような保安病棟は、一か所も存在していないのです。どうしてかというと、スコットランドはイングランドの法律を採用しておらず、保安病棟というシステム自体が存在しないからです。司法精神医学の専門家であるアンナさんが、なぜこのような誤りを信じているのでしょうか。他にも不審な点がありました。

そのため、彼女の記憶はどこかおかしいのではないか。ぼくはそう感じました。そして、ロンドンにしばらく残り、マッギース先生に協力してもらい、アンナさんの過去をもう一度調査したのです。

ベスレム王立病院に、アンナさんの履歴書がありました。それには、彼女のミドル・ネームが記されていました。彼女の名前は、アンナ・シオン・ヘイヴンでした。アンナさんは、もう一人のシオンだったのです。そしてさらに、ぼくは彼女の出生届を手に入れました。この点でもアンナさんの記憶は誤りでした。彼女の出生地は、自分で話していたハイランドのキースではありませんでした。彼女はスカイ島の生まれでした。そして、出生時の彼女の名前は、アンナ・シオン・マクロードだったのです」

「つまり、アンナもマクロード家の出身だったということか。それでどういうことになるのだろうか？」

ぼくには涼の話の持つ意味がわからなかった。

「なぜアンナさんの小児期の記憶が存在していないのか、誤った内容を事実として記憶しているのか、そして彼女はなぜ名前を変えるようになったのか、ぼくはアンナさんの場合も、カレンさんの場合と同じように小児期に犯罪事件に巻き込まれたのかもしれないと考え、過去の事件を調べたのです。その結果、わかったことがありました。アンナさんは四十年あまり前、スカイ島のスリガハンで起こった惨劇の生き残りだったのです。

この話はリン君も聞いたでしょう。ハンスさんがしてくれた話です。アンナさんは、恋人の男性を射殺した後自殺したマクロード家の女性の子供でした。この事件によって身寄りを無くしたアンナさんは、遠縁の女性の養子となりスカイ島を離れグラスゴーに移りました。そして、彼女は事件と自らの過去に関する記憶を忘却したのです。

そして、この悲惨な事件を忘れるために、彼女は自ら偽の記憶を作り出したのかもしれないですが、話の一部は彼女の養母によって聞かされた内容なのだと思います。アンナさんの父親が精神病で保安病棟で亡くなったという話は、養母の作り話でしょう。彼女がそのようなことを話した理由まではわからないですが、『厄介者』であったアンナさんを押し付けられた腹いせだったのかもしれません」

「しかしその話の通りだとしても、それが今回の事件とどう関係するんだ？」

「アンナさんはマクロード家の一員であり、伝説のシオン姫の一人でした。アンナさんも緑の瞳をしていますからね。したがって、彼女もエルフの祝福とともに、ダーク・ドルイッドの呪いを受ける対象でした」

「ダーク・ドルイッドの呪い？　本当にそんなものが存在するのだろうか」

「ぼくも調べてみましたが、ダーク・ドルイッドの呪いについて、その起源はよくわかりません。過去には、何か神秘的な出来事が実際にあったのかもしれません。しかし、今話しているのは、実態のあるダーク・ドルイッドの呪いの話です」

「それは、どういうこと？」

「確実に言えることは、ダーク・ドルイッドの呪いとは、特定の形質を持つ人物にあるきっかけによって、一定の病的な障害が起こることを示しているということです。具体的に言いましょう。つまりマクロード家の血筋を引くものの中で緑の瞳を持つ女性は、ある紋章の図形を見ることにより、激しい狂気と錯乱を示すことを示しているのではないでしょうか。つまりこの現象は遺伝的に規定されていると考えられます。これはアンナさんのウォルターの話からの類推ですが、そう考えればよく納得できます。そしてその紋章こそ、ダーク・ドルイッドの紋章なのです。

　マクロード家の一族はこのことを経験的に知っていたため、一族の中で、『緑の瞳』の女性に対してシオンという名前をつけ、重大な事態にならないように厳重に注意をしてきたのではないでしょうか。この現象は、スマイリー博士のいう『心理遺伝』と呼んでもいいのかもしれません。つまり、『心理遺伝』はウォルターではなく、アンナさんの問題だったのです。旧コーダ城のメアリーさんの事件の一部も、心理遺伝で説明できるかもしれません。つまり城の人たちは、メアリーさんに心理遺伝の問題があることを知り軟禁していました。メアリーさんは過去にそのような『発作』を起こしたことがあったのかもしれません。旧コーダ城の事件においては、『塔の間』のドアの前で、城の召使の女性が惨殺されていました。これはメアリーさんが殺害したのでしょう。その時彼女は、ダーク・ドルイッドの紋章を見て発作が誘発され、召使の女性を惨殺したのです」

「つまり、これは呪いの問題ではなく、むしろ病気の問題かもしれないということになるのだろうか？」

「事件のことに話を戻しましょう。ディーダラス館の事件に関して考えるべきなのは、なぜ現場でカレンさんがダーク・ドルイッドの紋章を手にしていたかということです。これについては、アンナさんは説明できませんでした。彼女は何も知らなかったからです。アンナさんではない、別の誰かが意図的にこの紋章を持ち込んだのです」

「誰かって？」

「それができるのは、ただ一人スマイリー博士だけです」

涼はぼくにそう言うと、古びた本を差し出した。

「ぼくはスマイリー博士の過去の研究についても調べてみました。スマイリー博士についてのアンナさんの話は、大部分事実でした。彼はある意味、マッド・サイエンティストでした。博士は実際、『心理遺伝』に関する研究をしていており、人体実験といってもいいような研究も多数行ってきたのです。これは彼の著書ですが、ここに問題の紋章が掲載されています。また人を対象にした『心理遺伝』の実験の結果についても述べられています」

涼が示した図版には、五角形の中に、奇妙なドラゴンのような動物が描かれていた。それはウェールズの国旗にある赤いドラゴンに似ていたが、普通の竜ではなくいくつかの動物の特徴を併せ持ったキメラだった。

「この動物の外見はドラゴンに似ていますが、日本の鵺《ぬえ》にもよく似ています」

「それじゃ、スマイリー博士が、アンナさんの息子であるウォルターを実験台にしていたというのは本当だったのか？」

「いえそうではないのです。博士が研究対象にしていたのは、ウォルターではなく、ダーク・ドルイッドの呪いを受けた『シオン姫』であるアンナさんだったのです。博士は研究対象として、アンナさんをずっと追い求めていました。十二年前の事件は、アンナさんが自らの意思で起こしたものではなく、スマイリー博士がダーク・ドルイッドの紋章を示すことによってアンナさんの症状を誘発したため、勃発した事件だったのです。そしてアンナさんのティモシー・マクロードに対する憎しみが、発作の症状をより激しいものにしたのでしょう。

カレンが持っていたダーク・ドルイッドの紋章は、スマイリー博士がアンナさんに示したものを彼女が手にしたのでしょう。カレンさんもその紋章を見ると、精神的な変調を起こしたはずです。彼女が事件の後長期間ほとんど何も喋れない状態だったのは、単に事件のショックというだけではなく、この影響もあったのだと思います。

そして事件の後、スマイリー博士は、アンナさんを自分の愛人にしました。博士にとってそれは愛情の問題であったのかもしれませんが、本来の目的は、アンナさんに偽の記憶を植え付けるためのものでした。発作前後のアンナさんの記憶は、空白でした。博士によって、彼女は自ら積極的に殺人を犯したと信じるように仕向けられたのです。しかし実際は惨劇の朝、スマイリー博士がアンナさんのコテッジを訪れました。そして彼女にダーク・ドルイッドの紋章を示すことによって、アンナさんの病的な症状を誘発させたのです」

ぼくには涼の話が信じられなかった。

「その話に、証拠はあるの？　とても信じられない」

ぼくがそう言うと、彼は小さな金属片を取り出した。

「スティック・メモリー！」

「アンナさんが渡してくれたものです。中に記録されていたのは、アンナさんの罪を暴くものではなく、むしろアンナさんには罪がないことを示すものでした。この中に、スマイリー博士の告白が記録されていました。だいぶ苦労しましたが、何とか聞き取ることができました。内容はまとまらない、断片的なものです。重大な病気のためでしょうか、スマイリー博士は冷静に語ることができなくなっていたようです。時に激しく怒り、時に涙ぐみながら彼は自分の人生を語っています。しかし、これはだれかに聞かせることを意識したものです。自分の業績をことさら美化し、自らに不利になるようなことは話していません。しかしこれを聞いて、ぼくの考えは大部分裏付けられました。

彼は早い時期から、シオン姫とダーク・ドルイッドの呪いに関する伝説に非常に興味を持っていました。そしてそれを詳細に調べていくうちに、この伝説が、突発的な暴力の発動と密接な関連を持つことを突き止めました。その中で、彼はスリガハンの事件に興味を持ちました。この事件では、三名の被害者が教会で惨殺されていたからです。

彼は、生き残ったマクロード家の娘の行方を追いました。彼がアンナさんにたどり着くまでに、時間はかかりませんでした。博士はアンナさんが伝説の『シオン姫』であることを突き止め、彼女に接近したのです。博士はスリガハンの悲劇の中で、教会で殺害された被害者に関しては、『ダーク・ドルイッドの呪い』、すなわちダーク・ドルイッドの紋章を見たアンナさんが犯した犯行だと考えていたようです」

「アンナさんは過去にも殺人を犯していたということ？」

「ただこれには何も証拠はありません。それに、アンナさんの記憶も失われています。スマイリー博士はアンナさんと親しくなり、チャンスを待っていました。そして、カレンさんのパーティーの際、スマイリー博士はアンナさんに実験を行いました。これ以前にも同様のことを数回試みたようですが、すべて失敗に終わっているようでした。スマイリー博士はアンナさんとティモシー・マクロードが恋愛関係にあることを知っており、そうした精神的な緊張状態においては、『呪い』の効果がより強力にみられると考えたのかもしれません。

彼の推測はあたっていました。この実験は非常に重大な結果をもたらし、四人の人間が亡くなりました。スマイリー博士は事件の直後、もうろう状態にあったアンナさんを介抱し、そのまま面倒をみました。アンナさんは事件の記憶を失いましたが、その彼女にスマイリー博士は『殺人の記憶』を植え付けたのです。それは容易な作業でした。そして、このことは、博士にとっては自分自身を守るためにも必要な行動でした。

その後スマイリー博士は、アンナさんを被験者として、さまざまな脳の検査を行っています。博士は当初この現象を反射てんかんの一種と考え、何度も脳波検査を行ったようですが、異常所見は得られませんでした。その後、MRIなど可能な検査はすべて施行したにもかかわらず、やはり異常な所見は発見できなかったようです」

涼の話を聞いて、ぼくには言葉がなかった。

「アンナさんは、いずれ本当の記憶を取り戻すことがあるのだろうか」

「いつか何の前触れもなく、ふいにそういうことが起こるかもしれません。しかし、それは彼女にとって、必ずしも幸福な事態ではないでしょう。彼女の記憶は心の奥底に封印しておく方がよいと思います」

「カレンはどうなのだろう。カレンもシオン姫の一人なら、いつか彼女にもアンナさんと同じようなことが起きる可能性があるということになる」

涼はぼくの言葉に小さくうなずいた。

「カレンさんについては、スマイリー博士がコメントしていました。博士がカレンさんを引き取ったのは、親切心からではなく、自分の研究の対象とするためでした。そして数年で手放したのは、彼女に興味を引く現象が観察できなかったからだと言っています。それなら、カレンさんに変事が起こる可能性は、小さいと考えていいのかもしれません」

そういう涼の横顔を見ながら、ぼくはもう一度スマイリー博士の本を手に取り、禍々しいダーク・ドルイッドの紋章を見つめたのだった。

本文中におけるチャールズ・キングの台詞は、福田恆存訳によるシェークスピアの『マクベス』『リチャード三世』『リヤ王』（いずれも、新潮文庫刊）から引用したものであることを、お断りいたします。

小波涼から作家麻生荘太郎まで

松田しのぶ

麻生荘太郎は、二〇〇九年、東京創元社〈ミステリ・フロンティア〉シリーズの『闇の中の猫』でデビューした。その後、二〇一一年に短編「寒い朝だった――失踪した少女の謎」（原書房刊『密室晩餐会』収録）、続いて本作『少年探偵とドルイッドの密室』が長編二作目となる。その前に、麻生は小波涼というペンネームで、光文社文庫の『本格推理』に短編が二編掲載されている。

「小波涼」は、麻生作品の探偵役の名前であるが、当時の短編でも私立探偵の助手というキャラクターで同じく小波涼を用いていた。

『本格推理』は、二〇一二年に没後十年を迎える鮎川哲也氏が責任編集したアンソロジーで、一九九三年から一九九九年にかけて、全十五冊が刊行された。本格推理小説の短編を公募して、優秀作を十二、三作選び、文庫本の形で発表したものである。

その後、二〇〇一年から二〇〇八年まで、二階堂黎人氏を編集長とする『新・本格推理』へと受け継がれ、ここから数多くの作家が巣立っていった。

麻生荘太郎（小波涼）が、初めて鮎川編集長によって選ばれた作品は、一九九五年五月、『本格推理』第六巻、神経サナトリウムを舞台にした「青い城の密室」である。

収録作品には、「鮎川編集長」の解説がついていて、

「アマチュアにしては文章も上手だし、嫌味のない気取りもあって、一段と抜きんでている。青い城

を象徴する建物というのも幻想感があって推理小説向きだ」と評されている。

　二度目は、一九九六年九月に刊行された第八巻の、「少年、あるいはD坂の密室」という作品だ。このとき、麻生（小波）は二作を投じてこの作品が選ばれたが、鮎川先生は、「文章力と採用作品の幕切れにおける不気味さの表現にひとかたならぬ興味を感じた」と解説している。

　収録作品にはまた、編集部が投稿者に送った入選通知への、返事にあったコメントが、作者からの「ひと言」として載っているが、この「少年、あるいはD坂の密室」について、麻生（小波）は、「記憶の中にある千駄木の町を背景に、チェスタトンのような作品が書けないかと考え、筆をとりました。読み返してみると、『本格推理』と胸を張って言えるものではないようです。現在は鮎川編集長と初期のカーを目標に次作を構想しております」

と記して以後、麻生（小波）の『本格推理』への投稿はなかった。

　ただ、収録作家を対象にした編集部からの「国内、海外の本格推理作品（短編も可）のなかから、お好きな作品を一点挙げ、その理由を百字以内でお書きください」というアンケートに、麻生（小波）は次のような回答を寄せている。

《国内編》『奇想、天を動かす』島田荘司
　壮大な謎と重厚な筆致、重苦しいテーマの一作ですが、忘れられません。
『本格推理』十一巻（一九九七年十一月刊）
《海外編》『策謀と欲望』P・D・ジェイムズ
　コーデリア・グレイの出演作も捨てがたいですが、本作の本格ものと無差別殺人を結びつけた構成も見事でした。日本でも、こういう作品を書く作家はいないものでしょうか。

『本格推理』十二巻（一九九八年七月刊）

このアンケートに挙げた島田荘司氏と、麻生荘太郎は、まもなく出会うことになる。

麻生は第一線の現役医師である。一方、島田荘司氏は、『涙流れるままに』『秋好事件』『三浦和義事件』など、犯罪と捜査、司法をテーマにした作品などを通して、法医学鑑定の実情に疑問を感じていた。ここで、読者である医師と作家という接点ができたのである。

二〇〇四年、ある文芸誌に麻生は別名義で次のように書いている。少し長いが引用してみる。

「島田さんはミステリ界の巨星である。島田さんの見識はミステリにとどまらず、その視線は日本という国のはるか彼方を見つめている。とはいっても、多くの読者にとって気になるのはやはり島田ミステリだ。近年島田さんはかつての名作『占星術殺人事件』や『奇想、天を動かす』などに勝るとも劣らない傑作を続けて発表した。この秋に刊行される『龍臥亭幻想』にも期待は高い。しかも島田さんの作品には、冤罪問題、脳科学への挑戦など他に例のない創意に満ち溢れている。

日本のミステリ史の中で、島田さんと肩を並べられる人物は、昭和の巨人・江戸川乱歩しかいないと思う。自らの小説とともに海外の作家を紹介し、新人発掘にあたった乱歩の姿は、孤立無援の中で本格ミステリの旗を守り、若手の育成に情熱を注ぐ島田さんと重なる。さらに島田さんは『秋好事件』をはじめとし、恵まれなく辛い境遇にある人々に温かい手を差し伸べてきた。島田さんは私たちファンにとって本格ミステリそのものであるとともに、人生の師でもある」

この出会いによって、麻生荘太郎の作品は進化を遂げた。医師であるがゆえに可能な領域に挑戦し、不可能趣味のテーマに知の意匠を持ち込んだのである。そして、二〇〇九年に、ペンネームを「小波涼」から「麻生荘太郎」と変えた。島田荘司氏による命名である。

『闇の中の猫』で、麻生はドッペルゲンガー（分身）に悩まされる少女を登場させる。その正体を探ろうとした矢先、会員制サイトの掲示板の書き込み通りに、その少女が殺され、さらに新たな書き込みの度、それをなぞるかのような殺人事件が次々と起こる。探偵役の小波涼が、この謎を解明して論理的な解決をつけるのだが、麻生荘太郎は、読み終えてもどこかに、人間心理の不可解さ、特異さ、微妙さのようなものが残る結末にしている。

謎の背景に麻生が用いたものは、人間の「記憶」である。

「記憶というものは確固たるもののように思えますが、これほどいい加減なものはありません。記憶は常に作り替えられ、本人の都合のいいように改変されています。……」

作中で、小波涼に言わせている。とするなら、これをキーワードに読み解けば、すんなり解決にたどり着けるのか。否である。作者は手の内を見せながらも、二転、三転、読者は翻弄され、巻末に用意された意外な真相にため息をつくことになる。なぜなら、麻生荘太郎の医師としての知見による以外に、最適な着地はありえないからだ。

そのテーマを深化させたのが、本作『少年探偵とドルイッドの密室』で、妖精伝説がある英国スコットランドを舞台にしている。

帝国大学文学部一年生の深町麟は、日英混血の美少女カレンの護衛役として、少女の父である司法精神医学者、スマイリー博士の住むインヴァネスに向かうことになった。少女のもとにスコットランド行きを妨害する不気味な脅迫状が届いていたからだ。ネス湖で有名な場所で、探偵役の小波涼も同行していた。

ロンドンを発車した夜行列車の中で起こった死体消失事件など、さまざまなアクシデントの末、インヴァネスにたどり着くと博士の姿はなかった。やがてネス湖の古城で塔から逆さに吊り下げられた無残な死体となって発見されたが、見立て殺人を疑わせるものだった。同時に、カレンの家族を襲った十二年前の惨劇が明らかになった。それは、「ダーク・ドルイッドの呪い」伝説にまつわるもので、未解決事件のまま処理されていた。

ロンドンに戻った小波たち一行を、さらに殺人事件が待っていた。王立病院の保安病棟の中で青年が刺殺されたのだ。ブロードモアという、ディクスン・カーが『赤後家の殺人』など作品の中でしばしば言及する、実在の特殊病院から送られてきた患者だった。

十二年前の悲劇と保安病棟の事件は、密室を構成していた。また、プロローグで暗示されている、ケルトの氏族に伝わる物語――緑の瞳を持つ高貴な姫と呪いの伝説――は、何を語っているのか。「歴史の真実は些細な物事の中にある」――ジョセフィン・テイ女史の『時の娘』の一節が示唆したヒントを手がかりに、小波涼が難事件を解き明かす。

スコットランドの歴史や古色蒼然とした貴族の館、シェイクスピア劇のテイストなど、贅をこらした趣向とスピーディーなストーリー展開で、読者を魅了する。

一二五頁にある『偽りの記憶』といわれるものを私が知ったのは、二〇〇三年頃である。一九八〇年代後半から九〇年代初めにかけて、アメリカの精神医学・臨床心理学の世界で論議を呼んだ。

「偽りの記憶」とは、カウンセラーが、クライアントに対して、暗示や誘導によって植え付けた、事実に反する「記憶」のことである。これは、ジュディス・L・ハーマンの著書『心的外傷と記憶』を論拠にした、「記憶回復療法」と呼ばれる治療方法によるものだった。この学説によると、「記憶は、脳の中のどこかにそのまま保存されており、さまざまな方法によって甦らせることができる」もので、被虐待体験など心的外傷（トラウマと訳されている）に関する記憶は、通常の体験とは別の「秘密の記憶の小部屋」にしまいこまれる、とする。

この「記憶」という脳の中の「秘密の小部屋」の理論は、実際のカウンセリングの場で安易に用いられることには批判がある。しかし、これをミステリーの材料に使うことは、とてもスリリングだ。だが、誤解、曲解を招きかねないから、生半可な知識で挑める領域ではない。じつに、麻生荘太郎の見識があってはじめてなせる技なのではないだろうか。

本格ミステリー観について、麻生は、「先に作品があるというのが、私の印象です。この人が書くのが本格ミステリーだと言えるのが、G・K・チェスタトンなり、カーなり、あるいはクリスチアナ・ブランドでしょう。こういう言い方が適切かどうか解りませんが、ある意味、本格は、原典や古典のようなものが存在し、それを加工して作品を生み出し、さらにリフレインしているものです」（「本格ミステリー・ワールド2011」掲載の座談会）

これは、かつて都筑道夫が「私は推理小説では、新しい壺に古い酒をくんで差しだすよりも、古い壺に新しい酒をつぐほうが、正しい行きかただと信じている。謎と論理の推理小説は、どうあがいてみたところで、ポオ如来の手のひらから、飛びだすことは出来ないのだ」（徳間文庫版『退職刑事』あとがき）と書いていることに通じるものだろうか。

したがって、こうした「文法」をもっている本格ミステリー作品を作りだす場合、名だたる先行作品の定式やパターンを常に踏まえながら、その上に自己の創意を発揮しなければならない。その意味では、「年間数百冊を超えるミステリーを読破する氏の本格への造詣は、専門家の水準を超える」（『闇の中の猫』のオビに添えられた島田荘司氏の推薦文より）という麻生荘太郎の今後の活躍に目が離せない。

また、「チャールズ・ディケンズなども本格らしい作品を書いていますよね。ですから、クライム・ノベルという範囲で見ると、延々と過去から現在までの歴史がある。思想とまで言えるかどうか解りませんが、トリビアルなものに対するこだわりみたいなものが、本格スピリットでもあり、遊び心的なものになり得るんでしょうね」（「本格ミステリー・ワールド２０１１」掲載の座談会）とも語っているから、すでに構想ができているという次の作品が待ち遠しい。

本作品のもう一つの魅力は、トラベル・ミステリーになっているので、英国の旅情である。小波たち一行の旅程をたどってみた。

夜行列車「カレドニアン・スリーパー」は、午後九時半、ユーストン駅を発車すると、翌朝午前五時十分、スコットランドの古都スターリングに到着する。スターリングのB&Bに一泊して朝食後、インヴァネス行きの列車に乗る。パース、ピトロッホリーと、列車は古い町をゆっくりと通過して、しだいにハイランドの山地を縫うように進む。午後三時過ぎにインヴァネス着。ここはもう海辺に近く、町を流れるネス川は、北海に流れ込んでいる。ここから、さらに、西の端のスカイ島まで誘われる。スカイ島には、妖精が住むという伝説が伝えられている。

インヴァネスには、シェイクスピアの劇作、マクベスの居城となったコーダ城がある。

何カ所か、登場人物の一人である「かつての名優チャールズ・キング」が、舞台の台詞をつぶやく場面があるが、一層興趣を盛り上げている。

さて、麻生荘太郎は、「青い城の密室」（前述の『本格推理』収録作品）の中で、笛田氏のことについて、「学生時代から文学や演劇にも造詣が深く、アマチュア劇団で演出を担当したこともあるということだった。だが、そのころの話を彼はあまりしたがらない」と描写している。笛田氏の人物像と麻生荘太郎がだぶって見えるように感じるのは、私の考えすぎだろうか。

いろいろ述べてきたが、本作品『少年探偵とドルイッドの密室』で、怪異と論理が見事に融合する美の世界を、私は堪能した。

少年探偵《しょうねんたんてい》とドルイッドの密室《みっしつ》

2012年7月30日　第一刷発行

著者　**麻生荘太郎**

発行者　**南雲一範**

装丁者　**岡 孝治**

発行所　株式会社**南雲堂**

東京都新宿区山吹町361　郵便番号162-0801

電話番号　(03)3268-2384

ファクシミリ　(03)3260-5425

URL　http://www.nanun-do.co.jp

E-mail　nanundo@post.email.ne.jp

印刷所　**図書印刷**株式会社

製本所　**図書印刷**株式会社

カバー写真　**石津亜矢子**

ISBN 978-4-523-26509-2 C0093

《奇想》と《不可能》を探求する革新的本格ミステリー・シリーズ

島田荘司／二階堂黎人 監修

本格ミステリー・ワールド・スペシャル

龍の寺の晒し首

小島正樹

群馬県北部の寒村、首ノ原。村の名家神月家の長女、彩が結婚式の前日に殺害され、首は近くの寺に置かれていた。その後、彩の幼なじみ達が次々と殺害される連続殺人事件へ発展していく。僻地の交番勤務を望みながら度重なる不運（?）にみまわれ、県警捜査一課の刑事となった浜中康平と彩の祖母、一乃から事件の解決を依頼された脱力系名探偵・海老原浩一の二人が捜査を進めて行くが……

灰王家の怪人

門前典之

「己が出生の秘密を知りたくば、山口県鳴女村の灰王家を訪ねよ」という手紙をもらい鳴女村を訪ねた慶四郎は、すでに廃業した温泉旅館灰王館でもてなされる。そこで聞く十三年前に灰王家の座敷牢で起きたばらばら殺人事件。館の周囲をうろつく怪しい人影。それらの謎を調べていた友人は同じ座敷廊で殺され、焼失した蔵からは死体が消えていた。時を越え二つの事件が複雑に絡み合う。

君の館で惨劇を

獅子宮敏彦

セレブから秘密裏に依頼をうけ、難解な事件を解き明かすダーク探偵。ワトソン役として指名された売れない本格作家三神悠也は大富豪・天綬在正の館へ招かれる。ミステリー・マニアが集うその館には黒死卿から脅迫状が届き、乱歩と正史の作品を基にした連続密室殺人事件がおこる。土蔵に転がる血みどろの死体！　宙を舞い、足跡を残さずに消えさる怪人!!　赤い乱歩の密室と白い正史の密室が意味するものは？